恋爱大设计

刘林 著

上海文化出版社
SHANGHAI CULTURE PUBLISHING HOUSE

/总 序

职场小说于近年来异军突起，其读者基石是高度焦虑的职场人群。职场竞争越来越激烈，工作步伐一天比一天加快，人们越来越需要一个出口抒发自己的紧张与不安，也需要大量经验带领自己度过职场小白阶段。因此职场小说分为了两个派别：一是心理派，与主角同成长共命运；二是实战派，能够提供职场实战经历。开山之作掀起巨澜，紧随的后起之秀又高潮频出。

本套“人间职场浮世绘”系列图书，完美结合当下职场小说两大主流派别，既有身在职场的成长与奋斗，用主人公的事业浮沉与情感纠葛牵动读者心灵，也有满满的职场干货，教你如何在职场、官场生存。这一切都与作家群体的专业度密不可分，瑜伽师展现梵境追求与利益趋势下的矛盾频生；营销专家用真实案例带你翻涌金融风云；职业律师案件重演塑造现代版拍案惊奇……

脱离狗血爱情的大特写，踢翻华而不实的烂鸡汤。还原现实职场与小说情节发展是否冲突？行业行规有哪些需要避而不谈？激励的源头来自主人公的成功还是失败？这些都需要职场小说作者去考虑、权衡。职场小说需要精彩，也需要现实，只要有职场生活经验的人都可以畅谈自己的职场历史，职位没有门槛，但职场小说的撰写确实有门槛。平衡好虚构与非虚构的关系，在保证情节完整的同时保留职场特性，让读者既不觉得乏味，也不觉得虚伪。本系列图书的作者将这种平衡纳入了小说之中。

作为读者，疑惑自己于职场中身处的位置，质疑所在城市对自己的包容，生活在纷繁都市中，作为万千职场人中的一分子，多少会对这些问题带有迷惑，不如一同展开职场浮世绘的画卷。人生曲折离奇勾画众生相，职场则是它的小小缩影，而职场中的小人物，塑造的其实就是千姿百态的大人生。

《收获》编辑部

二〇一七年七月

目 录 CONTENTS

引子

已经是晚上七点了，青云路公司的会议室里仍然热闹非凡，时而传来笑声，时而传来喝彩声，原来，今天是公司产品“青云路”牌皮鞋平面设计广告的定稿日。

青云路公司是皮鞋行业最近崛起的一颗新星，老板刘青云是一个传奇人物。

刘青云原是从事软件开发的，在成功开发了“银山”系列计算机应用系统之后，资金得到了快速的膨胀，而后或许是大脑发热，或许是年少轻狂，他竟然把全部资金投放在了建造“银山大厦”上面。

想法非常好，但人生的轨迹往往跟现实之间存在着地狱与天堂的差距，银山大厦开工刚刚半年，资金链就断了，此时，刘青云才觉察到玩房产，自己那点家底简直是杯水车薪。

银山大厦最终成了烂尾楼，刘青云还欠下了接近十个亿的资金，有人戏称其为中国最大的“负翁”。在被责令强行破产之后，刘青云消失了，没有人知道他的去向，但是临走前，刘青云留下了一句话：我不会欠世人一分钱。

数年后，刘青云东山再起，他瞄准了保健品市场这个暴利行业，一手打造了“体黄金”口服液。

靠着巨额的广告轰炸，中央级和省级各大媒体都频繁发布着“体黄金”用国际科研专利延缓衰老的广告，而“年年过节不送礼，送礼只送体黄金”的广告语更是成了一句被国人所熟悉的广告语。“体黄金”创造了热销数年的奇迹，与之匹配的是刘青云这次获得的财富更多，多到除了还清了银山大厦当年所欠下的十亿欠款外，又成功建立起了“远途”大厦。

刘青云实现了自己当初“不欠一分钱”的诺言，同时又做了一个让世人刮目相看的举动：他卖掉了“体黄金”这个评估达三十亿无形资产的品牌，在高人的指点下，进军了鞋业。

“狼来了。”这是业内人士的呼声，以刘青云的资金，做鞋业行业的没有人不感到危机，大家静观刘青云如何掀起另一番腥风血雨，继续续写新的传奇。

刘青云的新公司名字就叫做“青云路”，而当年在推行“体黄金”时，众多的传媒专家曾一致批评其广告恶俗，广告语没品位，这让刘青云耿耿于怀，因此，对于“青云路”皮鞋的广告，刘青云格外地重视，他下定决心，寻找最高端的创意公司，来创意青云路皮鞋的平面广告，讨个好彩头。

经过层层筛选，最终筛选出了四家公司，分别是“大道创意”“领先策划”“引力传播”，还有唯一的一家外资创意公司——HEF（海尔法），进入到比稿的最终环节，今天，将是一个有人欢笑有人叹息的日子，胜出者只能有一个。

按照抽签的顺序，大屏幕上首先展示的是“引力传播”公司的创意。

“我们这个创意，非常具有事件营销功能，大家请看。”引力传播的创意总监点了一下鼠标，一张画面出现在大家的眼前：穿着笔挺西装裤的腿下方是一双光着的脚丫，那脚丫的皮肤是黑褐色的，在不远处的鞋柜上，摆放着一双硕大无比的皮鞋，上面的Logo是青云路的图标。右上方的广告语是中英文对照的两行字，中文写着“欢迎美国总统奥巴马”。

“有点意思。”作为青云路公司评委之一的企划负责人轻声说道。

“大家知道，美国总统大选前夕，前总统乔治·布什在访问伊拉克的时候，在记者会上遭到了伊拉克记者扎伊迪用鞋子袭击，事后，引起轩然大波，这件事情将被永久载入史册，成为永不过时的新闻。而现在，当选总统奥巴马已经入住白宫，他的一举一动将会比乔治·布什时代更引起世界的关注，我们这个创意用了一个隐藏的含义，奥巴马总统的皮鞋选择中，青云路皮鞋是一种选择。扩大到政治范围，广告语中的“欢迎美国总统奥巴马”，也将传达出中美关系会更加密切，共度经济危机的意图。此外，奥巴马一直是世界时尚杂志公认的品位人士，这样的创意集时尚、品位、政治、调侃以及便于记忆五个优点为一体，可谓一举五得。”引力传播的总监侃侃而谈，而台下的评委们也都交头接耳，讲解完毕，引力传播的总监长长吐出一口气。

决策者刘青云用笔在创意稿上画了一个圈，点点头，示意下一家公司的创意展示开始。

“大家好，我认同引力传播的思路，因为我们的创意也是在事件营销的基础上来实施的，这是一种大的创意趋势。”说话的是“领先创意”公司的总监。

没有人说话，大家静静地等待大屏幕上画面的出现。

一片有着环形山的开阔地上，留下了十几个脚印，这些脚印由远而近地显示，深浅不一，而由近到远的脚印里面，都有着同一个 Logo——青云路。在环形山最中间的位置，倒映着一个飞船的形状，飞船体上有一面鲜艳的五星红旗。

以上是“领先创意”的方案。

“我们的创意结合了国富民强的概念，把神舟飞船在外太空停留这个时间作为创意点，代表了高科技领域一定有中国人的足迹。而且不用我多解释，大家一定知道，我们倡导的是爱国。”“领先创意”公司总监的这番解释依然博得一片关注。

“继续。”刘青云短短的两个字推动着工作的进程。

第三个展示创意的是大道公司的经理，在展示之前，他先说了一番引导大家思路的话。

“我认为现代企业的创意当离不开文化，一个品牌的植入，有文化沉淀作为积累才能持久，并且得到消费者的认同。中国五千年文化博大精深，更能激发后辈们向往与研究的心思。中央台播放的王牌栏目《百家讲坛》收视率居高不下，得到大家追捧，更可以验证我们的观点，大家最喜欢或者最关注的还是文化的魅力，因此我们的创意来自于文化。”他的这番话让在场的人们提高了兴趣，这也是他成功营造出的猎奇心理，会场内鸦雀无声，大家不约而同地把目光投向了大屏幕，而他微微一笑，随即轻点鼠标，随着“啪啪”的轻微响声，创意画面跃然屏幕之上：

褐色的底色上面是一部打开的书，书上左侧用红色篆体字写着：平步青云路；而在右侧同样是篆体字，但是换了黑色，写着：《大学》曰男人气宇轩昂，女人上善若水；在整个画面最顶端是青云路的 Logo。

“《大学》是中国古代最具有文化色彩的一部书，它倡导万事万物大道至简的道理，而女人上善若水代表女人应当温柔，男人气宇轩昂代表男人要有责任，要刚强。这两句话和平步青云路放在一起，言外之意就是选择青云路的男人是好男人，女人是好女人，而且是文化人。”这位经理继续解释道。

HEF（海尔法）公司的小职员樊书此时有些心潮澎湃，总监前两天辞职了，大老板把参与青云路比稿的任务交给了自己，经过几个昼夜的苦战，查找了数十个网站，并且跑遍了十几家大商场的鞋子专柜，见到售货员比见到自己的亲人还热情，厚着脸皮跟不同的男女老少聊天，做了将近一周的调查，终于在昨夜才赶工完成了自己公司的创意，看到别人讲得那么精彩，一股不服输的念头涌上心头。

终于等到刘青云点头示意HEF（海尔法）公司讲解创意方案了，樊书轻点鼠标，同时清了清嗓子，看着画面讲解自己的方案：

“对不起，我们总监有点事情不能到场，所以我代表公司来展示我们的作品。我首先给大家分享的一个理念是皮鞋不光卖给成年人，同时也要卖给孩子。而且，现在大家对于小孩子那是尽心尽力地呵护，家长花在孩子身上的钱，从来没有心疼过，所以，我的创意是用一个小婴儿作为主元素的。”边说，樊书边把鼠标指向了画面。

众人看到樊书的创意风格跟前几个公司的创意有着明显的区别，整个画面是在橘色阳光的照耀下，一个小婴孩躺在一个鞋子形状的摇篮里，摇篮的把手上醒目地显示着青云路的中文字样和Logo，而在摇篮的连接处是一条金光大道，道路的尽头是一座类似悉尼歌剧院般的建筑，建筑的两侧用线条勾勒出一对男女天使的样子。

“我们的创意其实很简单，青云路适合各个阶层的人，大家知道，孩子是最娇贵的，满足了孩子，那么满足大人相对更容易，这也隐含预示了青云路皮鞋的质量是优异的，款式是多样的，童鞋、男鞋、女鞋一应俱全，跟产品结构相符。”樊书话到此便打住了。

漂亮的女助理走向前台，示意各公司代表略等十分钟，评审团要进行评审。

“铃铃铃。”樊书的电话响了，是一条短信：樊书，对不起，我已经搬出去了，房子钥匙留在了桌子上。落款是：聂小倩。

樊书强忍住泪水，轻轻把那条短信删除了。

十分钟后，青云路的代表走进屋子，宣布了结果：这次比稿胜出的是HEF（海尔法）公司，我们觉得他们跟市场的结合比较好，谢谢各位参与。

樊书的眼泪终于忍不住掉下来，承受着分手的压力，自己在工作上终于赢得一丝的安慰，此时，只有酒，能让自己麻木和快乐。

第一章

初见的火焰

“喝了，喝了！谁不喝……不喝……谁……谁就是个茄子。”焚书的舌头已经打弯了。

“不就是喝个酒嘛，这么多话，你不喝也跟个茄子一样，看你现在这德行，还是个蔫茄子，不就是失个恋嘛，值当的。”小鱼一边“咕咚咕咚”地把酒灌进肚子里，一边掏出钱包准备买单。

“死鱼，不准买单，要买也是哥们儿我买单。再陪我喝。”焚书伸出手，紧紧抓住小鱼的钱包。

“哥们儿我现在是精神上的穷人，经济上的富翁，从此又要过一个人喝饱了不渴的日子了。老板娘结账！”焚书掏出一张百元的钞票递过去，嘴里嘟囔着，“多的就别找了，开个烧烤摊也不容易。”

“小兄弟，你真滑稽，一共一百二十六，你还差我二十六块钱呢！”烧烤摊的老板娘看着焚书，忍不住笑了。

小鱼一手扶着焚书晃晃悠悠的身体，一手掏出钱包，把剩余的钱补上。

来到焚书住的楼下，小鱼说：“你自己上楼吧，我不上去了。”

“哥们儿，不要紧，你怎么忘了？聂小倩已经跟我分手了，去找她的宁采臣哥哥去了。”焚书嘴里说着胡话，顺手指着天上的月亮对小鱼说，“我要泡嫦娥，你看着，哥们儿要把嫦娥娶回家。”

“懒虫起床，懒虫起床……”闹钟刺耳的声音传来，焚书一脚把闹钟踢翻在地，这闹钟已经饱受摧残，却充分发扬着革命战士大无畏的精神，打了个滚依旧大声地喊着：“懒虫起床，懒虫起床！”

焚书只得一个鲤鱼打挺，从床上蹦了起来，头却裂开般的疼，这才想起来，自己昨晚竟然独自喝了十扎啤酒。

穿好衣服，打好领带，试试口气新鲜不新鲜，对着镜子露出牙齿：中华健齿白，刷出来的，臭美一番。没办法，外企就这个德行，就算你败絮其中，人前也必须要打扮得金玉其外。

匆匆冲进写字楼，顾不得看电梯里的美女，进门打卡后直奔会议室而去，昨天老总说过，今天会召开一个全体会议，把 HEF（海尔法）公司创意部的新总监介绍给大家。

“总监就是总是强奸，尤其是创意部的总监更是强奸高手，上任总监在压榨大家智慧到极限之后，凭着多年的强奸经验，跳槽去了别的公司，这个新总监强奸技巧如何呢？”焚书正满脑子跑火车的时候，老总身后跟着位美女走了进来。

那美女真是貌若天仙，气质优雅，焚书想找个适当的人形容一下，一时都没找到合适的人选。

这美女比刘亦菲更成熟，比黄圣依更有气质，比陈好更清纯，自己喜欢的这几个女演员的优点集中在一起，应该就是那种感觉。

“大家好，我叫嫦娥，以后在创意部跟大家一起工作，希望与各位合作愉快。”新总监作了个简短的发言，焚书脑子立即“来电”了：对了，找到形容词了，能跟这美女比美的就是嫦娥，广寒宫里的嫦娥，这真是人如其名，记得昨天自己还指着月亮对小鱼说过：我要泡嫦娥！

第二章

另类的邀请

“焚书，今天下午你跟我出去一下，可以吗？”当新总监嫦娥说这话的时候，焚书简直有些受宠若惊了。

“当然可以，那下午我们怎么走？”焚书问。

“Why？什么意思？”新总监嫦娥不解地问。

“坐我的车还是你的车？”焚书眨眨眼睛，一旁的同事都笑了，而胖子大川笑得更是前仰后合。

“怎么？你们笑什么啊！大川，我命令你告诉我，焚书的车怎么了？”美女第一次发威，焚书看到那眼神中有些凌厉。

“哦，嫦总，我们焚书外号叫小旋风，他骑的是一辆踏板摩托车，焚书只要一把音箱打开，满大街都能听到，而那音乐是《铁道游击队》的主题歌，你要坐焚书的车出去，保准满大街回头率百分之九十八以上。”大川嘻哈着，还不住地笑。

“嫦总，考虑到您的身份，还是坐你那本田雅阁去吧！”焚书用忠告的口吻说，“我的车开得快，别吓坏你。”

“焚书，下午就坐你那踏板摩托了，我倒要体会体会，什么叫做小旋风。”嫦娥的一句话，让焚书和大川呆了一下。

看着嫦娥优雅地转身，灰色的职业套裙随着腰肢的扭动左右摇摆，大川说了句：“焚书，这次你糗了，她穿的裙子，我看你下午怎么开快车！这个嫦总胆子可真大！”

“管她呢，她自己要坐车的，我那车除了前任女朋友聂小倩，还真没其他女人坐过。”说完这话，焚书一声惊叫，“已经十二点了，去吃饭了，身体可是革命的本钱！大川，今天中午该你请盒饭了，记得，我不吃西红柿。”

吃过午饭，焚书正翻着一本杂志，手机响起来。

“小鱼，这个点给我打电话，什么事？”

“焚书啊，我们部门那个叫唐曼的小姑娘，你还有印象吗？就是上次跟咱们一起 K 歌的那个，她今天告诉我，说要我约你出来，周末一起去南部山区。我看，她可能对你有意思，正好你现在孤家寡人，我看你就答应了，咱们周末在一起 Happy 一下，如何？”小鱼在电话里笑起来。

“唐曼？”焚书的眼前浮现出一个长得挺清纯的姑娘，那晚去 K 歌的时候，唐曼似乎没跟自己说几句话。

“你要让唐曼写个保证书给我，保证不在一个月内跟我打波！”焚书坏笑着。

“你怎么不去死，自恋狂！”小鱼在电话那头显然有些气急败坏。

“没办法，我这无敌魅力太强了，哈哈哈！”刚刚大笑，焚书却猛地收住笑声，随手把电话挂了，因为他看到，那位顶头上司——嫦娥总监，换了另外一身行头，已经站在了自己的办公桌前。

换装后的嫦娥下身是一条酒红色牛仔裤，看做工，应该属于牛仔裤中的“牛”品，而上身是一件淡绿色的套头毛衫，胸口处有用银线勾勒出 D&G 的标志。

焚书从来没见过一个人可以把绿色跟红色搭配得这样好看，而往脚下看去，是一双银色的“纽巴伦”限量版运动鞋。

“这个新总监可真时尚，唉，这年头，女人真难养活。估计要泡她，我那点老本都拿出来还不够。”焚书胡思乱想着。

“走不走，焚书，发什么呆？”嫦娥走过来的时候，焚书抬头看她的脸，发现她已经除去了早上淡淡的妆，脑后扎了一个高高的马尾，用银色的头绳随便绑着，这副打扮，显得更加青春了。

“站在我旁边，跟我妹妹那感觉一样，只是猜不出这新总监的实际年龄。”这样想着，他嘴上却赶忙答应，“嫦总，稍等，现在就走。”

焚书悄悄把一片绿箭塞进嘴里，以便完全遮盖中午嘴里“红塔山”烟丝的气味儿。

第三章

走神的违章

“焚书，今天你第一不准开音箱，第二不准借启动摩托车来耍我，让我往你身上靠！”当焚书把一个头盔递过去的时候，嫦娥抢先来了约法二章。

“嫦总，小的是良民，哪有那些坏心眼？我老实着呢！”嘴上这样争辩，焚书却不得不佩服嫦娥的聪明，自己那点小算盘，还没开始打，就被人家给戳穿了。

“我们去哪儿？”焚书问。

“去人民路。”嫦娥答。

“人民路上不是发廊就是美容院！难道这位嫦总让我陪她去剪发或美容？为什么会选我呢？难道她真第一天就看上我了？不对啊，人可不能自恋到这个程度，我除了长得帅点，要什么没什么，帅也不能拿脸当银行卡刷啊！”焚书一路上正胡思乱想，车速却一点没有减慢，眼看着一个红灯，就在焚书的眼皮子底下被闯了，更倒霉的是，可爱的警察叔叔笑容可掬地在马路对面已经给焚书准备好了敬礼。

“这下麻烦大了，闯了红灯，罚款不说，还让这新总监看到我不遵守交通规则，看来我是没的混了。”焚书一边嘀咕着，一边跑到警察叔叔身边，一个劲地赔礼道歉，希望警察叔叔能够放自己一马。

“小伙子，身后坐个姑娘想故意显示显示自己胆子大是吧？这次不给你个教训，看来下次你还会不注意。这样吧，处罚是肯定的，看你认罪态度比较好，原本罚一百，现在罚五十，去银行交罚款。”警察一边说一边开单子给焚书。

“警察同志，罚二十五不行吗？”焚书这话刚说完，坐在摩托车上一直没下车的那位嫦总监“噗哧”一声笑了。

等到从警察叔叔手里拿到单子，时间已经过去十多分钟了。

“嫦总，对不起，您看第一次闯红灯就让您赶上了，咱们这就走。”焚书刚准备上车，嫦娥从后座往前移动到了前座，示意焚书坐后排。

“这不太好吧！”焚书刚说出这句话，嫦娥不耐烦地说了句：“咱们赶时间，你坐稳当了，没工夫跟你废话。”

幸福来得太突然了，焚书从后座用手环过嫦娥的腰，等到嫦娥身子前倾的时候，焚书低头看到，嫦娥那条牛仔裤的商标是CK，而更让焚书流鼻血的是，嫦娥无意中露出的内裤上边，也是CK。

“等到风景都看透，也许你会陪我看细水长流。”焚书下意识地想起了这句歌词。

更让焚书感到惊奇的事情发生了，这位嫦总监开摩托车的技术简直可以用“出神入化”来形容，在川流不息的车流中，她竟然能做到匀速穿梭，玩了这么多年摩托车的焚书也不得不赞叹。

“看来这也是个摩托车发烧友，以后可有共同话题了。”焚书正美滋滋地想着，车子已经停下了。

“到了，下车。”嫦娥摘下头盔，递给焚书。

焚书仔细打量一下，摩托车停在了一家名叫“速达减肥俱乐部”的门口。

“减肥俱乐部？到这里来干什么啊！嫦总，看您这苗条身材不需要减肥啊，我是有名的排骨，更不需要减肥了。”焚书诧异地问。

“来这里当然是工作了，这家减肥俱乐部想要我们帮着策划一个周年庆典活动，我带你来就是为了谈这件事情的。这下你知道我为什么不带大川来了吧，他那么胖，没有说服力。”嫦娥的话为焚书揭开了那个为什么选择自己的谜底。

“得，自作多情了。”暗自想着，焚书跟着嫦娥走进了俱乐部。

第四章

香烟导火索

“胡总，这是我们部门的焚书，您这个周年庆典，由焚书主要负责进行创意。”当嫦娥把焚书介绍给减肥俱乐部的老板胡金彪的时候，焚书赶忙起身跟胡老板握手。

“嫦娥小姐是我的老朋友了，所以，小伙子这次你可要努把力，给我把这个庆典搞出特色来。”胡老板笑眯眯地递给焚书一支烟。

“刚才违反了交通规则，现在要是再在美女面前吸烟，那她对我印象肯定越来越差。”焚书心里想着。

“胡总，谢谢，我不会吸烟，但我一定会努力把这个创意做好的。”焚书克制住了自己的烟瘾。

等到从速达减肥俱乐部出来的时候，嫦娥又说出一句让焚书震惊的话：“焚书，我不喜欢男人撒谎，任何时候都不可以撒谎，撒谎的人给人没有诚心的感觉，刚才你不应该对胡老板撒谎。”

“嫦总，我怎么撒谎了？”焚书争辩。

嫦娥把手伸进焚书的上衣口袋，从里面拿出那包红塔山。

“你的口袋里装着烟，你给胡总说自己不会吸烟，这不是撒谎吗？胡总是个很注意细节的人，你当时可以告诉他：胡总，谢谢，在工作的时候，我们是不允许吸烟的，而不是用撒谎来搪塞他。”嫦娥说完，招手打了一辆出租车，钻进车里绝尘而去。

焚书傻傻地站在原地足足有十分钟。

“这个美女真难伺候，说翻脸就翻脸，看来以后日子难过了，别说泡到手当女朋友，就是不惹她讨厌我，就已经烧高香了。”这样想着的时候，焚书皱起了眉头。

刚回到办公室，胖子大川就凑过来说道：“嫦总让我告诉你，说你回来后让你马上去她办公室。你是不是得罪她了？我看她气乎乎的。”

“忙你的吧，死胖子！”焚书顺手拿起桌子上的本子，来到总监办公室。

回到办公室的嫦娥，又换回了那身职业装。

“这个嫦娥，应该进娱乐圈发展，而不是在这里难为我，看她这行为举止，说不定能打造成第二个百变天后。”焚书脑子里开着小差。

“焚书，速达俱乐部的周年庆典创意，你一定要重视，我们刚才见过的那个胡老板，除了拥有这个健身俱乐部，还经营酒店、咖啡厅以及代理高档化妆品，这个客户对我们很重要。今天是周三，请你在下周一提交出减肥俱乐部的创意方案，有问题吗？”嫦娥说这番话的时候，脸上挂着职业的微笑，仿佛下午的事情从来没有发生过。

“没问题！嫦总还有吩咐没？”焚书在工作上是从来不含糊的；再说，对于减肥俱乐部的创意广告，自己以前也没做过，这也是一个提升业务水平的机会。

“没有了，出去请帮我带好门。谢谢！”嫦娥又一次微笑。

胖子大川正在电脑上写一个关于“狗粮”的广告创意，焚书从嫦娥的办公室走出来之后，大川停下了在键盘上不停敲打的手，抬起头来说：“焚书，她监你没？”说完一阵坏笑。

焚书被大川逗乐了。

“我想让她‘监’我呢，可惜今天我没东西让她‘监’，所以，要等到下周一才能‘监’我，你那个狗粮的创意，是不是现在让她‘监’一下，给你点快感？”焚书可不想放过拿着大川取乐的机会。

“对了，大川，你那狗粮创意写成什么样了？让我看看。”说完，焚书凑近大川的电脑，看着那上面的创意描述：

一只狗用爪子掐着一只耗子的脖子，耗子嘴里叼着一块狗粮，狗愤怒地说：

吃了我的给我吐出来！ XX 牌狗粮，让你的狗忙中有闲。

“哈哈，这个创意太搞了，明天我倒要看看在会议上，嫦娥怎么‘监’你。”说完这话，焚书愉快地吹了声口哨。

第五章

青春的回忆

“聂小倩，你真的舍得离开焚书吗？”张诗函在聂小倩的杯子里加满了水。

“说舍得那是假的，我们在一起已经五年了，这个你是知道的，从上大一到现在，整整五年了，我怎么能舍得呢？可是，有什么办法，我父亲那病的医药费，不是普通家庭能负担得起的，焚书是个小职员，我也是小职员，不嫁给宁采臣，我怎么能让父亲活下去？焚书说过我们可以共同奋斗，可在事实面前，这承诺是那么苍白。”聂小倩的脸上浮现出无奈。

“那你就这样把自己装扮成一个爱钱爱虚荣的女孩子，故意跟焚书分手的吧？你太伟大了。”张诗函有些感动地抓住了聂小倩的手。

“那又有什么办法？宁采臣一直追我，而我需要钱，我不能连累焚书啊！”聂小倩喝口水，忽然眨眨眼睛，对张诗函说，“我真希望，咱们能再回到当年上大学的时候，焚书追我，小鱼追你。”

张诗函眼睛里立刻露出了笑容，说道：“原来你一直清楚地记着当年咱们的事情呢！”

“是啊，那时候咱们的爱情多纯洁，纯洁得就跟这杯水一样。”聂小倩说这话的时候，举举手中的杯子，思绪回到了四年前的大学生活，想起了焚书追自己、小鱼追张诗函的青春岁月。

五年前，聂小倩考入了X大学的会计系，而张诗函考入了生物系，小鱼跟焚书都在中文系。

焚书跟聂小倩第一次见面，是在图书馆外面。聂小倩抱着厚厚的一摞书，被焚书撞翻在地，而恰巧小鱼在不远处的篮球场招呼焚书：“快点过来，该你上场打前锋了，要不咱们就输了。”

焚书想溜之大吉，聂小倩开口说道：“你在想溜之前，最好先吃两片速效救心丸，否则等会儿被我骂，你会死得很难看。”

这样一句幽默泼辣的话，彻底征服了焚书，于是，焚书友好地帮她捡起了书，并密谋制造机会接近聂小倩。

一天后，午餐时间，食堂里人满为患，窗口前排起了长长的队伍，聂小倩在后排，今天由于看书看过头，忘记了早出来排队，弄不好就只能买到菜汤了。

正在这时，焚书跑了过来。

焚书冲着聂小倩笑了笑，然后说：“如果你不介意一个帅哥为你打饭，就请把饭盒给我吧。”

聂小倩下意识地把饭盒送上去，同时脑子里想：这家伙搞什么把戏?

焚书抢过聂小倩的饭盒，一路向卖饭窗口狂奔过去，嘴里直喊着：“让开让开，要出人命了，快让我见到打饭的师傅。”

人群很快闪出一条路，焚书快速冲到大师傅面前说：“快，给我两份小炒两份米饭，救命用。”

大师傅惊诧间将菜和米饭给他装好，焚书拿着饭盒转身对大师傅说：“现在我已经有饭了，刚才快饿死了，谢谢救命之恩。”说完，他飞奔到聂小倩面前喊道，“美女，请笑纳。”

周围响起一片哄笑声，焚书大咧咧地说道：“看什么看，没见过帅哥给美女打饭啊。”

此后，焚书与聂小倩逐渐熟识起来，开始了长达五年的爱情长跑。

而小鱼跟张诗函的爱情就平淡得多了，焚书是小鱼的死党，聂小倩跟张诗函是好朋友，顺理成章地，聂小倩把小鱼介绍给了张诗函。

而真正让小鱼跟张诗函恋爱的那条引线，是张诗函的生日会。

张诗函是个长得很出色的女孩，因此，在没有成为小鱼的女朋友之前，她在学校里有众多的追求者，穆亦峰就是众多追求者之一。

穆亦峰家庭条件优越，开始了惯用的泡妞方式——玫瑰花、情书狂轰滥炸。面对这些，张诗函并没有表现明显的欣喜，可也不好干脆拒绝，因为张诗函一直认为，轰轰烈烈的爱情应该是蕴含在平凡中的。

张诗函的生日马上就要到了，穆亦峰获得了这个信息，打算在两天后为张诗函安排一份特殊的礼物，据小道消息称，穆亦峰准备了一个海滩上的篝火浪漫双人派对给张诗函。

穆亦峰追求张诗函的消息和生日派对的信息很快在学校流传起来。而小鱼表现出了从未有过的痛苦。

张诗函的生日到了。

晚上六点，穆亦峰穿了一身笔挺的西装，手里拿着一束玫瑰等在女生宿舍楼下，然后请人将一张海滩的情侣派对卡送到张诗函的房间，而楼下停着一辆奥迪A6。

所有的女生都惊叹着，而张诗函脸上增加了两团红晕。

穆亦峰看到张诗函下楼来了，心里一阵欢呼，他快步走上前，迎接张诗函。张诗函的旁边是聂小倩。

“我还是不知道自己该不该去赴这个约会。”张诗函小声对聂小倩说。

就在张诗函犹豫间，忽然看见外面的人群一阵骚动。

小鱼在人群中，手里举着一张硕大的海报，向张诗函和聂小倩走来。

走近了，张诗函才看清海报的内容：我没有钱买玫瑰，我没有钱搞派对，我只有一颗每天徘徊在你楼下的心，等着你。

“我要是遇到这样的男生，一定和他拍拖。”不知道谁大声喊着。

小鱼对着张诗函说：“我想为你过一个很平凡的生日，你愿不愿意？”

小鱼这份平凡的爱情打动了张诗函，张诗函拒绝了穆亦峰的好意，正式跟小鱼恋爱。

这四个学生，在经历了象牙塔的生活之后，逐渐走向社会。焚书去了一家外资的咨询公司，在创意部做广告创意的工作；聂小倩在一家大型私企做会计；小鱼在报社做编辑；张诗函在一所中学教生物。

聂小倩的父亲在他们刚刚找到工作不久，就得了一种怪病，一周就要花一万多块钱，只有大量的金钱才能维持他的生命。就在这时，聂小倩公司老板的弟弟宁采臣发起了对聂小倩疯狂的爱情攻势，在父亲病重的压力之下，聂小倩的天平开始了倾斜，最终她放弃了和焚书的爱情，成了焚书眼里的“拜金主义女人”。聂小倩已经决定，在半年后与宁采臣结婚，而与焚书之间那份美好的爱情，将成为聂小倩心里永远的回忆。

第六章

美女总监的威严

“今天我们创意部全体人员开个会，会议的主要内容是讨论大川关于 XX 狗粮的创意。”嫦娥总监在大清早，就把整个创意部的人聚集在了会议室。

围着宽大的会议桌，大家在左右两排依次落座。创意部总共五个人，焚书坐在嫦娥总监的对面，焚书的左边是大川，右边是一个叫王雅的女生，王雅的对面，跟嫦娥坐在一排的是周丽。

王雅与周丽的工作跟焚书和大川相比有些特殊，她们更多的是服务于现有已经固定下来的客户，周丽专门跟进一家太阳能公司，王雅专门跟进一家家电大卖场。

所谓事不关己高高挂起，王雅与周丽一副漠不关心的样子。

“王雅，多提宝贵意见，给我点启发啊！”大川在会议开始前，悄悄地对王雅说。

“那行，今晚你请吃海鲜，我叫上我男朋友，还有我妹妹，另外，我男朋友的姑姑可能也会去，还有他姑父有可能也会莅临，顺便说一句，他姑父身高一米九零，体重二百一十斤，没事就爱好吃海鲜。”王雅说完“嘿嘿嘿”地掩嘴偷笑。

“你当我是凯子（傻子）啊！要不把你爸你妈都叫上，我见见未来老丈人。”大川毫不示弱，一边回击王雅，一边在嘴上占便宜。

“好个大川，嘴这么损，看我不打死你。”王雅举起拳头，大川左躲右闪。

两个人正随意地开着玩笑，嫦娥已经把大川那个创意用投影仪放映在了大屏幕上。

“停下，从现在开始，结束你们的无领导状态，我知道前期创意部总监空缺，大家松散了些，但我要告诉大家，以后谁在开会时胡打乱闹，谁就离开创意部。”嫦娥脸色很不好看，几个人都面面相觑。

“好了，言归正传，现在，我们部门每个人，都要对大川这个创意发表意见，不管你对这个创意是否满意，你都要再拿出一个新创意。”嫦娥变换了一下语气说道。但是她的话音刚落，周丽便抢先发话：“嫦总，大川的工作创意还是让他自己多想想吧，我这边跟进的那家太阳能公司的老总正在让我帮他策划太阳能论坛呢，我真没时间。”

王雅也顺着周丽的话说道：“对啊，我这边那家家电卖场，新的促销活动也在等着我拿创意呢！”

“STOP。”嫦娥做了个停止的手势，打断了两个人的话，“从现在开始，不管是太阳能公司还是家电卖场，不再由你们单独负责，改由我们这个部门来负责，大家要群策群力，这样才能拿出更好的方案。你们两个前期跟进太阳能公司与家电卖场的案子我看了，一点创意都没有，完全是老招数。以上周王雅给家电卖场策划的活动为例，冰箱以旧换新，这种招数已经是二十年前的路子了，这样的招数不叫创意，再这样下去，你们的灵感将会消失。”嫦娥说这番话的时候，干脆利索，没有丝毫容得她们解释的余地。

嫦娥的态度，把大家重新拉进了一个战壕里，大川显然有些幸灾乐祸地看着王雅，说：“这下不用吃海鲜你也要帮我想创意了吧！”王雅本想抬手回击，但用余光瞥见嫦娥正看着自己，只能狠狠地回了大川一个大白眼。

“焚书，你来点评一下大川这个狗粮创意。”嫦娥搞了个突然袭击，焚书急忙把身子正了正。

“这个，我觉得这个创意本身还是不错的，尤其是狗掐老鼠脖子的创意，也套用了‘狗拿耗子——多管闲事’的俗语。”

“STOP！”嫦娥再次用手比画了个停的手势。

“以后点评创意，好的地方不用强调，我相信以大家的智商，都能看出来，主要多讲这个创意的不足，OK？”嫦娥说话的时候，眼睛环视着大家。

被嫦娥摆了一道，焚书有些回不过神来，不知道是应该继续发言，还是等待嫦娥的命令。

“嫦总，我们都认为大川这个创意不错，没什么不足，想听听您的高见！”周丽替焚书解了围，而且再次直接向嫦娥发难了，众人都暗暗为周丽捏把汗，但是心里却又认同周丽的做法。

也难怪，刚刚嫦娥把周丽专门负责的工作收到整个部门来，这对已经习惯了定向工作的周丽是个小小的打击。因为个人的奖金是和创意被采纳的数量挂钩的，原先周丽的创意只要得到太阳能公司那边认可，就 OK 了，而通过一年多的时间，太阳能公司已经跟周丽建立了良好的私交，有时创意不算新奇，但是他们也不会过多难为周丽，所以，周丽每个月都能拿到奖金。嫦娥刚才的安排，等于把周丽每月固定的铁奖金变成了要跟部门里每个人竞争，只有胜出才能拿到奖金。换作其他任何人都会对这种安排有意见。所以，周丽一直在找机会给嫦娥难堪。另外一点，嫦娥刚刚来到这家公司，以总监的身份出现，引起了大家心里潜在的排外想法，大家都想看看她拿出什么服众的东西，证明自己配得上总监这个岗位。

“看看嫦娥怎么应对大家的叫板。”焚书心里想着，一言不发，眼睛盯着嫦娥。

“这个狗粮的广告创意有以下几个缺点：第一，狗粮是一种高档产品，所以，用一只灰老鼠跟狗搭配，有不够卫生的感觉，在人们的意识中，灰老鼠是脏乱跟疾病的代表，绝对不会联想到可爱，这是一个典型的败笔。如果真要用老鼠当创意元素，可以考虑用小白鼠。第二，广告语那句让你的狗忙中有闲，看着莫名其妙，是在鼓励狗抓老鼠吗？还是说吃了狗粮的狗能帮着做家务？这属于传播诉求的散乱。第三，我总体认为，这个创意没体现出一种文化氛围，我们的创意要幽默，而不是媚俗的搞笑，所以，大川，你这个创意我给你毙掉了。”嫦娥这些话说得流利、连贯，有种气贯长虹的感觉。焚书悄悄瞥了一眼大川，看到他低下了头，默不作声，而其他人大气也不敢出，会议室里一片寂静。很显然，新总监嫦娥的看法没有人能够驳倒。

“被‘监’了吧。”焚书悄悄捅捅大川小声说。

“‘监’了我的创意，她也没拿出新创意。”大川仍然低着头，用大家都能听到的声音回答焚书，语气里却是发出对嫦娥的挑战。

嫦娥看在眼里，却没有理会大川，而是继续说道：“关于这个狗粮创意，我给大家一个钟头时间，一个钟头后，每个人都要拿出一个创意来，我们再回到这里继续讨论。”

全员列队走出了会议室。

一个钟头后，大家的创意被投影到了大屏幕上面。

“两队狗狗进行拔河，狗狗中有哈巴狗、狐狸犬、松狮、藏獒、斑点等各种狗，中间的绳子上拴的是 XX 牌狗粮。”这个创意是王雅的。

“XX 狗粮订单从地球排到了火星。”这个创意是周丽的。

“二郎神身边蹲着哮天犬，哮天犬抬头望着月亮，月亮上隐约闪现着 XX 狗粮的字样。”这个创意是焚书的。

看到焚书这个创意的时候，王雅终于憋不住笑出声来，除了嫦娥之外，其他人也都跟着开怀大笑，大有联欢的味道，所有人都看得出来，焚书用这个创意在恶搞嫦娥。因为众所周知，月亮上住着嫦娥，焚书这个创意的言下之意是住在月亮上的嫦娥的食物是 XX 牌狗粮，而哮天犬的出现，更是调侃嫦娥跟其属于同类。大川伸出大拇指，说了句：兄弟，够狠。

嫦娥不好发作，却恶狠狠地瞪了焚书一眼。

大川拿出的第二次创意是：海滩上留下了许多狗狗的脚印，而最远的脚印旁边是 XX 狗粮的 Logo。这个创意还是焚书灵机一动，想起了自己参加青云路皮鞋广告创意定稿会的时候，“领先创意”公司用过的。

“反正肯定会被毙掉，你先应应急。”焚书这样对大川说。

说实话，这些创意都是大家临时拼凑出来的，在这么短时间内，怎么可能有让人眼前一亮的创意呢？

几个人的目光同时集中在嫦娥身上。

嫦娥把自己的创意也投影到大屏幕上，众人一下傻了眼。

“一个年轻的贵妇，学着狗的样子趴在豪华客厅的地毯上安详地睡着，在她的旁边摆着一袋 XX 狗粮。”

此时，焚书不得不佩服嫦娥的高明。这个广告创意从安全、舒适的角度突出了高档宠物食品的优势，连人都可以放心享用。

这个创意大气而又时尚，更重要的是走出了狗粮一定用狗元素做载体的局限，给人一种耳目一新的感觉。

“高手！”几个人暗自称赞，虽然没有人吱声，但很显然大家心里都清楚，自己的水平跟这个嫦娥总监的水平相差不是一点半点。

“为了公平起见，请大川把我们所有的创意发给客户，由客户来进行选择吧。散会。”说完这话，嫦娥转身走出门外。

大川把所有人的创意电邮给了狗粮企业的市场部，没有悬念，对方选择了嫦娥那个创意。

周末下班之前，在电梯里，焚书跟嫦娥巧遇。

“焚书，以后好脑子要用在正地方。”嫦娥一句提醒，让焚书有了更深一层的压力。

第七章

美丽的童话

“焚书，明早我们一起去南部山区，别忘了啊，唐曼也去的。”周六，焚书在家憋了一天也没想出来关于减肥俱乐部合适的创意，小鱼的电话让焚书忘掉了暂时的烦恼。

“到超市买点东西去，去南部山区粮草要充足。”焚书穿衣服起身出门。

“你看，你看，那条鱼多好看，不如我们买回家吧！”焚书身边忽然响起一个熟悉的声音。这声音让焚书心头一震，这声音的主人以前离自己是那么的近，而今是那么的远。

说话的正是聂小倩，而聂小倩的身边是一个温文尔雅的男人。两人都穿着阿迪达斯白色运动装，不论身高、气质都是那么的相称。

“聂小姐，很有闲情啊！”焚书话里带着刺，走上去挑衅地问道。

聂小倩没有理会焚书，拉过那男人的手，对焚书说：“介绍一下，这是我男朋友宁采臣。”随后转头对宁采臣说，“这是我的大学同学，焚书。”

“你好。”宁采臣礼貌地说了句。

面对这样一个各方面比自己都出色的男人，焚书不知道该如何举动，此时他忽然觉得聂小倩的选择是正确的，自己又何苦为难她，于是焚书敷衍般地回应一句：“你们忙，先走了。”

焚书匆匆逃离了超市。看着焚书的背影，聂小倩轻叹一口气。

回到家里，焚书闷闷不乐，从超市里买来的几罐啤酒在烦恼中被自己报销了，跟聂小倩五年的感情，就这样一去不回头了。自从知道父亲得了重病，聂小倩仿佛变了一个人，变得世俗无比，跟自己逛街的时候，她眼睛盯在那些CD、范思哲、LV上面，全然忘记了曾经说过，就是只有一张桌子、一张床，也要跟自己一起奋斗、坚守爱情的誓言。

借酒浇愁愁更愁，焚书强迫自己躺在床上不去想聂小倩的事情，也不去想减肥俱乐部创意的事情，可越是这样越是辗转反侧，他失眠了。

这晚同样失眠的还有聂小倩。宁采臣刚刚送自己回到家，这个男人即将成为自己的丈夫，而这个男人也是自己今后的依靠，他对自己体贴、温柔，家庭财力雄厚，没有人会质疑自己的选择；连大病的父亲看宁采臣的眼光，都充满了喜欢。可是，为什么，随着结婚日期的来临，自己却越来越怀念跟焚书一起的日子呢?

始终忘不了，在公园里的樱花树下，焚书抱着自己打过滚；始终忘不了，两人相约三生三世不分离。

实在无法入睡，想写点什么，电脑里播放着那首：下辈子如果我还记得你。于是，聂小倩起身，写下了一个美丽的童话故事：

在森林里有两只兔子，一只是小白兔，一只是小灰兔。

小灰兔长着长长的尖耳朵，大家都说，它是最帅的小伙子；小白兔长着圆圆的红眼睛，眼神很温柔，大家都说，它是最美的姑娘。

在溪边，小灰兔为小白兔梳理长长的毛，小白兔找来青青的草，两只兔子快乐地舞蹈。

“我想，这辈子我们会永远在一起。”小灰兔眨着眼睛。

“不，是下辈子我们也要在一起。”小白兔的脸上多了一些红晕。

时光飞快地滑过。小白兔和小灰兔穿过山川、河流、平原、湖边，每一个好玩的地方都留下它们快乐的足迹。

枫叶红了。小灰兔把一片大大的红叶放在小白兔的头顶。

“你真像一个美丽的新娘。”小灰兔呆呆地看着小白兔。

风刮得急起来，草丛急剧地晃动着。危险悄然而至。

面前的狼目光中闪现着凶狠的光芒。

“快跑！”小灰兔拉着小白兔跑起来。

兔子的速度永远不及狼，所以，狼永远是它的天敌，距离渐渐缩短。

小灰兔果断地停下来。

“记得你说过的话。”小灰兔的眼睛里充满泪水。

小白兔回头的时候，小灰兔已经朝着另外一个方向跑去，它的身后是那只可怕的狼。

一年过去了。

小白兔的身边有了一只小黑兔，它一样的帅和体贴，小白兔常常看着它想起小灰兔。

小灰兔被关在笼子里，常常等到笼子里的草枯萎的时候，它才勉强吃上两口，它并没有后悔当初为逃离狼的追逐跳入猎人陷阱的选择。只是，每天想念小白兔让它神形憔悴。

又一年过去了。

小白兔已经习惯了小黑兔在身边的感觉，就像当初的小灰兔一样的温暖。

小灰兔依旧孤单，可它已经习惯了孤单，仅有自己的日子，也不是那么可怕。

N 年过去了。

猎人打着饱嗝，将一只灰兔的骨头扔进森林。

一只凶猛的豹子舔着嘴巴，地下有堆兔子的骸骨，骨丛中有一截白色的尾巴。

你说下辈子如果我还记得你
我们死也要在一起
像是陷入催眠的距离
我已开始昏迷不醒
好吧下辈子如果我还记得你
你的誓言可别忘记

聂小倩趴在桌子上，泪流满面。

第八章

三角周旋

再次见到唐曼的时候，焚书眼前一亮。由于之前跟聂小倩恋爱，焚书对于其他女孩子似乎有了一些审美上的盲点，没有特别去关注别人。所以，上次焚书只是记得唐曼是个挺清纯的女生，而现在单身了，可能是心态发生了变化，焚书发现，唐曼是个很可爱的女生。

唐曼跟小鱼同在报社的《消费周刊》编辑部工作，按说报社的女记者都时尚得很，可唐曼却很特别，她喜欢素面朝天，不化一点妆，而且唐曼喜欢穿对襟的唐装，加上身材玲珑，很有些江南女子的风韵。

小鱼开着小奥拓，唐曼跟焚书坐在后排。

从市区到南部山区还有一段路，焚书从口袋里拿出烟，看看唐曼问："我能抽烟吗？"

"可以，不过，只要不是混合型香烟就好，受不了那种烟草的味道。"唐曼的回答让焚书很诧异。

焚书把烟放在手里把玩，并没有点燃。

"你不讨厌男人吸烟？"焚书问。

"说不上讨厌，相反，有些烟丝很好闻，比如红塔山。"唐曼看了看焚书的烟盒：红塔山。

"这个女孩真有个性。"焚书想着，把烟放进烟盒。

"我不想毒害你们了，呵呵！不如我给你测字打发时间吧。"

“测字？什么意思。”唐曼问。

“就是你写一个字，告诉我想算什么，我帮你解。”焚书答，“反正闲着无聊嘛！”

“这个好玩。我想想，你帮我测一个。”唐曼边说边忽闪着大眼睛，焚书发现她的眼睫毛很长。

“你帮我测个‘一’字吧，我测爱情。”唐曼呵呵笑着。

“在古代，‘一’的大写是‘壹’，下面是豆，上面是土，单从字意来看，豆在土下面，是个好兆头啊，好像发豆芽一样，会有出头之日的，但是，豆和土中间有个宝盖，这个宝盖，就像一层纸，需要捅破才能让豆跟土亲密接触。如果把你比作豆，男人比作土，那么，你的爱情结果需要你主动出击。”焚书根据字意，胡编乱造了一番理论，一边说一边在心里偷笑。

“哈哈，你可真能胡诌。”唐曼忽然笑得前俯后仰。焚书仔细看了一下，唐曼笑的时候，眼睛始终没有离开小鱼。

“唐曼喜欢的人会不会是小鱼？”焚书瞬间有了个大胆的猜测，因为直觉告诉自己，他跟唐曼之间并没什么深刻的交往，而唐曼跟小鱼却是整天出双入对。小鱼跟张诗函可能又让唐曼有所顾及，因此，唐曼借约会自己创造与小鱼更多相处的时间和机会。

想到这点，焚书忽然觉得今天自己就是一个不得不出现的电灯泡，不过，小鱼会不会知道这点呢？

焚书决定装糊涂，以便弄清楚唐曼是否真的喜欢小鱼，如果真是那样，自己就要提醒小鱼处理好与这两个女人的关系了。

车子很快就开到了南部山区。下车后，唐曼跑到小鱼旁边，拿出一张纸手帕递给小鱼，她的眼睛始终没有往自己这边看过一眼。

在南部山区待了一整天，玩得很痛快，远离市区，三人一起放鞭炮、挖野菜、钓鱼。中午的时候，他们把劳动成果带到饭店，加工成了美味的菜肴，吃着“绿色”食品，别有一番惬意在心头。

回程的路上，焚书做了一个狡猾的决定。

“小鱼，你累了，车我来开，你跟唐曼坐到后面。”说完，焚书抢先钻进了驾驶室。

“我坐副驾驶位子上。”小鱼刚想坐下，焚书赶忙来了句：“你还是坐后面吧，咱两个男的坐一起，唐曼一女的坐后面，不知道的还以为咱两个断臂山呢！”

小鱼只得钻进了后排。

车在缓慢地行驶着，小鱼在闭目养神，唐曼似乎更劳累，慢慢地把头放在了小鱼的肩头。小鱼抵抗了几次，唐曼依旧把头放在他肩上，最后，俩人头靠头睡着了。

“甜蜜蜜，你笑得甜蜜蜜。”这彩铃是小鱼电话的声音，小鱼拿起电话看了一眼，立即把唐曼的身子扶正。

“诗函，我跟焚书一起去南部山区了，一会儿就回去了。今晚我和焚书在一起吃饭，晚饭你就别等我了，让焚书给你说。”说完，小鱼把电话递给焚书。

“美女，今晚你家小鱼借我用三个小时，然后再还给你，保证他毫发无损，就这样，拜拜。”焚书把电话递给小鱼的时候，意味深长地看了小鱼一眼。

“好个小鱼，果然拿我当了挡箭牌，老实交代！”唐曼走后，坐在烧烤摊前，焚书开始了对小鱼的审判。

“你瞎猜什么啊！累了靠在一起睡觉有什么！这又不是在床上，我跟张诗函这么多年了，你还不了解我？”小鱼百般抵赖。

“小鱼，你要是真喜欢唐曼，你就要想想怎么对张诗函交代；你要不喜欢她，你就跟她讲清楚。现在的女孩子，你不表明态度，她就容易陷进去，那时，痛苦的就不只她一个人了，拖着不是办法。”在焚书说完这番话之后，小鱼又说出一句石破天惊的话：“焚书，可是这两个我都喜欢。”

“这怎么可能？难道你喜欢唐曼的时候，你对张诗函没有负罪感？”焚书咽下一口啤酒，问道。

“当然会有，五年走过来，我知道跟张诗函之间的感情。可是，唐曼能带给我另外一种感觉，就好比吃惯了大虾的人看到螃蟹那种感觉，打个比方，如果说张诗函是黄蓉，那么唐曼就是小龙女。”小鱼显然找到了一个好的倾诉伙伴，面对着焚书，格外健谈。

“那你是谁？郭靖还是杨过？”焚书问。他跟小鱼都是金庸的粉丝，所以，这些话题让两人感兴趣。

“我不知道我是谁，我想我应该是杨逍那样一个让女人着迷的男人。”小鱼有些自恋地说。

“哪凉快哪待着去，你是东方不败，死太监快喝酒，喝完我还要回家呢。”一边骂着小鱼，焚书一边想起晚上还有个作业需要下番功夫，速达减肥俱乐部的周年庆典创意，明天是要交给嫦娥的。

在两人分手前，焚书语重心长地告诉小鱼：“你最好马上在张诗函和唐曼之间做出选择，下次，别再拿我给你做挡箭牌。”

回到家里，焚书一直琢磨小鱼跟张诗函的事情。小鱼跟张诗函是学校里有名的模范情侣。自从小鱼追到张诗函之后，两人在一起从来没有吵过架，而上学时，学校里的女生都把小鱼当作好恋人的标准。焚书从来没有怀疑过小鱼对于爱情的那份忠诚。而令自己所料不及的是，作为女人的聂小倩放弃了与自己的海誓山盟，投入了富家公子宁采臣的怀抱；而作为好男人的小鱼，却同时周旋在两个女人之间尽情玩乐，这世间究竟还有没有爱情？

第九章

周年庆典的创意

“一架飞机直冲云霄，广告语是：速达减肥俱乐部，减肥中的战斗机，周年庆典优惠多多！本俱乐部庆典期间全部七折优惠！”不行，删除。

“找群减肥成功的人，抬着速达俱乐部的徽标模型在广场上列队，之后一起跳健身操！”不行，删除。

“召开速达减肥俱乐部周年庆典新闻发布会！”不行，删除。

“速达减肥俱乐部形象代言人评选，从海选到二十进十，十进六，六进四，四进三，最终大决战。”不行，这种选超女快男的招数，国家文化部都发文禁止了，又恶俗又没新意，删除。

连续想了几个创意，都不满意，空白的页面上一个字也没留住，焚书眼睛盯着电脑屏，点了一支烟，陷入了沉思。

“速达减肥俱乐部周年庆典活动创意，无非就是一个活动，一个减肥俱乐部有什么好庆典的？”一边琢磨着，焚书一边挠头。

“我要飞得更高，飞得更高。”手机响了，看看表，已经快十一点了，手机上显示的是个陌生的电话号码。

“Hello，我是焚书，您哪位？”

“焚书，我是嫦娥。”通过电话的话筒变音，嫦娥的声音很柔和。

“哦，嫦总监，这么晚找我有事？”焚书有些心跳加快，没想到这个时间，嫦娥会给自己打电话。

“没什么，我只是想提醒你，那个减肥俱乐部创意一定要认真写出来，因为明天早上，胡总会到咱们公司，一起来审定你的创意。”嫦娥说完之后，就挂断了电话，而焚书心头略微有些失落：原来是催命的。

“天哪！屋漏偏逢连夜雨，我现在一点灵感都没有，胡总那边却催得这么紧，让我怎么活呢？”焚书痛苦地想着，从冰箱里拿出啤酒“咕咚咕咚”地灌进嘴里。

“李白斗酒诗百篇，焚书斗酒写方案，就是再痛苦，工作也要做。”一面调侃自己，一面再泡上一壶浓茶，就这样跟自己耗上了。虽说脑子不算很灵光，但靠着网络上的资料还有偶然残存的灵光，经过一个通宵的努力，焚书总算写出了一套让自己相对满意的方案。

换上一件天蓝色衬衫，把领子竖起来，外面套白色休闲西装，照照镜子，人模狗样的，给自己一个好心情。

焚书走进会议室的时候，看到胡总占据了头把交椅的位置，他冲焚书点点头，算是打过了招呼。大川等人分散在两旁落座。嫦娥紧挨着胡总落座，她用手指指投影仪，示意焚书马上开始展示方案。

“速达减肥俱乐部周年庆典方案分三部分。第一部分是拉动消费，以减肥俱乐部为由头，从而拉动减肥俱乐部、酒店、咖啡厅的联动消费。减肥俱乐部发放的会员卡，可在胡总旗下酒店、咖啡厅联动使用，具体折扣待定；第二部分是赞助公益事业获取品牌美誉度，减肥俱乐部周年庆典当日所有收入，捐献给慈善总会；第三部分是媒体宣传创意，以健康生活为主题，开展‘我的健康我作主’建议征集提案活动，让广大市民和会员替俱乐部想出更好的活动，供后续发展做参考。”以上是焚书所做创意方案的主要内容，在每个内容后面，是详细的分工执行案。

“胡总，您看，这个案子怎么样？”嫦娥没有直接对方案作点评，因为胡总坐在这里，是当仁不让的决策人。

焚书心里猜想：这个创意嫦娥应该是满意的，如果连她这一关都过不了，她绝对不会让胡总直接参与意见。

“小伙子，这个创意做得不错，想到了把我旗下所有的产业联动，这正是我所希望的，而公益活动和健康主题的活动，我也有过这种想法，与你的创意也是不谋而合啊！这真是强将手下无弱兵啊。”胡总嘴里满是称赞的话，焚书心里乐呵呵地受用着，心里想：这下没给你嫦娥修理我的把柄吧。

“胡总，过奖了。”焚书尽量让语气平静地回复胡总的夸奖。

“我还有事，先走一步。嫦总，你们这个案子还可以加入一些互动元素，但是别太直白，别让人感觉是商业行为。”胡总看看腕上的表，站起来告辞。

“大家都先回去吧，焚书留下，我单独跟他谈谈。”胡总走后，嫦娥“遣散”了创意部其他人员，大川他们三人陆续走出了办公室。

“辛苦了。昨天熬夜了？”嫦娥语气中充满关怀地问。

“没什么，应该的。”焚书对嫦娥的关心表现出了感激。此时面对面地跟嫦娥相处，他似乎可以感觉到她吐气如兰的温柔，一时间觉得心旷神怡。

“我对你的工作态度表示满意，但是不得不抱歉地告诉你，我对你的这个创意持否定态度。胡老板认同了你这个创意，多半是看在我在以前公司跟他合作愉快的面子上，你的这些创意内容，丝毫没有亮点，胡老板刚才的话里也告诉了你，他自己已经想到了这些创意点。人家把创意这块工作外包给我们，就是希望我们能做得有声有色，推陈出新，而不是拿出一些司空见惯的东西糊弄人家。客户的每一分钱都要花得有价值，这个创意你要重新返工。”嫦娥这番话彻底点燃了焚书的怒火。

“什么？返工？你说返工就返工啊？嫦娥总监你上下两张嘴皮子一碰，我熬夜一通宵的成果就这样被强奸了？人家客户都认可了，你却让我返工，明摆着是刁难我。你如果对我有意见，大可以直接告诉我，你看不上我，大不了我辞职，今后在你眼前消失，可你没必要用这种莫名其妙的手段来压迫我。你水平高，我的创意不行，有本事你现在告诉我，这个减肥俱乐部创意该怎么做？我最讨厌女人假公济私！”愤怒地甩出这些话，焚书直直地看着嫦娥，眼睛里似乎要喷出火来。

“这么美丽的女人心肠这么狠，一定是记恨我用哮天犬的创意调侃她，一定是认为我骑摩托车被交警罚款丢她的面子了，没想到这女人心胸这么狭窄，不，胸，不狭窄，足有36C。”焚书这样想着。

“胡总点明了你创意中最大的缺陷就是缺少互动，减肥是个运动概念，从这个元素讲你的创意里面丝毫没有体现出这个元素，这是你创意最失败的地方。如果是我来做这个创意，我会加入一个互动主题活动，比如骑办公椅大赛。”嫦娥说完这话，异常平静地看着焚书。

焚书的脸顿时羞得通红，仅仅不到一分钟，嫦娥想出的这个创意就已经打动了焚书，骑办公椅大赛这样一个活动，不但锁定了减肥俱乐部的人群，也就是经常不活动的办公室人员，做到有的放矢，还创造了一种随时随地可减肥的理念，仅仅是这个创意点，从新颖程度而言，至少在中国还没听说有谁搞过，是绝对的创新。

“嫦总，对不起，刚才我以小人之心度君子之腹了，你的创意确实高明。”焚书平复了一下自己的情绪，真诚地向嫦娥道歉。

“呵呵，我有那么大肚子？”嫦娥此时也欣赏焚书知错即改的作风，随即用一句玩笑的话，把双方的尴尬化解掉了。

“嫦总，我会继续努力做这个创意的，如果我实在不能胜任，我会主动辞职，不会给您添麻烦。”在告别前，焚书用这番话给了自己一份压力。

“大川，这个嫦娥总监是什么来头？她的业务能力真是太强了。”焚书转头询问大川，心里充满了对嫦娥的佩服。

“听说是从国内最顶尖的艺术学校毕业的高才生，来咱们公司之前，在卡门公司做创意总监。”大川边挠头边回答焚书的问题。

“卡门？就是号称中国最顶尖创意公司的卡门？如果是这样，那嫦娥也太厉害了！卡门公司在我的心中，就好比一片圣地，嫦娥来自卡门公司，能跟着她干，那绝对是不可多得的好机会啊。”焚书脸上洋溢着兴奋。

“我这是小道消息，至于真假，你自己去评判吧。这年头流行山寨，除了亲妈山寨不了，别的都有可能是山寨。”大川调侃着，给焚书泼了泼冷水。因为自己的创意曾三番五次被嫦娥毙掉，所以，大川心里也有些酸酸的，大男人不如女人，这让大川有些无奈。

“这么牛的人物，怎么会来到咱们公司？咱们虽说也是外资企业，毕竟不在大城市，以嫦娥的水平，就是去香港或国外也没问题啊！”焚书还在自言自语地猜测嫦娥的来历。

“这个谁清楚，也许是爱情吧，能让女人这么付出的肯定是爱情。不过这嫦娥脾气这么坏，也有可能没人敢要她，至今还是老处女。月老托梦给她，说 HEF

公司有个焚书，正失恋呢，你们天生一对，于是嫦娥来到了咱们公司，只为你，Only for you，现在不都说好白菜让猪拱嘛！哈哈！”大川开了个让焚书很恼火的玩笑。

“死胖子，我告诉你，你再这样，我翻脸了。”对着大川，焚书板下脸来。

“你还真当真了。嫦娥如果是个天鹅，能配上她的也绝对不会是癞蛤蟆！不知道她男朋友什么样！”大川不敢再拿焚书开涮，急忙转移话题，他的话却勾起了焚书的好奇心。

是的，从见到嫦娥开始，焚书从来没见过有男人来找她，也从来没见过嫦娥早下班。按说，这么美丽的女人，应该不乏追求者，那么，嫦娥的真命天子到底什么样子呢?

焚书忽然做了一个大胆而刺激的决定：跟踪嫦娥，看看她的男朋友到底是何方神圣！

“小鱼，快把你那奥拓给我开过来，我有急用。”焚书给小鱼打了电话。

“你不是有摩托车吗？”小鱼好奇地问道，“你以前可是从来不喜欢开车的。今天怎么了？”

“别废话，我那摩托车目标太大，大家都熟悉。”焚书解释。

“你是要跟踪人吧！等着，哥们儿帮你。”小鱼一语道破了天机。

终于等到嫦娥办公室的灯熄灭了，焚书悄悄跟在嫦娥身后，刻意没有与她同乘一座电梯。嫦娥发动了本田雅阁，她不知道，在自己的车后面，有辆奥拓正悄悄地尾随着。

第十章

跟踪来的秘密

嫦娥的车子行驶到一家咖啡馆前面停下了，焚书赶忙下车，悄悄跟在她的身后。

眼看着嫦娥走进屋里，找到一个位子落座，在那里悠然地翻看着杂志。焚书悄悄地溜边走，找了一个僻静又离嫦娥座位远远的、但可以看清楚嫦娥一举一动的地方，点了一杯咖啡，用杂志挡着半边脸，把目光投向嫦娥。

“真像电影里演的特务。”焚书自嘲地笑笑，可是，一般来说，电视里都是女特务多。

“我是地下党，嫦娥才是特务。”焚书给自己找乐子地想着，眼睛却盯得更紧了。

让焚书惊叹的事情发生了，嫦娥对面竟然走来一个老男人。

那男人看上去接近五十岁的样子，身材高大，身高足足超过一米八，戴着一副金丝边眼镜，穿着粉色的衬衫。他一坐在嫦娥对面，嫦娥就殷勤地替他在杯子里加满了咖啡。那男人用手把嫦娥的长发从额前拢到了耳后，嫦娥笑容满面地受用着，两个人交谈的态度十分亲密。

焚书在一旁看着，心中好似打翻了五味瓶。

“今天我倒要看看，这个嫦娥究竟是什么样的女人。”焚书此时充满怀疑，嫦娥跟那老男人的关系的确不正常。

喝完咖啡，焚书又跟踪嫦娥和那老男人走进了咖啡馆旁边的商场。

这是本市最高档的商场，虽然是晚上，但是商场里人依然不少，尤其是一对对情侣在里面信步逛着。或许是受到了感染，嫦娥竟然用手挽住了老男人的胳膊。

“这个嫦娥真是丢脸，这么好的条件非要找老男人。让人鄙视！”焚书放慢了脚步，心头一股无名火涌起。

只见嫦娥跟那老男人在领带的柜台前停下，经过一番选择，嫦娥替那老男人选择了一条金色的领带，并拿着在老男人的胸口比来比去。最后，嫦娥让导购小姐把领带仔细包装好，递到老男人手中，老男人笑得脸上的皱纹都开了花。

两人又走到了一顶级女装的品牌专柜前，嫦娥在新品上市区选了一条墨绿色的低胸裙子。当她从试衣间走出来的时候，可谓惊艳全场，那条裙子将她衬托得好像一个天使，本来就白皙的皮肤，在墨绿色的衬托下，更显得娇嫩。

“替我开张票。”那男人用浑厚的男中音说道。等到嫦娥换下衣服，老男人的手里已经多了一个豪华的包装袋，而嫦娥欣然享受这份感觉，把嘴巴凑近老男人的耳边说了声：“谢谢！”

看到这里，焚书再也没有心情继续跟踪下去了。

“恶心！”这样说着，焚书气呼呼地踢了一脚路边的垃圾桶，不锈钢桶发出“咚”的一声响，随后焚书又发力踢了那桶一脚，接着蹲下来气急败坏地开始揉脚。

“看她挺正派的，没想到是只金丝鸟。被老男人包养着还很知足的样子。这世界上女人最喜欢的永远是钱，嫦娥来到我们这个城市，屈尊于我们公司，为的就是让这老男人养着，只要赔赔笑脸就能过奢华的生活。焚书忽然又想到了聂小倩，心中顿时涌上一阵悲凉。

“我喜欢聂小倩，聂小倩跟我分手了；我对唐曼有好感，唐曼喜欢小鱼；我曾经想去追嫦娥，人家嫦娥傍大款，我的爱情在哪里？”焚书仰头看着天空，正有颗流星滑过。

“我就是不接你电话，就是不接，就是不接。”这个电话彩铃响起来的时候，焚书第一时间把电话放在耳旁，高声喊着：“妈，有什么事啊？”

这个彩铃是焚书专为妈妈设定的。自从自己搬出来住后，妈妈很少打电话，一般都是焚书主动打给家里。

“你周末回家来，我有事，好事。”妈妈神秘地说。

“什么事？电话里说不行啊？”焚书追问道，同时心里有些好奇。

“电话里说不清楚，回来再说吧。”妈妈刻意保留了这份神秘，不等焚书回话就把电话挂断了。

焚书知道，周末一定是要回家的，自己是个孝顺孩子，妈妈的话对于焚书来说就是圣旨。

周末，一回到家，妈妈就端上来了水果和瓜子，爸爸做了焚书喜欢吃的冰糖肘子和咸蛋黄焗南瓜，还拿出来一瓶好酒。

“孩子，妈知道你跟小倩分手了，心里烦。正好最近你张阿姨替你介绍了个对象，约好明天让你跟女孩去相亲，那女孩长得挺漂亮的。”妈妈把保留的那个秘密说了出来。

“什么？妈，相亲，我的天！这么老土的事情你也替我答应？我不去。”焚书抵抗地说。

“你也老大不小了，就去相亲一次嘛！我都答应你张阿姨了。”妈妈劝道。

“不去就是不去，你们别管我的事。”焚书嘟囔着，说话的声调明显提高了。

“不行，明天你一定要去。”很少发言的爸爸开口了，顺口把一杯酒干掉，然后把手里的筷子加重力气拍在桌子上，发出一声清脆的“啪”。

“那好吧。”见父亲发出了警告，焚书不敢再争辩，在这个传统观念主导的家庭里，爸爸的权威不容置疑。

星期天，焚书打扮一番，穿了白色的衬衫和灰色的西裤，跟着妈妈来到了公园的门口，等待了十分钟之后，张阿姨带来一个女孩。

焚书打量一下那女孩，样子清纯，有点像唐曼，不同的是，这女孩气质比唐曼优雅，戴着眼镜，很斯文的样子。

“这是焚书，这是李惠，你们年轻人聊聊吧！”张阿姨介绍完双方之后，识趣地拉着焚书妈妈走开了，只留下焚书跟李惠俩人。

“不如咱们找个地方聊聊吧，我对逛公园没兴趣，说实话，对相亲也没兴趣。”焚书不想兜圈子，于是把自己的想法直率地表达了出来，没想到这句话把李惠逗乐了，李惠点点头，回应道：“我也是这个意思。”

恰巧不远处就有一家 KFC。“不如就那里了。”焚书征得李惠同意后，俩人走了进去。

“李惠，我现在一点相亲的心情都没有，这或许对你不公平，可是我刚刚跟前任女朋友分手，今天只是给张阿姨个面子。”樊书再次真诚地对李惠坦白。

“我明白，从你的状态中我能觉察出来，其实，咱们两个差不多的遭遇，我也是刚跟男朋友分手，没办法，被人甩了，今天也是来给张阿姨面子的。”李惠的坦白让樊书心里觉得很舒服。

“呵呵，甩人这个程序，应该留给女人来完成，这是游戏规则。”樊书忽然开始喜欢跟李惠聊天了。

“可不是嘛！只是有些男人不知道这个规则！”李惠默契地配合着，随后顺便开了樊书一句玩笑：“看来你经常遵守游戏规则，都被人甩习惯了吧？”

“哈哈哈！”俩人一起开心地笑起来。这顿饭吃得很愉快，吃完饭，樊书恰巧摸到身上还有两张某茶楼的代金券。

“李惠，不如赏脸，去喝茶吧！”樊书不想这么快跟李惠分开，毕竟很长时间没有女人陪自己了，寂寞的时光不好打发。

“好。”李惠还提议，两人步行去茶楼，那个茶楼距离现在的位置竟然还有五公里远。

两个人很喜欢这种挑战，樊书刻意加快脚步的时候，李惠跟在后面一路小跑，丝毫不服输。

“樊书，我们轮流给对方讲笑话吧。”李惠提议着，樊书放慢了脚步，她知道李惠这是在示弱了，毕竟是女人，身体要相对弱一些。“那好，你先讲吧。”

“我想想，开始讲个好玩的。”李惠想了几秒钟，就开始讲笑话。

老陈说：“昨晚真倒霉。”

老李问：“发生了什么事？”

老陈答：“我昨晚回家早了，以往我总会在黑暗中抱住我家女佣，谁知昨晚抱住的竟是我老婆。”

老李：“那也没关系啊！”

老陈：“可是我老婆却说——小冯，老陈快回来了，你还不快走！”

樊书“哈哈”笑了几声，表示礼貌，接着便沉默了几分钟。

“我等着你的笑话，你想什么呢！”李惠把身子靠近一点，问道。

“我在想，如果成了夫妻，真的会陌生到抱着对方都不认识？”忽然之间，焚书就伤感起来。

“绝对不会那样的，笑话就是笑话嘛，该你讲了。”李惠及时终止了悲伤的话题。

“我给你讲个鬼笑话，你怕不怕。”焚书忽然有了小恶作剧的念头，于是征求李惠的意见。

“我不怕。”李惠咬咬牙，但还是吐了一口气，语言里有点哀求，“但别太让人害怕了。”

“行，讲个不太吓人的，这个笑话的名字叫：我生前最喜欢吃苹果。”焚书说完，开始讲自己的笑话。

一日，一位计程车司机由于工作了一整天，觉得很疲惫，所以就想开车回家休息，当时为午夜十二点。

刚好行经北市第二殡仪馆，他心里觉得毛毛的，心想：“唉哟，怪怪的，赶快离开这里。”

这时，路旁突然有一位身着白衣的女子招他停车，司机在犹豫要不要停车的时候，车子就刚好在那女子前面熄火了。

司机觉得好奇怪：怎么会这样呢？

这时，那女子无声无息地上车了。

“我要到松山机场。”那女子开口说道。

司机觉得更毛了，而车子这时又可以发动了。

“喔——好。松山机场是吧！？”司机用颤抖的声音说着。

“……”

车子开啊开，司机用后视镜看了那女子几眼，觉得她面无血色，脸色苍白。为了让自己不要胡思乱想，司机拿出一个苹果来啃，用来消除内心的不安。

这时，后座的女子说话了：“我生前最喜欢吃苹果了！”

司机一听，咬了一口苹果的嘴巴不但张大不动，连头发都竖起来了！

那女子继续道：“可是我生完小孩后就不喜欢吃了。”

“还好还好，不算害怕，没给我机会往你怀里钻。”李惠调侃道。

“那要不我再讲一个？”

“不用了，不用了。我不冷。我想起来一个冷笑话：传说中有位大侠，他的剑很冷，手很冷，心也很冷，所以他冷死了。这个故事告诉我们，天冷了要加衣服。”

“哈哈，这笑话真好笑，我再给你讲一个。”

俩人就这样有说有笑，一路走下去，竟然没有觉得劳累。

来到茶楼，李惠点了一款叫做“粉色回忆”的茶。所谓粉色回忆就是用玫瑰花瓣与百合泡在一起的茶，散发出淡淡的甜甜的香气。

茶楼里灯光迷离，容易让人敞开心扉。李惠告诉焚书，自己的前任男朋友是在工作中认识的，后来那人职位越升越高，最终选择了跟一位上司的女儿恋爱，从此跳进了龙门。

焚书也没有隐瞒自己跟聂小倩的恋爱故事，两颗寂寞的心互相得到了安慰。

分手的时候，李惠拒绝了焚书相送的好意，执意自己回家，她说那是自己多年以来养成的习惯。出门前，她把果盘里剩余的开心果全部装进了焚书的口袋。

“开心果是不能丢掉的，愿咱们都会开心。”李惠这样说。

临别的时候，焚书索要了李惠的电话，并且把自己的号码告诉了她。

“我知道，咱们或许不会成为恋人，但是，寂寞的时候，给对方打个电话，聊聊天，挺美好的。”焚书轻轻抱了一下李惠。

“你的笑话讲得真不错，希望下次还能听到。”李惠回抱了焚书一下，两颗年轻的心，因寂寞而碰撞，尽管两人都不清楚，还有没有缘分在人潮人海中跟对方再次相遇。

第十一章

对手的名声

再次见到嫦娥的时候，焚书心里有了一种别样的感觉，说白了就是一种鄙视。其实每个人都有这种心理，当自己认为一个人的所作所为很不招自己待见的时候，这个人无论做什么事情，都让人讨厌。如今看到嫦娥一身名牌，焚书脑子里甚至都会臆想出嫦娥被那个老男人压在身下的样子。

“焚书，减肥俱乐部那个创意，你有没有再完善一些？胡老板那边打来电话催了。”嫦娥在电话内线里语气急促。

“知道了，总监，我不是来公司吃干饭的，工作做不好，我会主动辞职，不会给你惹麻烦的，放心吧。”电话里，焚书的态度显然不那么友好。

“心情不好吗？帅哥！”嫦娥的声音是很温柔动听的，只是此刻焚书却没有那么好的心情。

“没事，我忙了。”焚书把电话重重地挂掉了。

焚书又翻看了一些国外的经典案例，除了骑办公椅大赛之外，又在创意中加入了扔鼠标比赛、运动鞋大灌篮等互动性项目。

把整个方案交给嫦娥的时候，焚书的心情是平静的。

嫦娥仔细翻看着方案，许久说了三个字：“有进步。”接着有意无意地在焚书肩头上按了一把。

要是在几天前，焚书一定会受宠若惊，或者借机跟嫦娥瞎贫一阵子，但此时，焚书情绪却是很低落的。他勉强挤出一个笑容，对嫦娥说道：“没其他事情，我回去了。”

“焚书，不管什么人，什么原因，做创意的人要充满激情，乐观向上才能做出好创意。”嫦娥的话似乎是在教育，更多的却是提醒。

“知道了。”焚书转身走出去，此刻却心潮澎湃：美好的东西被打碎了，那种失望，不是每个人都能理解的。你曾经是我仰慕的对象，我甚至以自己在你手下当兵而自豪，在朋友面前，提起你，嫦娥，我对人家说，海尔法公司有了你才能叫顶尖公司。我快乐着，去享受工作的乐趣，可是，几天之后，我却发现你是女人中最让人不耻的那类，我的骄傲烟消云散，看到你，我浑身不自在，你就像聊斋里的女鬼，美丽外表其实只是一张画皮而已。

焚书的方案交到胡总手里的时候，胡总表示了认可，专门打来电话，向焚书道了一声辛苦。随后的日子里，按照公司惯例，焚书作为活动协助执行人员，入驻胡总的公司工作。等到速达减肥俱乐部的周年庆典活动结束，焚书掐算了一下时间，已经在胡总的公司忙碌了整整一个月，终于可以返回海尔法公司了。

刚刚回到家里准备洗个热水澡，电话就响了起来：“焚书，今晚我们召开紧急会议，嫦娥总监让我打电话通知你火速回来。”大川在电话里风风火火地说完，就立即把电话挂了，全然不似以往的玩笑。

焚书匆匆忙忙洗了一把脸，跨上大踏板风驰电掣地赶往公司会议室。跟嫦娥打招呼的时候，焚书发现嫦娥今天的表情较以往严肃，漂亮的脸简直是冷若冰霜。

“各位同事，今年有一项重头工作，现在需要我们来做，它牵系到我们公司的名声以及每个人今后的发展。”嫦娥说话的时候，眼睛打量着每个人，最终把目光落在焚书身上。焚书赶忙低下头，转动着手里的圆珠笔，耳朵却竖起来，继续听嫦娥后面的话。

“最近，由美国AXT集团投资建立的CLOVER会员俱乐部已经登陆了我们这座城市。大家知道，CLOVER会员俱乐部是世界上最著名的以新鲜、刺激、高雅为特点，并完全服务于高端消费群体的俱乐部，而CLOVER会员俱乐部的活动创意，完全采取外包合作的方式。”嫦娥的话刚说到这里，周丽忽然插话进来。

“总监，你是说CLOVER会员俱乐部的创意活动要交给我们做？这太残酷了！谁都知道，CLOVER会员俱乐部对创意选择那可不是一般的挑剔，业内很多同行都说他们严格得近乎变态呢！如果真是选定咱们公司，看来以后我要随身携带健脑补肾丸了，以防止自己变成第二个白发魔女。”周丽做了个痛苦状。

“我请你们做头发，把周丽、王雅、焚书，包括咱们总监的头发都染成白色，这世界上不但多了白发魔女，还多了白发魔王呢。”大川的贫嘴引得大家哄堂大笑。

“大川，我看你最好直接也剃成电灯泡好了，CLOVER 会员俱乐部虽然报酬不菲，可不死上几百亿个脑细胞，提出的创意想要让他们说 OK，那简直是痴人说梦，你剃成光头正应了一句话，叫‘聪明的脑袋不长毛’。”王雅插话进来，拿着大川开涮。

大家又是一阵哄堂大笑，而焚书却一直很平静，他此时关心的是嫦娥的举动。

“大家开玩笑轻松一下我赞成。相信大家也都知道了 CLOVER 会员俱乐部对于创意选择的残酷。而我要告诉大家的事实，比现在还要残酷：CLOVER 那边除了选择我们 HEF（海尔法）公司之外，还选择了 BBT（贝塔）公司作为拟合作的对象，我们的创意要跟 BBT 公司的创意进行比拼，胜出之后，才有被 CLOVER 俱乐部选择的资格，因此这是一项艰巨的任务。我已经向老板表过态了，如果不能打赢 BBT 公司，我就辞职。希望大家能支持我，从现在开始，我们就是一个整体。”嫦娥这番话让现场沉默了，因为谁都知道，真正的考验已经来临了：BBT 公司是两个月前刚刚入驻这座城市的另一家外资创意公司，其实力丝毫不亚于海尔法公司。进驻短短两个月，他们的创意已经为数家大企业所称道，而海尔法之前的合作伙伴中，也有几家已经对 BBT 公司表示出浓厚的兴趣，如果这场较量失利，海尔法公司的名声将会受到极大的影响。

“总监，今晚你请大家一起吃饭、K 歌吧，为我们减减压！”焚书在沉默半晌之后，忽然恶作剧地提出了这样一个要求。这要求立刻得到了大川、周丽和王雅的响应。

“那好，没问题，只是吃饭和 K 歌的地点要焚书来选了。”嫦娥微笑了一下，焚书心里却有一丝幸灾乐祸的得意。

“大川，你说今晚我们要不要宰她，去鱼翅皇宫酒店吃饭，去钱柜 K 歌？”从会议室出来的路上，焚书跟大川商量。

“焚书，你别玩过了，她可是咱们的头，虽然她薪水高，可也不至于吃顿饭宰她八千多，否则以后你日子就难过了，依我看，吃饭找个干净、清净的地方，K 歌也没什么意思，不如去迪厅，放纵一下，顺便看看咱们这美女总监的好身材。”焚书仔细考虑之后，觉得大川这番话有道理，于是采用了大川的建议，大家选择了一家很有特色的鱼馆吃饭、聊天、喝啤酒。

焚书发现，嫦娥在工作之余，是个很会玩的人。吃饭的时候，她一句工作也不谈，跟周丽、王雅两个女生不同的是，她喝酒很豪爽，不管谁跟她喝酒，她都是直接干杯。

到了晚上十点多，没有喝酒的周丽坐在前排驾驶室的座位上，开着嫦娥的本田把大家载到了一家名叫 1+3 的迪厅。

要了一打啤酒之后，年轻人的状态出来了，大川跟王雅互相拍着肩膀，对着瓶吹啤酒，而周丽依旧只喝饮料。

焚书慢慢靠近嫦娥，在碰杯之后淡淡地说：“嫦娥总监，我那天看到你男朋友了。”

“嗯？”嫦娥惊奇地看了焚书一眼，但很快平静下来说，“那你可能认错人了，我没有男朋友。”

焚书别有用意地说了句：“是吗？”随后用眼睛盯着嫦娥。

“焚书，不早了，不如咱们回去吧！”嫦娥岔开了这个话题。

“好啊！等我去洗手间回来。也许那天我眼花了，看到的不是你。”焚书说完，直奔外面而去。

焚书从洗手间回来之后，一行人从迪厅往外走。焚书却在一个角落里发现了一个人，焚书揉揉眼睛，仔细看清楚后终于确认——角落里的人竟然真的是唐曼。

唐曼跟两个小伙子坐在一张桌子上，她显然是喝多了酒，眼神迷离。而同桌的两个小伙子却轮流不停地灌她酒，还不时把手放在唐曼的腰上，做出亲昵的动作。唐曼残存的理智让她不时地推开在她身上游走的手。

“唐曼，你在这干什么！”焚书走上前去问道。

“你是谁啊！”唐曼用力地摇着头，努力地思考着。

“我是焚书，小鱼的朋友，你别再喝了。”焚书伸手扶住唐曼正要歪斜的身子，随后喊了句，“大川，来搭把手，我朋友喝多了，咱们带她走。”

大川赶忙走过来，而一直没说话的那两个年轻人不愿意了。

“兄弟，这妞是我们先泡上的，光请她喝洋酒兄弟花了一千多了，你就这样带她走，太不给兄弟面子了吧。”其中一个说。

“那你想怎么样？”焚书斜眼看着这两人。

“把这妞留下。要不你跟我们一起，咱们一起那什么，哈哈！”另一人大笑着。

“去你妈的。”焚书一拳击在那人下巴上。

大川也挥舞拳头直奔另外一人，顷刻间，四个人扭打在了一起。王雅和周丽发出了一阵尖叫。

娱乐场所对于这种事情司空见惯，保安的现身速度也极快，还没等这几人甩开膀子大打出手，几人就已经被保安们赶出了门外。

“你们再胡来，我就报警。”嫦娥冲着那两个家伙喊了一句，说罢掏出手机就开始拨号。那两个小子见讨不到什么便宜，一边郁闷地嘟囔着：真他妈的晦气，一边急匆匆地离开了。

焚书把唐曼的双手搭在自己肩膀上，费力地把唐曼的身子送进了车里，众人也都钻进车子里，想立即离开这是非之地。

“女朋友？”等到车子开动之后，王雅一边长长地出一口气，一边问焚书。

焚书没有回答王雅的问题，跟正在开车的周丽商量：“能不能先把我们送回去？”

“你们？”周丽故意假装疑惑地问：“谁跟谁？”车上顿时响起一片笑声，焚书偷眼看了一眼嫦娥，她的眼睛也笑得眯成了一条缝。

“我们就是我跟她。”焚书指指自己和唐曼，同时感觉脸上有点发烫。

没办法了，不知道唐曼住在哪里，又不能给小鱼打电话，只能把唐曼先带回自己家了。

到了自己住的小区，在几人的调侃中，焚书把唐曼扛在肩上，背上了六楼。一进门，焚书连忙把唐曼扔到了床上，大口喘着粗气，心里想：幸亏她体重足够轻，要是再重一些，自己非要虚脱了。

唐曼却无法体会焚书的劳累，在酒精的作用下，她在焚书的床上美美地睡着了，焚书尽管满肚子委屈，却也不得不在沙发上凑合一晚。

清晨的阳光有些刺眼，外面起了一阵小风，吹着树叶发出“沙沙”的声音，好似不懂乐理的人在用破了的沙锤杂乱地演奏。

唐曼慢慢睁开了眼睛，先是有些迷迷糊糊，看到不远处沙发上竟然睡着一个男人，一骨碌爬起来。等到发现自己身体并无异样时，仔细瞅瞅沙发上酣睡的人，却是自己认识的焚书，于是唐曼用力在焚书身上摇了几下，大声地问道："我怎么会在这里？你怎么也在这儿？这是哪儿？这是怎么回事？"

"姑奶奶，你倒是睡得踏实，却不知昨晚我费了多大劲呢！这是我家，你昨晚在迪厅喝得大醉，还有两个男的一直想吃你豆腐，是我在迪厅里把你带回来的，我还差点跟那两个家伙打起来，昨天要不是我遇上你，你就惨了。"焚书提起昨晚的事情，言语里还有些替唐曼后怕的意思。

唐曼慢慢起身，却一把抱住了焚书。

焚书慢慢把唐曼的手从自己身上拿开，问道："到底怎么了？"

唐曼的眼泪流了下来，焚书赶忙去找纸巾，同时嘴里喊着："你别哭，千万别哭，我最怕女人的眼泪了。"

"焚书，我是因为小鱼才跑去喝酒的，相信你能看出来，我喜欢小鱼，喜欢很长时间了。可是小鱼昨天告诉我会把我当妹妹，因为他很爱他的女朋友。我心里不痛快，所以，一个人跑去迪厅想借酒浇愁。"唐曼努力回忆着说。

"这不是什么坏事，唐曼，小鱼跟张诗函已经在一起五年了，他不想害你，所以才跟你做个了断。你应该高兴，如果你跟小鱼之间再继续纠缠下去，最终大家都会痛苦不堪。"说这话的时候，焚书长长出了一口气：自己对小鱼的劝告终于起了作用，这份不清不楚的纠葛终于解脱了。

"唐曼，你先去洗把脸，我给你找新的毛巾跟牙刷。"焚书劝解着唐曼，打开衣橱，从里面找出一条毛巾，接着从梳妆台抽屉里拿出一支牙刷。

看到那淡绿色的牙刷，焚书的心抽搐了一下，原来这些东西，都是为聂小倩准备好的，没想到，现在给唐曼。

唐曼在洗漱间待了足足有半个小时的时间。当唐曼洗漱完毕走出来的时候，焚书发现她一下子变得精神起来了。

"焚书，昨晚麻烦你了，现在我想通了，不属于我的，强求也没有太大的必要，谢谢你的开导，你真是个好人。"唐曼冲焚书笑了笑。

“可是好人却不一定有好报。”焚书暗自想着，叹口气，自己经常给乞丐钱，经常默默地把路边倒了的车子扶起来，坐公交车的时候，每次见到老人和孕妇都起身让座，可是，老天并没有对自己表示出特别的照顾。

“焚书，我还想麻烦你一下，要赶去上班了，可昨晚的T袖让我弄脏了，你看，能给我找件T袖穿吗？”唐曼的脸红了，看着唐曼这娇羞的神态，焚书竟然有了一丝心动。

“给你这件，橘色的，你穿这个颜色应该没问题，就是可能有些大。”焚书从衣橱里翻出一件T袖递给唐曼。

“大点没关系，这颜色我很喜欢。”唐曼有些雀跃地走进洗手间换衣服，似乎对这件衣服很满意。等她换上T袖走出来，焚书看到她把略大的衣服下摆打成了一个结，露出一段小蛮腰来，显得她活泼又有活力。

“唐曼，你可真会穿。”焚书由衷地称赞着。

“我在学校的时候，学的专业是时装设计呢！”唐曼露出一丝得意，全然没有了昨晚的疲态，焚书的心情也一下子大好起来。

“不如我送你去上班吧。”

“好啊！”

焚书快步冲进洗漱间，只用了短短两分钟就换好了衣服，洗刷完毕。

开着那辆大踏板，把音乐放到最大，一对青年男女驰骋在柏油马路上。

清晨的风略微有些凉，唐曼把身子紧紧贴在焚书的后背上，而这次亲密接触，拉进的不仅仅是他们身体上的距离。

第十二章

梦 境

CLOVER 会员俱乐部对 HEF 公司的第一次考验很快就到来了：策划平面广告发布创意。

“CLOVER 会员俱乐部的第一次公开媒体亮相非常重要，对方提出要全面突出他们的特色和核心竞争力，当然，他们这次的要求也会苛刻到极致，这对我们而言，是巨大的考验。这个平面广告的创意，我们一定要充分展现出咱们最强的一面，争取在 CLOVER 会员俱乐部讨个好彩头。”这是嫦娥拿到 CLOVER 会员俱乐部给出的第一个任务单的时候，着重对大家强调的。而召开这次部门会议的时候，连 HEF 公司的老板皮特都亲自出席了，可见其重要程度。

“各位创意部的精英们，CLOVER 会员俱乐部就是为高端的人士进行娱乐服务的，他们每半个月就会针对自己的会员开展一期娱乐活动，这当然是我们最重大的盈利机会，如果我们能成为 CLOVER 会员俱乐部的合作伙伴，我们等于捧上了金饭碗。所以，我非常希望大家付出一百二十分的努力，用百米的速度来跑马拉松，一定要把 BBT 公司甩在后面，告诉大家，我们的创意就是 No.1。”这是皮特先生简短的讲话，当然对于总裁亲自提出的要求，在场的每个人都能感受到不一般的压力。

“这个平面广告创意，我们依旧采取分头制作之后，再进行头脑风暴讨论的方式。而跟以往不同的是，为了激发大家的斗志，咱们在部门内部采取分组赛马的方式。”嫦娥提出了一个富有挑战性的激励方式。

“分组赛马？听起来不错，咱们这组怎么分啊？”快嘴大川插话问。

“这样，焚书跟周丽和王雅一组，我跟大川一组，咱们两组先来个内部比赛，如何？”嫦娥环视大家道。

“不行，我抗议，你是总监，到最后还是你说了算，你要行使一票否决权，我们明显吃亏嘛！”焚书有针对性地发炮刁难起了嫦娥。

“焚书，你觉得我是那么狭隘和小心眼的人吗？你们见过我把工作当儿戏吗？我从来只会按照创意的水准来评判作品，因为好的作品也是有生命的，我尊重每个有创意的生命。如果你对我的分组有意见，那么，我保持中立，你跟王雅一组，让大川跟周丽一组，我当甩手掌柜。不过恐怕应对 CLOVER 会员俱乐部的挑剔以及 BBT 公司的堵截，你还做不到游刃有余吧。”嫦娥说完这话，眼睛直视焚书，目光中有一丝轻蔑和挑衅。

焚书心里是愤怒的，他十分想发作，用一句“你别自我感觉太良好”把嫦娥顶回去，但残存的理智还是让他清醒地知道，缺少了嫦娥，这个公司的创意团队就等于缺少了灵魂，而自己在公司工作的目的，可不是为了怄气的。

强压住怒火，焚书转动了一下手中把玩的笔，说道：“那还是按照你原来的分组好了，你跟大川一组，我跟王雅和周丽两个美女一组，看看哪组跑得快。”

“焚书，你们组，你是组长，我们组大川是组长，这是咱们内部的分工，给你们这两个男人点自尊。等到创意完成之后，我会请公司其他部门的经理级以上人员组成评审小组，评判哪组的创意更好，这样也显得公平，你觉得怎么样？”嫦娥此时不像是一个总监，倒像是一个秘书，不时征求大家的意见。

“OK！没问题。”大家异口同声地说。

“嫦娥这人看来也不那么讨厌，我那么难为她，她都没有针对我翻脸。”出门的时候，焚书悄悄对大川说，大川正要答话，但回头望了一眼之后，咳嗽两声，提高语调说：“咱们总监那是人见人爱，花见花开，英明神武，一树梨花压海棠。”

“你胡扯什么？”焚书正诧异大川的反常，扭过头才发现，嫦娥就站在自己跟大川身后呢！顿时觉得非常尴尬，好在电话铃及时响起来，让自己可以得到解脱。

“焚书，我是唐曼，有空吗？今晚，我想请你吃饭，谢谢你上次帮我。”

“好的，去哪？”焚书属于直来直去的性格，因为他此时也想跟唐曼见面，所以就免了那些推脱的客套话。

“去古缘咖啡吧。”唐曼说。

“古缘咖啡？你喜欢那家咖啡馆？”焚书有些好奇地问。

“是啊，我一直喜欢那里的装饰风格，灰色的墙，很有感觉呢！那种感觉是……”

唐曼的话没说完，焚书脱口而出：“颓废！”

古缘咖啡是焚书最喜欢的咖啡馆，因为焚书一直认为，那种风格是属于怀旧的，而且有些沧桑的味道，焚书没有想到，唐曼和自己有共同的感觉。

见到唐曼的时候，唐曼正在安详地看着一杯咖啡，她身上穿的竟然还是焚书那天送她的那件T袖。

侍应生走过来，问道：“先生要点什么？”

“黑咖啡。”

“跟这位女士点的一样啊！”侍应生的提醒才让焚书发现，原来唐曼点的也是这款黑咖啡。

唐曼递过来一个礼盒。

“焚书，你猜猜看，里面是什么？”唐曼微微笑。

“嗯？打火机？领带？”焚书说出的几个答案唐曼都一直在摇头。

“那我拆了啊！猜来猜去猜得头疼。”焚书边说边急不可耐地打开了那个包装。

“哈哈，太好玩了，这礼物。”焚书一边说，一边拿起唐曼的礼物在自己身上来回比量着。

唐曼送给焚书的是跟自己身上穿的一模一样的橘色T袖。

“唐曼，你真是有心人。你怎么会买到同样的T袖？我这件T袖是在香港机场免税商店买的，要想买到可不是很容易呢。”焚书说的是实话。

“只要有心就能买到，我看到了衣服上的商标，所以，这一个星期，我调动了所有的朋友关系，包括网友，终于被我买到了。”唐曼的话，让焚书有了些许感动。

“我要你穿着跟我一起上街。”唐曼说这话的时候，脸上有了些红晕。

“情侣装？”焚书脱口而出。

“嗯！”唐曼眼睛看着焚书。

“唐曼，可是……我承认虽然对你有好感，可是，我们似乎进展太快了些。”

焚书坦白地把自己的想法告诉了唐曼。

“我知道，让咱们两个寂寞的人，互相温暖一下，就好像玩一场爱情的游戏，你找到合适的，或者我找到合适的，咱们的游戏立即终止，如何？”唐曼的眼神中有迷离，还有挑衅。

“唐曼，你不能因为小鱼的事情而自暴自弃。”焚书憋了半晌，狐疑地说出这样一句话。

“焚书，你错了，我不是自暴自弃，只是想要个人疼我、爱我，你不也一样？小鱼曾经说过，你有个很好的女朋友也分手了，两个寂寞的人，互相关照一下，我都不在乎什么，你又在乎什么呢？难道你怕我占你便宜？”唐曼缓缓地把咖啡喝下去。

“这样，给你三天时间考虑，如果你同意，三天后穿着我送你的T袖，还是这个时间，来这里跟我约会，我等你；如果你不同意，当我没说过。”唐曼起身结账。焚书赶忙跑到吧台，唐曼却固执地买了单，自顾自地走出门外，剩下焚书呆呆地傻站着。

“爱情游戏，爱情真的可以游戏吗？”焚书甩甩头，木然地走出咖啡馆。

唐曼的话跟喝了太多的咖啡导致焚书失眠了，他坐起身子，试图考虑CLOVER会员俱乐部的创意方案，别说找不到灵感，连精力都无法集中，眼前几次浮现出唐曼的脸。无奈，焚书只好去论坛上闲逛，来打发时间，希望能激发出自己的睡意，而一篇题目叫做《梦境》的小说却吸引了焚书的眼球。

他常常半夜里醒过来，醒来后不知道自己应该做点什么，那时，他像一个无助的孩子。有时为自己倒一杯酒，在酒杯即将触及唇边的时候把杯子放下，说不清是为了什么，无端地烦恼起来。

在屋里，他通常不吸烟，于是信步走到阳台上，用火柴点燃一根白嘴烟。

他偏爱白色，一直是偏爱，那样代表的是一种纯洁，他始终把这个情结埋在自己内心最深处。既然自己内心的纯洁已经在逐步减少，就让这可见的鲜亮颜色来弥补一下自己纯洁的梦想，他经常会穿些白色的衣服。

火柴发出刺鼻的硫磺的味道，他吸吸鼻子，给自己一个微笑。高中的化学老师曾经说过，S代表硫，所以，下意识地，他把自己的身躯弯成S形，用胳膊肘支撑着整个身体，眼睛不眨地看烟头在黑暗里明明灭灭。

梦境。他时常把自己的这种怪异归结为梦境。

工作压力对于他来说很大，但是他不讨厌那些压力。他知道自己需要应对的这些工作对于自己的将来是一笔财富。一直想象着自己四十几岁时能成为一个重量级的人物，他有时很自负，而自负的男人往往喜欢频繁地更新自己的知识结构。在他光顾图书馆的时候，她经常出现。

她喜欢坐在一个阴暗的角落，手里大多是捧着财务的专业书，当然，有时候也会捧起亦舒的文集。

在她的面前放着一只玻璃杯，是透明的，那水面上漂着几朵菊花。

她喝水的时候很贪婪，总是喜欢把水一下子喝光，这和他的想象差别很大。他更愿意想象每次她都留半杯浸泡菊花的水，那样的意境很像他喜欢的宁静致远。

渐渐地，他已经习惯了自己在看书时，身旁有这样一个女生。说实话，他不记得她的样子，但是他记住了她那头柔亮的长发。看到她的长发，他的心会忽然抽搐一下，长发女人总是和伤害有关，而他曾经把抚摸恋人的长发当成一种享受。

那是一个下雪天气，外面的雪依旧纷扬。他坐在一个靠窗的位置，看着她远远地踏雪走近，厚重的衣服把她包裹得很像一条面包虫，想到这里，他笑笑。她忽地险些跌倒，让他不由地有些提心吊胆。当然，她不知道此刻有个男人正在偷窥自己。

她依然静静地坐在角落里，他忽然就有种踏实感，他开始想象这个女孩究竟是哪种类型。一阵电话铃声从她口袋里响起，她急匆匆地跑出去，桌上留下一本亦舒的书。

半小时过去了，她依旧没有回来。他的心跟着焦急，抬腕看看表，已经到了图书馆关门的时间。于是，匆忙间，他做了一个决定，拿起那本书放进自己的口袋。

深夜，他又一次醒来。他开始翻看她留下的那本书，那上面只有一行娟秀的小字：购于新华书店。他开始恼怒她为什么没有留下更多的痕迹，继而，他为自己的这个恼怒自嘲地笑了。“一个陌生人。”他嘟囔着上床睡觉，却再没有进入梦乡。

从他手中接过那本书，她浅浅地笑了，随后要了他的手机号码。这个举动让他很诧异。

时间飞快地滑过，他没有再见到她。

一个月后，他刚收拾好东西，准备赶深夜十一点的火车，手机显示了一个陌生的号码，接听之后，竟然是她。

他没有意外，那一刻真的没有意外，她打来电话只是想和他聊聊天，原因很简单：她失恋了，心情不好。

“我甩了我的男朋友，他很优秀。”她在电话里这样说。

“可是，你不快乐。”他仔细斟酌自己的语言，害怕伤害她。就这样，他忽然决定取消自己的行程，来和这个陌生的女孩聊天。

“你的声音很好听。”他没有撒谎，她的声音经过电话的传感变音后更加有味道，那声音和躺在被窝里的她一样慵懒。

“上帝很公平，既然我的容貌平庸，那么总要给我一样让我骄傲的资本。”她的声音爽朗起来了。

结束了通话，他失眠了，她同样失眠了。

再次相见，是在一家小粥屋。他给她打了电话，因为他心里充满了烦恼。尽管住在这个城市离市区很远的地方，她还是出来了，依旧是冷色调的打扮，她适合冷色调。

啤酒的泡沫慢慢融化，她聆听对面的他诉说自己的烦恼。她慢慢转动手里的玻璃杯，这是她的习惯，在他看来，很妩媚。

她当了一晚上的听众。夜很深，她拒绝他送她回家，自己一人上了出租车。

间歇地，他和她通话的频率多了起来。他喜欢每天早晨打电话叫她起床，他喜欢听她有吸引力的声音。

她说自己很寂寞。她经常这样说。她不肯去爱那些自己不喜欢的男人。

“我想找一个能和我一起奋斗的男人。我要有房子住，不要很大但是足够三个人住开；我要一部小车，不用豪华，但是，在我怀孕生宝宝的时候，我不想挤公交。”她时常对他说起自己想要的生活。

她有时很想放纵自己，可是她始终是个乖女孩。

他在酒醉后给她发短信：我想爱你。酒醒后他拼命解释，他不想伤害她，就像她不想伤害他的家庭一样。

“如果你自由了，我会努力争取你，如果你身上依旧背负着责任，我唯一能做的是默默地等。”她这样说。

他经常在节日祝福她找到一个好男人。

以后的日子里，每次收到她的短信，开头的称呼总是：哥哥。

她不再每晚把手机放在枕边。

他依旧在半夜醒来，依旧在阳台上吸白色过滤嘴的烟，依旧把身体弯成S形，依旧看烟头的明灭，不同的是，他开始在重新入睡前读一段亦舒，而不去考虑现在是否是梦境！

他慢慢靠近床头，轻轻地亲吻一下自己的儿子！

这篇小说启发了焚书的思考：“写这篇文章的家伙，是个已婚的男人，这男人遇到的境况跟小鱼有点像，只是，小鱼没有孩子也没有领那张证书；而文章中的女孩，显然就是唐曼的影子。只是，唐曼在多了小鱼这个哥哥之后，却没有文中女孩那份从容，以至于用爱情游戏来填补自己的空白，自己的位置显然就是一个替代品而已。唐曼此时仿若一个不会游泳的人落了水，试图随便抓住一个什么东西上岸，自己无论如何不应该去做这个替代品。因为对于唐曼，现在自己心里，实在谈不上爱情，这样畸形地在一起，最终吃亏的是唐曼。”焚书想着想着，忽然觉得，自己已经开窍了，看看时间，已经凌晨三点了，此时打电话显然不合适，焚书决定第二天给唐曼打个电话，告诉她，自己拒绝拿爱情当游戏。

“爱情游戏？游戏？人生不也是一场游戏吗？ CLOVER 会员俱乐部当然也在游戏之列喽？”大脑飞速转动的时候，焚书立即意识到，一个灵感正在向自己袭来，他飞速地把电脑切换到设计版面，循着灵感，勾画出了一款漂亮的平面广告。

第十三章

想想想

细细品了一口茶，然后优雅地用手指转动了几下杯子，走到电脑前面将鼠标敲敲点点，一个剃须刀广告就完成了：在一个半裸着上身的美女肩头，停留着一只长着绿色大眼睛的蜻蜓，蜻蜓的翅膀上显示着剃须刀的Logo。电脑前的男人露出充满自信的微笑，这个男人就是BBT（贝塔）公司创意部的总监吴刚，曾经留学于法国的某小城，苦学了六年的创意。那个小城景色优美，造就了世界最著名品牌的矿泉水——高贵而柔和。每天在如此美妙的城市文化熏陶之下，吴刚的身上自然透露出极高的艺术气质。

吴刚很在意自己的外表，他的发型天天换，且每个发型都彰显着不俗，这点跟万人迷的球星小贝有些像，而吴刚也长着一对宝石蓝的眼睛，这充分显示出他混血儿的基因。

吴刚的母亲是中国人，父亲却是英国人，良好的家庭条件让他在小小年纪就得以去艺术圣地法国接受锤炼。

BBT公司对吴刚来说，只是一个驿站，吴刚回到母亲的故乡探亲的时候，偶然发现BBT公司竟然入驻了这座城市。巧合的是，在拜会故交查理叔叔的时候，吴刚才晓得，查理叔叔此时的身份是BBT公司派驻在这座城市的老总。见到吴刚，查理很高兴，他力邀吴刚留下来，盛情难却之下，吴刚成为BBT公司创意部的掌门人。

让吴刚没有想到的是，进入BBT公司之后，他原本替故交打几天短工的念头消失了，因为吴刚听说了著名的 CLOVER 会员俱乐正在招募合作伙伴，而 BBT 公司的对手竟然是知名的 HEF（海尔法）公司。

高手过招的那份刺激感，让吴刚转变了自己原本只想玩玩儿的心态，他要在这里实现自己的价值。

BBT 公司的老板查理征求吴刚意见，询问吴刚的创意部门还需要增加什么人手，吴刚笑了笑，说道："创意人员不需要很多，只要精干就可以了，主创意的思路我来出，我只需要一名高水平的设计人员。"

BBT 公司招聘设计人员的广告一打出去，前来应聘的人踏破了门槛，其中不乏在国内著名设计公司做过几年的高级设计师。但让大家大跌眼镜的是，总监吴刚最后录用的是一个没有任何知名设计公司从业经历的女生，她的名字叫李惠。

有人猜测李惠是吴刚的亲戚，有人猜测李惠跟老板查理有千丝万缕的关系，因此吴刚不得不用，说什么的都有。而面对着这些，只有吴刚心里最清楚，李惠打动自己的其实是她身上特殊的悟性。

李惠在面对吴刚时，真诚地说出了一个好的创意人的核心要素：创意人员除了灵性，还要有野心。李惠现场为 BBT 公司设计了一款招聘广告：一个穿着树叶的土著人，用手里的弹弓去射击高空的战斗机。从这个作品中，吴刚看出了李惠的思想，跟有思想的人合作当然是愉快的，于是李惠顺理成章地成了自己跟 HEF 公司智斗的搭档。

外面的阳光照进来的时候，办公室里的气氛很融洽。

"李惠，关于 CLOVER 会员俱乐部的资料跟情况，我们已经非常了解了，我想了几天，脑子里形成一个创意，我需要利用你高超的设计水平，把 CLOVER 会员俱乐部的平面媒体发布广告在下周三之前设计出来，OK?" 吴刚凑近李惠吩咐工作的时候，李惠闻到他身上淡淡的剃须水的味道。

"OK。" 李惠用手比画个形状，冲着吴刚笑了笑。

回过头，李惠一刻不停地忙碌着。仅仅过了半天，她就把方案交给了吴刚。吴刚提出些意见，李惠立即进行修正，最后，两人看着成品，击掌相庆——凭着这样的默契，BBT 公司的创意作品水到渠成般地顺利完成了，只等待与 HEF 公司的创意周五在 CLOVER 会员俱乐部的比稿会上交锋。

相对于BBT公司的顺利，HEF公司就没这么好运了，关于创意案的讨论已经进入如火如荼的阶段了。

第一小组成员焚书和王雅、周丽拿出来的作品正是焚书失眠那夜的灵感成果：鲜艳的彩虹七色作为背景铺满了整个画面，左侧一个小男孩把七种颜色的画笔放进电脑里，右侧电脑屏幕里长出了一棵树，树的枝干上分别长出金钱、红心、绿地、阳光以及魔鬼的形状。画面的下端用大号的艺术字写着广告词：游戏人生CLOVER。

第二组成员嫦娥和大川拿出来的创意，却是另一种风格：整个画面是一只巨大的钟，钟表没有时针、分针和秒针，在钟表里面只有CLOVER这六个英文字母，画面上没有任何广告语。

坐在一旁作为评委的公司其他部门的经理出现了意见向左：一派支持焚书小组，认为焚书的创意突出了一种梦想的色彩，每个人都有梦想，因此这个广告很温馨；另一派支持嫦娥小组，他们认为这个组的创意更大气、时尚，给了人们更多的想象空间。

双方代表你来我往，唇枪舌剑，谁也不能说服谁，会议开了两个钟头还是没有什么进展。最终所有人都觉得有些疲惫了，于是，终于有人提议：请嫦娥总监做主。

“这个嫦娥好厉害的手段，她自己本身是具备一票否决权的，但她任由大家争吵。吵不出什么结果时，再由其他人提议她行使自己的权力，这样一来，她既获得了民主的好名声，又能名正言顺地假公济私。”焚书悄悄地在心里分析，暗自准备好找个机会再向嫦娥发难，让她的如意算盘落空。

“我来点评一下这两组创意，希望大家能受到一些启发。”在伸了个懒腰之后，嫦娥开始进入工作状态，话说得干脆而又利索，而焚书则高度集中自己的精力，眼睛一眨不眨地盯着嫦娥。

“焚书你们组的创意缺点是不够新鲜，在我国，目前我们从电视上可以看到某些汽车广告中，小朋友把汽车种在海滩上浇水的创意，你偷梁换柱，把沙滩换成了电脑，虽然避免了抄袭，但是有雷同，很多人会感觉似曾相识，我认为这个创意新鲜感不够。但是，这个创意也有优点，就是广告语写得比较好，把人生定位成了一种游戏，这种定位主题是可以得到大家认同和关注的。”说完这番话，嫦娥用眼睛看看焚书，那意思好像在询问：我说得对吗？

其他部门的人纷纷点头，焚书尽管表面上并没有做出什么反应，但从心里暗竖大拇指：这嫦娥看问题的角度确实与众不同。

“总监，你们组的创意我看也有缺点呢！”王雅是个急性子，在嫦娥对自己组的创意提出异议之后，一种必须捍卫自身荣耀的念头立即升起来，也不管当着这么多人，她就心直口快地抢过了话头。

“很好，王雅，请你点评一下大川跟我这组的创意。”嫦娥并不恼怒，把幻灯片切换到自己那个创意上，大家的目光也都集中起来。

“钟表这个创意也不算新鲜，因为钟表是常见的东西，还有年历之类的，经常会见到用钟表、年历表示时间的广告，我认为这个创意还不如我们组的新鲜，说句大白话：很俗！”王雅说完吐吐舌头，人们发出一阵哄笑。

“王雅，虽然你的点评有些直白，但也不失真实，你的点评我认同，其他人还有没有意见？”嫦娥继续调动着大家的积极性。

“我觉得把 CLOVER 这六个英文字母放在钟表里太直白，而且显得没什么档次，按照流行的说法：巨傻巨傻的，还不如放在角落里。”周丽继续挑对方创意的毛病。

“大川，你有什么意见？”嫦娥忽然做了个让大家感觉莫名其妙的举动，她跟大川一组，在公开场合竟然也来征询本组人的意见，实在让人匪夷所思。

“总监，现在我明白了，完全明白了，这个创意我做得不好，确实是很不好，他们提出的意见跟昨天你给我的意见一样，现在我接受大家的意见，还是把您做的那个创意拿出来吧！”大川的话为大家揭开了谜底，原来，刚才的创意并不是嫦娥的作品。

原来，嫦娥为了压榨大川，要求大川自己独立完成一个创意，而大川经过冥思苦想，拿出了那个钟表创意，并且有些沾沾自喜。嫦娥立刻把大川的创意毙掉了，大川心里很不服气，于是，嫦娥依旧把这个创意拿到了讨论会上，让大川听听大家的点评，使其心服口服。

“请大家评判一下我们组第二个创意。”为避免大川的囧境，嫦娥立即切换了画面，把自己完成的创意投放在屏幕上。

一个西部牛仔，头上戴着顶牛仔帽，上身穿的是中国的唐装，手里拿着一把硕大的炒菜用的铲子，蹲在高尔夫球场上，面前是一只白色的高尔夫球，那牛仔的面部刺青是 CLOVER。

“妙啊！”喊出这话的是周丽，而焚书心里也是同样的声音：西部牛仔穿着唐装代表中西文化的融和；高尔夫球场作为背景代表高端，一方面是会员档次高端，一方面是运作模式高端；炒菜的铲子打高尔夫球的创意前所未闻，无疑代表新鲜，而铲子同时也代表家庭的温馨；牛仔脸上的刺青恰到好处地体现出 CLOVER 的 Logo，既刺激又不太张扬。用这样简单的几个画面就勾画出了 CLOVER 俱乐部所有的优势，这个创意确实精妙无比，而主色调的绿色草地又缓解了人们视觉上的疲劳。

不用说，这次评判会的结果如秃子头上的虱子一样明显，嫦娥组的创意被评委会全票通过，作为参加与 BBT 公司比拼的核心武器上报给 CLOVER 俱乐部。或许是嫦娥想要多给焚书一些学习的机会，嫦娥一并把焚书那个创意也提交了上去，现在就等待着周五一起去 CLOVER 俱乐部新闻发布厅，参加与 BBT 公司的创意比稿了。

“焚书，这段时间你进步飞快，要继续努力，我觉得你很有潜力做个好的创意人，如果有一天我离开公司，你就可以顶起 HEF 公司的创意部。”两人偶然同乘一座电梯上班时，嫦娥对焚书说了这样一番话。

当焚书有些狐疑地看着嫦娥时，嫦娥解释道：“我是女人，不得不承认，再强的女人职业的生命周期也是短暂的，有一天也许我就专职做家庭主妇了。”说完嫦娥还笑了笑。

嫦娥这番话让焚书有些感动，她相信嫦娥是在鼓励自己，而且这份鼓励是真心的。自己在工作上处处针对她，可她并没有给自己小鞋穿，这份宽容足以证明她是个好上司、好女人。

焚书开口想说点什么，但当他一眼瞥见嫦娥今天穿的正是跟老男人约会的时候买下的那件衣服时，兴趣全无，敷衍了两句类似“好的，知道了”之类的话，借口内急，提前走出了电梯。

第十四章

意料之外的平局

有些事情注定出人意料，焚书刚刚拿出电话准备打给唐曼，想告诉她自己并不准备接受爱情游戏的时候，小鱼的电话却抢先打进来。

“焚书，你身上有没有速效救心丸？如果有，先吃上两颗，我要告诉你一个消息，你一定要挺住。”

“死鱼，只要你不管我借钱，我就不用吃那玩艺儿！”虽然是开玩笑，但是焚书还是一阵紧张，焚书知道，小鱼带来的消息对于自己一定是个很糟糕的消息。

“聂小倩跟宁采臣今天已经登记结婚了，这是她亲口告诉张诗函的。张诗函不让我告诉你，但我觉得咱们关系这么好，这种事情瞒着你也没什么意思，让你长痛不如短痛，你可要挺住啊。”说完这话，小鱼在电话那头沉默了，似乎在思考怎么安慰焚书。

“你挂了吧，这是我预料之内的事情，我现在没什么感觉啊！”强打精神跟小鱼调侃着，而当小鱼的电话挂断之后，焚书的心头却一阵阵地刺痛起来：明明早就知道会有这么一天，劝过自己多少次，天涯何处无芳草，聂小倩就是一个不值得留恋和为她伤心的拜金女，可当这个结果真正摆在自己面前的时候，依旧是那么的残酷。想想当初海誓山盟的爱人，终于成为别人新娘的时候，心里那份绝望真让人连死的心都有了。

焚书缓缓地在手机上按下一排数字，那是聂小倩的电话号码，不用翻看电话本，这号码好似早就种在了自己的心里。

“焚书，有事？”聂小倩的语调是急促的。

“小倩，恭喜你！”说出这话的时候，强忍着眼泪。

沉默，许久的沉默。当聂小倩那声“谢谢”脱口而出的时候，焚书听到聂小倩哽咽的声音，自己的眼泪也终于不争气地流了下来。

此时无声胜有声。谁也没有说话，就这样倾听对方的呼吸，回忆相互关怀的日子，回忆对方的好，亲爱的，让我最后一次再感受一下你的温度，亲爱的，你会不会永远记得我。

时间一分一秒过去，不知过了多久，聂小倩叹口气，说了句：“希望以后我们还能做朋友。”

“一定。”焚书的眼泪“吧嗒吧嗒”顺着腮帮子流下来，默默地擦掉，屏住哽咽声，害怕那边的她听出自己的脆弱——男儿有泪不轻弹，只因未到伤心处。

“挂了吧。”

“老规矩，你先。”

聂小倩把电话挂断了，她把头埋进枕头里，尽情地哭泣。电话这头的焚书呆呆地看着手机，麻木着，用手摸摸自己心脏的位置，还好，还能感觉到心跳，还不至于变成一具尸体。冷，全身发冷，尽管太阳那么温暖、无私地照耀着大地，可是，胸腔里早已是数九寒冬了，从来没有感觉到现在这般的孤独，那份寂寞让人窒息。

别离没有对错　要走也解释不多
现代说永远已经很傻
随着那一宵去火花已消逝
不可能付出一生那么多
情尽时就要放过　我怎会想穿心窝
若是厌倦了再不蹉跎
如共你分开应有机会再爱一个
不可能付出一生空虚过
你我情如路半经过

深知道再爱痛苦必多
愿你可轻轻松松放低我
剩了些开心的追忆送走我
皆因了解之后认清楚
离别时笑笑明辰剩我一个
潇洒里也会记起当初
若你的心中孤单再找我
若你的心窝中空虚再找我
不必痛苦当忆起我

打开踏板摩托的音响，反复播这首叫做《现代爱情故事》的老歌，这曾经是聂小倩最喜欢听的，从前身后的座椅上总有个快乐的人抱着自己，而如今身后只有凄冷空旷的风，焚书最脆弱的那根神经几近崩溃。

大踏板漫无目的地狂飙，鬼使神差来到了古缘咖啡馆的门口。

“爱情游戏！爱情不就是一场游戏吗？聂小倩丝毫不顾忌我的感受，决绝离我而去，我又何苦假装圣人？”想到这，焚书走进咖啡馆，依然选择了上次和唐曼对坐的那张桌子，坐下来给唐曼打电话。

“唐曼，我等不到明天了，我现在就在古缘咖啡，我等你。”人生本来就是一个过程，看开了，及时行乐，让爱情游戏给自己苦闷的生活带些乐趣也好。

唐曼来的时候，满脸的笑容，焚书的心情略微好些了。

“唐曼，我想跟你尝试恋爱！”见到唐曼，焚书并不想从自己嘴里把“爱情游戏”这四个字说出来，所以，男人有时候很虚伪，心里再龌龊，外表也要一副君子模样。

“那么现在我们就是恋人了。”唐曼进入状态更迅速，在焚书脸上亲了一下，由于她没有化妆，焚书不必担心口红印在脸上的尴尬。

两个为爱情失意的人在这个平凡的夜晚，扮演了一对甜蜜的爱人。在路边的大头贴照相机前，唐曼拉着焚书拍下了两人第一张合照。两人的头靠在一起，笑得很甜，没人知道他们是临时拼凑起的情侣。

唐曼把一张大头贴放进焚书的钱包里，另一张放进自己的钱包里。

“从现在开始，你是我的了，我也是你的了。”唐曼眨着眼睛说。

“那么是不是我们下面该做点什么？开房去？”

“好啊！悉听尊便。”

成年人在一起，有时候应该做爱做的事，但是焚书今晚却不想。

“我送你回家吧。今天晚上我还要加夜班，赶一个创意，等我忙完了这段时间工作之后，我好好收拾一下我那狗窝，在外面开房我不踏实。”焚书尽量调侃着，婉转拒绝了近一步的亲密。

“那好，我自己打车走，你早点休息。”唐曼也很体贴，招手打了一辆出租车，在车子临启动的时候，唐曼把手伸出车窗，朝着焚书摆摆手。

焚书的手在唐曼走后僵直在半空中，今天对于焚书来说，实在是过得光怪陆离，如同一场梦一样，瞬间有了一个新的女朋友，进展神速。双宿双飞的生活又回来了，这是和聂小倩分手之后，自己认为最美好的憧憬，可现在的状态真的是自己想要的吗？焚书不得而知。在上床睡觉之前，焚书把书桌上摆放的聂小倩的照片从相框里拿出来，找出剪刀想要狠狠剪下去，可看到那灿烂的笑脸，又默默把剪刀放下，把相片仔细地夹进一本书里，放在书橱最里端。

人在情场失意的时候，唯一可能缓解空虚和寂寞的就是工作了，焚书也不例外。上班成了他最快乐的时光，而焚书已经迫不及待地想要见识一下准客户CLOVER俱乐部的苛刻以及竞争对手BBT公司的风采了。

周五的比稿会终于在焚书的盼望中到来了。

HEF公司创意部的全体成员和BBT公司创意部的总监吴刚、设计师李惠以及由CLOVER俱乐部的高层领导组成的评审小组，同时集中在俱乐部宽大的会议室里。这间会议室是焚书见过的最豪华的会议室，不但投影仪、大屏幕、麦克话筒等设备全部配备了最高端的品牌，连沙发、会议桌、水彩笔等物件都是高级品牌，最让焚书感觉惊喜的是，在这里见到了李惠。

“李惠，太意外了，你竟然成了BBT公司的设计师。”

“是啊，焚书，我也没想到，原来你在HEF公司？”

“不是冤家不聚头，哈哈！”

两个相过亲的年轻人谁都没想到会在这种场合再次碰面，而彼此却是对头。

“焚书，这女孩子你认识？”大川悄悄地问。

“嗯。”

“给介绍介绍，这女孩看起来挺不错的。”大川不分场合的玩笑话，惹来嫦娥愤怒的一个白眼，大川赶紧吐吐舌头。

CLOVER俱乐部评审小组的组长先作了自我介绍，从他的话中大家了解到他是个香港人，英文名字叫Leo。

“我很高兴今天认识这么多创意精英，HEF公司和BBT公司的伙伴们，辛苦了！我们评审小组希望能看到让我们满意的作品，我们的评审标准只有一点：实力为王，因此，我们评审小组组员设置了五人，对于你们的作品，我们将会采取表决制。谢谢！”Leo的讲话简短有力，话音落下之后，响起了一阵掌声。

“这大牌俱乐部就是不一样，能跟他们合作成功，自己的身价仿佛也提高了一般。”焚书悄悄地开着小差。

在左右两块白色幕布上，投影分别展示了两家创意方案说明，当看到BBT公司的方案时，嫦娥露出了一种很奇特的表情，焚书仔细观察了许久，那表情应该是惊讶和赞叹。

吴刚的平面广告创意非常简单：背景是原白色，一个硕大的自由女神，右手举着一个鲜艳的红色中国结，左手抱着一本带有CLOVER字样的法典。

“这个创意最大的成功就在于大气，而且巧妙地利用了自由女神的知名度以及自由这个最让人向往的主题。创意来源并不复杂，只不过是把原本自由女神右手举的火炬跟左手抱的宣言巧妙进行了替换，但是这种替换带来了一种震撼的效果，传达出这样一种意思：在中国，如果你要自由地玩，那么只有CLOVER。”

吴刚讲解完，这个创意好像施了魔力一样，让嫦娥的眼睛一眨不眨地紧紧盯着，着迷地看着。许久，嫦娥转头轻声问坐在自己对面的吴刚：“请问这个作品是贵公司谁的手笔？”

“是我做的，见笑。”吴刚露出一个微笑，他的牙齿洁白，嘴巴里还有一股薄荷的味道。

嫦娥立即仔细打量对面这个人：白皮肤，眼睛是蓝色，头发向上梳着，斯文中透出一些狂野的气息。

“现在你们双方的创意都已经提交上来了，我们评审小组将会进行比稿和评判，评判结果将在三个工作日内告知大家。”Leo的这番话，其实也是逐客令，大家依次走出去。

“你们看到BBT公司的作品，有什么感想？”一回到公司会议室，嫦娥马上召开了紧急会议。

“也没什么嘛！自由女神也有好多人用她创意过。”大川大大咧咧地说，周丽和王雅表示赞同。

“我直觉这次我们输了，尽管我的创意很新奇，但是我相信，以CLOVER俱乐部的评审标准，我的创意中少了一种大气，这可能跟我是女人有关系。”嫦娥没有直接批判大川，而是用自己的作品跟吴刚的作了一个比较。

嫦娥的话让焚书几人都默不作声了，因为大家知道，嫦娥的实力在HEF公司绝对是No.1，如果她自己都示弱了，那么很显然，BBT公司是技高一筹的，要埋怨只能埋怨自己水平不够，抬头不见真神。

“焚书，你不是认识BBT公司那女孩吗？能不能替我打听一下那个吴刚究竟是什么来头？他的作品里有种很棒的灵性。”嫦娥忽然吩咐焚书，而语气里对吴刚竟有些崇拜的味道。

“总监，你不会对吴刚这个人有想法吧？”焚书口无遮拦的话引起大川几个恶作剧般的哄笑，而嫦娥则愤怒地从嘴里冒出一句：“焚书，给我闭嘴！我可以容忍你对我的过分，但你不能拿我交代你的工作当儿戏，这是上级给你的工作任务，你必须要完成。我对HEF公司负责，你要对我负责，我们了解对手才能打败对手，所以，我给你两天时间，你要是做不好这工作，别怪我不客气！”

这是焚书第二次见识到嫦娥的威严。

迫于嫦娥给出的这个“任务”，焚书只得再次把李惠约出来，希望能刺探些猛料交差。

这次两人选择的地点是一家非常有特色的餐馆，这家餐馆名字叫风波庄，店里的所有服务员都穿着古装，单间的名字是用金庸小说《射雕英雄传》里的人物东邪西毒南帝北丐来命名的。

这里的菜品名称也奇怪，凤爪被叫做九阴白骨爪，狮子头被叫做金刚大力丸。

选择这样一个地方吃饭，身上自然沾染了一些江湖气息。

“李女侠，有一事相求，不知当讲不当讲。”樊书学着古人的语调对着李惠一抱拳，然后干掉一杯酒，说：“请。”

“哈哈，樊少侠，但讲无妨。”李惠也极力配合，只是她可不敢干掉满杯的酒，只是轻轻把杯子的酒舔了一口。

“我们总监想知道你们部门那个吴刚是什么来头。可能我们那美女总监犯花痴了。”樊书为了避免李惠怀疑自己刺探军情，巧妙地拿嫦娥开涮。

“吴刚是个创意高手，毕业于法国L艺术学校，得过很多创意奖。他父亲是我们老板查理在英国的故交，不过他可不是凭关系坐上总监位置的，因为连我们老板都经常在内部会议上承认论创意的专业水平，他不如吴刚。我知道的就这些了。”李惠说完，忽然像有所察觉，问道，“该不是你们公司大老板想把吴刚挖过去吧，我看他跟你们那美女总监郎才女貌，挺般配的，干脆咱们两家公司合成一家得了。”

“哈哈，李惠，你别说，你们女人还真就想象力丰富，真要合并了，两家这么多孤男寡女的，改成婚介所得了。对了，你觉得我们部门那个大川怎么样？就是比稿那天坐在我旁边的那个胖子，他除了胖点没什么缺点。大川对你印象非常不错，还想让我给他牵红线呢。”樊书反过来调侃李惠。

“樊书，真有你的，嘴上一点亏都不吃，这种说客你也当。我现在心思全在工作上，别说大川，就是梁朝伟倒追我我都没兴趣。唉，对了，你觉得这次CLOVER俱乐部会选择咱们两家中谁的平面广告创意？”李惠适当地转换了话题。

“这个很不好说，说实话，我觉得我们总监对于自己的作品缺少必胜的信心，而似乎她对吴刚很佩服。”樊书自顾自地分析着，这顿饭吃得很愉快。

当樊书把自己得到的关于吴刚的情况讲给嫦娥听时，开始嫦娥很平静，但当他讲到吴刚毕业于法国L艺术学校，嫦娥眼睛明显一亮。她一脸羡慕地说道：“那是世界上最好的艺术学校之一，是搞创意的人向往的一片乐土。虽然我在国内读的也是名校，但跟L学校相比，简直是天壤之别。如果我们这次输了，我心服口服，毕竟对方系出名门啊。”

“总监，我怎么觉得自从见了吴刚，你没了底气了呢？老长人家的威风。说实话，我现在很不习惯你的思维方式，小家子气，小女人化，我更喜欢从前那个充满锐气的总监，尽管老是把我们的创意强奸，但我们心里服气。现在，你未战先怯，怎么能带我们打赢？人的脑袋都是肉长的，我不相信这个吴刚这么厉害。”樊书憋了许久，终于说出这番很不客气的话来。

嫦娥或许是对樊书这种顶撞一时反应不过来，始终没有做声。樊书转身向门外走去。

“樊书，等等——”樊书刚刚走到门口，嫦娥在他身后说道：“我谢谢你这些坦诚的话！但我不是你想象中的那种女人。”

“不是那种女人？哪种？这话含义好多啊，是软弱的女人，坚强的女人，还是被老男人包养的女人？”从办公室出来，樊书有些嘲笑地重复着嫦娥刚才那句话。

周一一早是CLOVER俱乐部发布评审结果的时间，这次结果非常让人意外：CLOVER俱乐部评审的结果竟然是一次双赢，两家公司同时获得了平面广告采用权。

原来，在CLOVER俱乐部的评审过程中，出现了一个小插曲：BBT公司自由女神的创意方案得到三位评委认可，HEF公司的高尔夫场地牛仔的方案得到两位评委认可，原本已经决定BBT公司胜出的结果，在上报至CLOVER俱乐部总经理时，总经理却对嫦娥的方案大加赞赏，爱不释手。最终CLOVER俱乐部的评审小组采取了一个让大家皆大欢喜的办法——两个方案全部通过，支付给两家设计费。

听到这个消息的嫦娥非常振奋，一方面是因为自己的作品得以跟吴刚的作品平起平坐；另一方面，她认为樊书对自己的鞭策有作用，自己应该更自信一些。

“下一步我们的优势会更大。”樊书在部门总结会议上竟然说出这样的大话，立即惹来了不满。

“樊书，你脑子坏了啊？这次我们是侥幸跟BBT公司打成平手，连嫦娥总监都觉得人家那个创意更好，你怎么说咱们下一步更有优势呢？难不成一夜之间你长进到了达芬奇的艺术水平了？”周丽抢白着樊书。

“你懂什么？下一步就不是单纯地做创意广告了，按照CLOVER俱乐部的要求，今后每两个月，我们就要跟BBT公司比拼策划一场针对CLOVER俱乐部会员的活动，由单纯的平面设计转往活动策划了，这要求细节考虑周全。BBT公司现在就两个人，而咱们有这么多人，头脑风暴出的点子比他们多，我就不信吴刚一个人的脑袋能敌咱们四个。”焚书搞怪地解释着。

“还有啊，焚书，你能不能让我出卖色相，把李惠那个小丫头搞定？我成功策反她当卧底，咱们就能提前知道他们的策划方案内容了，赢起来会更轻松。”大川厚颜无耻说道。

“你当你是刘德华玩无间道啊！”王雅插进来调侃大川。

“哼，刘德华哪有我帅？等我哪天有钱了，给刘德华一大把钱，让他按照我的样子整容。”大川自恋地说。

“别吹了，你马德华还差不多，不是马德华，是他扮演的《西游记》里的那个角色，知道不？二师兄！”王雅的回击引爆了快乐气氛，大家纷纷拿大川取乐，连嫦娥都笑出了眼泪——是的，在职场，胜利的快乐只有当事人才最能体会。

等到大家适当降了降温，嫦娥再次强调工作：“我们下一步要考虑两个月后，策划让CLOVER俱乐部会员觉得刺激、好玩，焚书说的对，我们人多有优势，大家要开动脑筋。谁有了好创意随时来找我沟通。”

说完，嫦娥心思一动，打算采取一个谁也料想不到的行动。

第十五章

生日礼物

BBT 公司的总监吴刚正在办公室上网查资料，前台小妹打来电话：吴总，有位自称是 HEF 公司的美女找你。

“嗯？这事情有意思。”这样想着，吴刚立即吩咐：“请她进来。”

“吴总，冒昧拜访，可不要见怪噢。”嫦娥进门的时候，打着哈哈。

自从见到吴刚之后，嫦娥对吴刚充满了好奇。她已经不仅仅满足于焚书带来的消息了，因为吴刚出色的创意能力以及让人羡慕的名校背景，对痴迷于艺术和创意的嫦娥来说，有着巨大的吸引力，所以，嫦娥动了亲自去接触吴刚的念头。

“嫦总来了，蓬荜生辉啊，欢迎，欢迎。”吴刚站起身，礼貌地招呼嫦娥就坐。

“我是来下战书的，下一步咱们的较量，我会全力以赴的，能和你这样的高手过招，我感觉很过瘾。”嫦娥话说得很温柔，但语气里带着一种倔强的劲头。

“我一定尽力配合，我也欣赏高手，尤其是和美女做对手。上次没分出胜负，我有些意犹未尽呢。”吴刚这番话说得很到位，既恭维了嫦娥，也表明了自己的立场。

嫦娥越发感觉吴刚是个很有内涵的人。

“彼此，彼此！那么我就告辞了。”嫦娥起身准备离开。

“嫦总留步，肯不肯赏脸一起吃个午饭。”吴刚指指手上那块欧米茄的表，已经十一点四十五分了。面对吴刚的邀请，嫦娥略微一犹豫，但看到吴刚笑眯眯的眼神，当下便不再拒绝。

应该承认，有些人之间是天生有眼缘的，自比稿会那天见面开始，嫦娥跟吴刚都有一种惺惺相惜的感觉，彼此看对方特别舒服，而从事同样的职业又拉近了彼此之间的距离，两人总能找到相同的话题，见解也比较接近——这顿饭吃得很愉快。

嫦娥发现，或许是自小在国外接受不一样的教育的缘故，吴刚并没有国内从小养尊处优的公子哥的骄纵和狂妄，他从不自吹自擂，说话也很少用“我”。相反，他知书达理，在嫦娥阐述观点的时候，他静静地听，时而插嘴谈论出的话总能切中要害。他的博学、儒雅与艺术气息，让嫦娥觉得他像一座宝库，时刻能在他身上找到亮点。

午间一个小时的接触嫦娥觉得有些短暂，她还想跟吴刚再谈点什么。于是，嫦娥也找了一个理由：“吴总，我想去商场逛逛，能不能给我充当一下苦力？”面对这个邀请，吴刚当然爽快地答应了。

在商场里，吴刚又让嫦娥见识了他活泼的一面。

吴刚替嫦娥拿着袋子，跟着她来到了皮装区域。嫦娥的目光停留在一件紫红色的衣服上面。

机灵的促销小姐马上走上前。

那小姐看着两人，然后走近吴刚说：“先生，这件衣服是水貂皮制作的，高贵而舒适，请您的女朋友试穿一下吧。”

嫦娥转过头看着吴刚，等着他对小姐解释。一般来说，男女之间被人误会，是应该由男人作解释的。此刻，吴刚用了一种近似于“痞”的方式，来化解这个误会。

吴刚看着正在等待他回答问题的促销小姐，一本正经地问：“水貂能吃吗？”

嫦娥没想到吴刚竟然在如此高档的场所装傻充愣地和促销小姐开这样的玩笑，“噗哧”一声笑了。

而那小姐也被吴刚这句话逗乐了。

从商场出来，嫦娥对吴刚的好感又加深了一层，似乎这个男人完美得无懈可击。

“嫦总，今天见面很愉快，希望咱们能相互学习。”告别时，吴刚礼貌的谦让把嫦娥的思绪拉回了现实：一对金童玉女首先面对的是惨烈的职场搏杀。

CLOVER俱乐部对HEF公司和BBT公司提出了更严格要求，双月份的二十号，召开双方比拼会议，现场宣布评判结果。这无形中又给大家增加了一份刺激，焚书的生活步入一种紧张的状态。

唐曼已经搬进焚书的家。焚书是个说话算数的人，他把自己的屋子收拾了一番，换了一张新床。

一个女人，如果你尊重她，最基本的底线是你要准备一张属于她的床，再宽容的女人也不会允许自己的床上留有别的女人的痕迹（母女除外）。焚书家的新床是唐曼自己挑选的。

两个人过着小夫妻一样的生活，一同上班下班、吃饭睡觉，倒也其乐融融。但是，内心的感觉只有自己清楚。

焚书在工作上更加努力了。他强迫自己恶补了许多关于创意和策划的理论知识，每天绞尽脑汁地思考新鲜、刺激的俱乐部活动方案，这种付出让他的业务水平飞速地提升着。嫦娥成了焚书最好的老师和帮手，两人逐渐在工作中配合默契，接触也频繁起来。

“我们策划个慈善捐赠会，让 CLOVER 俱乐部的老成员每人捐一支自己最喜欢的笔，笔上刻下自己的名字，然后把笔捐赠给失学的孩子。获得笔的孩子在一年内可以拿着这支笔向捐赠者寻求三次帮助。他们每次帮助孩子的时候，就让媒体进行跟踪报道，从而倡导更多的人关心失学儿童，这样比直接让那些会员捐钱刺激得多，而至少三次的媒体报道，也让他们觉得不尽心帮忙会对不起孩子们。”这是焚书针对俱乐部活动策划的一个创意。

“焚书，你这个创意出发点不错，属于公益活动。但是两个月后是八月份，那时候学校还在放暑假呢，活动的效果会大打折扣的。八月是旅游的季节，我们应该选择旅游项目。”嫦娥及时纠正焚书跑偏的思路，然后跟焚书分享自己的思路：“我想让俱乐部的会员去原始森林探险，开展攀岩、打猎、生存体验等活动，你觉得怎样？”

“我认为安全问题应该重点考虑，比如一旦出现意外，怎么办？是安排随队医生吗，还是租直升飞机护航？但费用预算显然超标了。”焚书也提出自己的意见。

“嗯，你说的不错，要不我们再想下一个，这一个 Pass 掉了。”

“好，好事多磨，把大川他们积极性也调动起来，一定要打赢 BBT 公司。”

类似于上面这样的情景，几乎每天都在上演着，而焚书感觉自己正和嫦娥建立起一种默契。

“焚书，明天是我的生日，你可别忘了，我等你一起庆祝。”唐曼打电话的时候，焚书正在思考创意活动的内容，嫦娥坐在焚书的对面——这里是嫦娥的办公室。

“好啊，明天我争取早回去，今天我就去订蛋糕，拜拜！”焚书挂断电话的时候，发现嫦娥正坐在椅子上发呆。

“女人的生日是要让自己喜欢的人陪着好好庆祝的，焚书，发挥你的创意，给她一个惊喜。”嫦娥就着焚书刚刚跟唐曼的通话内容，把话题转换到了生日上。

“其实，过生日简简单单的最好，不过可能女人都比较在意这个。”焚书并不认同嫦娥的观点。

“我觉得，你还是好好动动脑子，把你当初智取唐曼那股子劲头拿出来。”嫦娥调侃道。

“冤枉啊，老大，我在迪厅把她带回家那天，我跟她真的不熟！”焚书赶忙解释。

“呵呵，我可没什么兴趣听你解释。总之，你们现在同居了，你不会新鲜感过去，就不把人当盘菜了吧！”嫦娥嘴上有些尖酸刻薄起来，焚书理解，女人总是同情女人的。

“如果是你，你想要个什么样的生日？”焚书不想和嫦娥讨论自己跟唐曼同居的问题，但是又不能对嫦娥的劝告置之不理，于是找到一个好的话题，顺便还能探寻一下嫦娥的心境：不知道嫦娥这种女人喜欢怎样的庆祝方式。

“给我点参考，你们女人的心思都是相通的。”焚书做出谦虚请教的样子，心里却有一种即将偷窥成功的快感。

“嗯，今天累了，跟你聊聊天。”嫦娥轻轻扣上自己的笔记本电脑。

“我对生日的要求没有什么特别的，但是希望可以让我记住。比如我就非常喜欢做陶艺，如果生日那天我喜欢的人陪我一起做个陶艺纪念品，我会很开心。”嫦娥话语中却有些伤感。

“总监，你这个创意不错，明天我决定带唐曼去做陶艺，谢谢了啊！”焚书借机走出办公室。

唐曼生日这天，焚书并没有特意早下班，他知道，嫦娥昨天已经知道自己今天要替唐曼庆祝生日，但是职场上，还要站好最后一班岗，这个时候，自己不能表现得太散漫，还是要以工作为主。

终于还有十分钟就可以下班了，公司老板皮特却走进了嫦娥的办公室。

“不好，这下唐曼的生日泡汤了。”根据以前的经验，焚书心里暗暗叫苦——皮特绝对是无事不登三宝殿的主，这个时候找创意部总监，肯定要留下来加班了。

果然，嫦娥的内线电话打进来了，通知创意部所有人留下加班。

“今晚肯定要熬夜了，总监又会请大家吃 KFC 了。”大川调侃道。

“非常不好意思，各位，刚刚总裁皮特先生告诉我，后天他要举办一个化装舞会，希望我们可以好好准备一下。时间很紧迫，所以，今天我只能把大家留下来，把舞会需要的面具跟相关东西准备好，明天抽时间进行制作，后天就可以用了。作为奖赏，咱们的成员可以去参加这个化装舞会，而且每个人允许带一名朋友出席。”嫦娥把皮特的意图传达给大家之后，没有人提什么怨言。外企这种“任务再难也必须全力以赴”的企业文化，已经植入每个人心里，相反，对后天能参加化装舞会，大家都非常企盼。

“焚书，你跟我负责面具的设计，大川、周丽和王雅，你们三人做出舞会现场的装点效果图。”嫦娥分工之后，大家开始各自忙碌起来。

大川他们在两个小时之后，已经把效果图设计出来了，而焚书跟嫦娥由于要设计的面具种类比较多，工程才进行到一半。

“焚书，看来今晚唐曼的生日庆祝你要泡汤了。”大川在离开前小声地对焚书说。王雅过来打趣道：“谁叫咱们总监欣赏焚书呢。”

“是啊，是啊，总监看来是要让焚书当陪绑的。”周丽也来调侃焚书。

“去去去，你们就会说风凉话，快走快走。”赶走了他们三人，焚书端着笔记本电脑跑到了嫦娥的办公室。

“不好意思，耽误你的生日会了，不过你的设计能力比较强，这样赶工效率更高一些。”嫦娥抱歉地对焚书说道。

唐曼的电话又打过来了，焚书赶忙按下接听键，说道：“实在对不起，看来我今晚要加通宵了，老板安排的事情，连总监都没有走呢。我明天给你补一个生日好吧！”

“那你忙好了，我找报社的小姐妹一起庆祝吧。”唐曼的声音有些失落。焚书赶忙叮嘱：“千万别喝酒啊！要喝明天我陪你喝。”

“行，焚书，够体贴的。”嫦娥抬起头，跟焚书开了一个小玩笑，顺便晃晃脖子。

“没办法，谁让咱老板这时候安排任务呢。”焚书边答话边飞快地移动鼠标。

经过两人的努力，最后一个面具样式设计完成了，看看时间，竟然已经到了凌晨。

“焚书，辛苦了！早些回去吧。”嫦娥有些抱歉地说道。

“不了，都这个点了，我回去唐曼肯定也睡不好，我干脆就在办公室待一夜算了。你怎么办？”焚书反问。

“那要不我请你出去喝点东西吧？反正我回去也没什么事情，混过几个钟头又该上班了。”嫦娥没有直接回答焚书的问题，而是发出了一个友好的邀请。

“孤男寡女，给个理由？”焚书顺嘴开个玩笑。不料嫦娥却立即给出了一个让焚书有些吃惊的理由：“已经过了十二点了，今天是我的生日。”

“啊，这么巧？你跟唐曼的生日就差一天。”说这话的时候，焚书忽然有个很刺激的决定。

“生日快乐，不过我还想来做你今年生日的第一个特别庆祝者，你接受吗？”焚书问道。

“现在？你替我庆祝生日？”焚书的提议很出乎嫦娥的意料。

“对，跟我走。”焚书载着嫦娥，踏板摩托一路急驰，行驶到了一个叫做“陶陶”的二十四小时营业的陶吧。

“我还记得你昨天说过的话，生日要跟喜欢的人一起留下些记忆，虽然我不是你喜欢的那个人，但是，我可以让你留下这个生日的记忆。我们一起来做陶艺，以后你看到自己的作品，就会想起这个生日，怎么样？”焚书得意地说。

嫦娥显然被感动了：“太好了，我接受这个庆祝方式！”

走进门，服务小姐热情地迎上来。习惯了深夜寂静的服务生显然把两人当作了情侣，在分配制作台的时候，她跟焚书说：“请您坐一号台，您的女朋友坐二号台。”

焚书抬头眼看嫦娥，嫦娥并不在意服务员的错误，径直在二号台前面坐了下来。

焚书选择做一个杯子，手在泥上游走的时候，脑子里却闪现出电影《人鬼情未了》里的经典情节：男人女人的手交织在一起，无尽的缠绵和温馨。

焚书转头看看身边的嫦娥，发现嫦娥正在专注地做一个小陶人。

“你记不记得《人鬼情未了》？”焚书问道。

嫦娥略微思考了一下，笑了，随后低头继续做小人，嘴里说道：“焚书，你这家伙脑子真复杂。”忽然，嫦娥抬起头，直视着焚书，问道，“你对我有想法？”

焚书这下囧了，没料到这个总监竟然如此直白地发问，可既然嫦娥不顾及什么，自己当然更要坦然面对了，于是焚书决定今晚放肆些。

“总监，这玩笑开大了，你是天鹅，我是癞蛤蟆，就是有想法也轮不到我啊，我又没钱又没权的，能养活自己就不错了。”焚书用双关的话来刺激嫦娥。

“焚书，有时候，女人并不会把钱看得高于爱情。”说这话的时候，嫦娥没有看焚书，而是自顾自地盯着手里那个小人，最终长长叹了一口气。

沉默，持续的沉默。

当天色微微放亮的时候，两个人的作品完成了，焚书做了一只杯子，嫦娥做了一个小人。陶艺要经过烧这道程序才能成为成品。店老板将这两件作品放在一起。

“先生，女士，作品上把你们两个人的名字写在一起吗？”出门前店老板这样问。

焚书看了一眼嫦娥，征求她的意见。

“可以的，麻烦老板。”嫦娥说完，走出门外。

“谢谢你焚书，我这个生日过得很有意义！那两件作品都送给你了。”

“可是，你自己的作品为什么不留个纪念呢？”

“其实，只要过程美丽，没必要刻意追求结果。”嫦娥这番话很有哲理，焚书忽然觉得，嫦娥或许有着不寻常的经历。

焚书为唐曼补过生日的时候，并没有再去那家陶艺吧，而是陪着唐曼去了一家高级西餐厅，吃了她一直想吃的套餐，又给她送了一条漂亮的丝巾。路过陶吧的时候，焚书竟然把自己在这里替嫦娥庆祝生日的事情当成小秘密保存在了心里，他拉着唐曼快速走过了陶吧。

晚上是化装舞会的时间，焚书理所当然地邀请了唐曼陪自己参加，而嫦娥会邀请谁呢？这是焚书心里的一个疑惑，好在，谜底马上就会被揭晓了。

第十六章

化装舞会和头脑风暴

化装舞会，按照西方的传统，原本是应该在十月份万圣节举办的，但是 HEF 公司的老板皮特是个很有些叛逆的家伙，所以，他心血来潮地把化装舞会定在了八月，为的是跟几个专程从瑞士赶来的老朋友 Happy 一番。

这个季节，当然不能穿厚厚的衣服了，因此焚书把自己打扮成了唐伯虎的样子，唐曼打扮成了秋香。唐曼一直以来就喜欢穿古典风格的衣服，她的古装扮相可谓惊艳。两人的出现，引得一片赞叹声。

大川竟然成功约到了李惠，只是，李惠拒绝跟他扮情侣。可怜的大川想来想去扮成了咸蛋超人，顶着个头盔到处跑，李惠则扮成了白雪公主的样子，本身娇小的身材更让她显得小鸟依人，于是大家就看到体型巨大的咸蛋超人尾随着白雪公主，引起一阵善意哄笑。周丽邀请的是他的男朋友，两人十分低调，没有什么出彩的扮相，分别扮作了牛郎和织女。王雅没有邀请伴侣出席舞会，她简单地在身上加了一对小翅膀，扮作了一个天使。大川悄悄对焚书说：王雅跟她的男朋友正在冷战。

老板皮特的扮相让人大跌眼镜：他戴了一副硕大的眼镜，半光着膀子，胳膊上还用彩笔画了纹身，俨然黑超特警的样子。他的那些老外朋友极尽搞怪，有的是朋克头，有的是土著裙，一片欢声笑语，等到嫦娥和吴刚出现，众人送上了一阵惊呼。

吴刚的出现让焚书颇感意外，李惠悄悄告诉焚书，嫦娥都去过 BBT 公司几次了，焚书这才恍然大悟：原来嫦娥早就对吴刚产生了兴趣。

“这个嫦娥真厉害，一边享受着老男人的金钱，一边索取年轻帅哥的爱情。”焚书把目光投向两人：嫦娥跟吴刚在一起，宛若天造地设，异常般配。

嫦娥扮成了《古墓丽影》里的劳拉形象，她把头发高高扎起，编成一条独角长辫子，显得野性十足，黑色的紧身衣勾勒出她完美的身材，高挑又性感，与平常给人的感觉有极大的反差。吴刚穿着蝙蝠侠那样的黑色衣服，在脸上涂抹了一些油彩，显得很有男人气息，加上他本身长相英俊，与嫦娥同时出现，立即征服了全场。

化装舞会设置了一个有趣的节目，一根二十公分的巧克力棒，情侣们分别从两端开始吃，看看哪对情侣最终能顺利吃到最后成功会师。

李惠在第一时间就将巧克力棒咬断了，同时断掉了和大川进一步亲热的念头，周丽和她的男朋友以及焚书和唐曼毫无悬念地完成了这个游戏，轻车熟路的事情，在家里早就演练过无数次了；老板皮特在大家的怂恿下，跟其一位好友女士也顺利完成了游戏，浅浅地相互一吻，对于外国人来说，这种项目的设置，无疑就是增加点快乐的砝码。而当嫦娥与吴刚进行这个游戏时，依然是全场的焦点：大家知道这是一对对手，代表各自的公司，而在这场舞会上，两人又被大家心照不宣地认为关系非同一般的亲密，那么二人会如何表现呢？

看着从两端各自开始吮吸巧克力棒，知道两人的唇越来越靠近，似乎马上就将展现一个甜蜜的热吻，焚书闭上了眼睛。

“失败了，哈哈！”王雅幸灾乐祸的叫喊声让焚书重新睁开眼睛，却见嫦娥和吴刚二人面色平静地对大家说着：“抱歉抱歉，难度太大。”这两人始终还是展现了一种若即若离。

这场化装舞会结束之后，焚书无缘无故对嫦娥多了一些火气，讲话的时候恢复了尖酸刻薄。焚书觉得自己跟嫦娥刚刚建立起的友好关系忽然就被火气冲没了，焚书难以理解自己为何会有这样的心态。

“我是不是更年期提前了？”焚书跟小鱼喝酒时开玩笑，而小鱼说了一句话让焚书感到震惊，小鱼说：“你不是更年期，你是在吃醋，你有可能真的爱上嫦娥了，以至于由爱生恨。”

焚书立即否定了，义正言辞地辩解说绝不可能，可当他打开锁在里屋抽屉里写着自己跟嫦娥名字的杯子和陶瓷小人的时候，焚书觉得小鱼的话或许真的有道理。偶然之间，焚书看到了一个关于“爱上一个人”的测试题目：

1. 当你正在忙时，却把手机开着，等着她/他的短信……
   你已经爱上她/他了。
2. 如果你喜欢和她/他两个人单独漫步……
   你已经爱上她/他了。
3. 当你和她/他在一起时，你会假装不注意她/他，但是当她/他离开你的视线时，你会急着寻找她/他……
   你已经爱上她/他了。
4. 当她/他受伤或生病时，你会很关心她/他，替她/他着急……
   你已经爱上她/他了。
5. 当她/他和别人要好时，你会感到吃不知其味……
   你已经爱上她/他了。
6. 当你看到她/他那甜美的笑时，你的嘴角会扬起一丝得意的笑……
   你已经爱上她/他了。
7. 当你看到这篇文章时，心里想到某个人……
   那么你肯定已经爱上了她/他。

焚书投降了，这题目的每一点，似乎都验证了小鱼的话，焚书心里开始彷徨了，他打算找个合适的机会跟嫦娥好好谈谈，看看能不能解开自己的心结。

时间飞快地划过，距离CLOVER俱乐部要求刊发活动创意的二十号还有不到一周的时间了，HEF公司的创意碰头会正在激烈地进行。

“嫦娥总监，我看咱们把创意活动地点放在厨房里算了，虽然八月是旅游季节，可是，大夏天，估计俱乐部的那些会员也都是见多识广的主，什么丽江、黄山、西双版纳的，肯定都去腻了，咱们来个反其道而行，让他们就在家里体验乐趣。”大川最近非常努力，提出了一个大胆却很抓人眼球的创意。

“总监，我觉得大川这个创意还不错，让他继续说详细点。”周丽难得跟大川站在一条线上。

“我的意思是，选一档直播节目，会员们进行厨艺大比拼，我敢肯定，看惯了什么歌舞海选跟专业厨艺比赛的观众，一定会对那些所谓成功人士下厨房有兴趣，而我这个创意方案中则要求这些成功人士从采购食物、调料到进行烹饪比赛，全部亲自完成，电视台进行跟踪播出。他们最后烹饪出的菜分别要送给他们的长辈、儿女、同事们品尝，这样一来，互动性也有了。”大川很兴奋，手舞足蹈地忙活着。

“大川这个创意很新鲜，考虑到了反向创意的元素，这点值得肯定，但是这个创意不够刺激，因为会员俱乐部里还有一些女会员，他们或许在以前还不富裕的时候，经常自己做饭，对于这个创意肯定会嗤之以鼻。不过为了鼓励大川的积极性，这个创意可以作为提案之一上交给 CLOVER 俱乐部。”嫦娥这样分析大川的方案，大家觉得嫦娥的处理方式颇见水平。

“太好了，我终于也有被总监通过的方案了。”大川伸出手指，做了个 V 字的胜利状。

“王雅，说说你的创意，咱们是群策群力的部门，每个人都要努力。”嫦娥把头转向了王雅，自嫦娥上任以来，王雅还没有什么出彩的表现。

“总监，我觉得在八月份还是选择户外运动创意比较好一些，室内的创意随时可以搞，而例如游泳、攀岩之类的运动，才是夏天独有的呢！”王雅边说边看着嫦娥，嫦娥用鼓励的眼神示意她继续说下去。

“我认为可以搞一个潜水活动，因为潜水是一项很刺激的运动。在活动的过程中，配备专业潜水教练，我相信 CLOVER 俱乐部会员会喜欢，而且潜水运动现在也很时尚，我查看了最新一期的时尚健康杂志，今年最流行的运动中，潜水排在了第一位。”

“总监，我支持王雅。”一直没有做声的焚书表明了自己的态度，王雅投来了感激的目光。

“好，王雅的创意我回去再仔细考虑一下，因为潜水对人员健康状况要求很高，所以在操作层面咱们要慎重。焚书，你的创意是什么？”嫦娥没去理会焚书对王雅的支持，而是让焚书把自己的创意展示出来。

“我也是户外运动的支持者，我原本希望用挑战极限来作为主题，安排蹦极活动，但是，考虑到有些人承受能力有限，我现在觉得王雅那个潜水的主意不错。”樊书回答。

嫦娥皱着眉头，久久没有说话，很显然，她对樊书的发言比较失望，而樊书自从受到了思想的困扰之后，也一直没有静下来思考活动创意，古人说过，一分耕耘一分收获，樊书这个阶段没付出努力，自然也没有好成绩。

“总监，每次你都能拿出让大家眼前一亮的创意，这次您的绝活该亮出来了吧！”大川今天心情非常好，所以话也多起来。

“我现在很矛盾，户外运动是适合这个季节的，但是刚刚我也讲过，我担心实现起来并不容易。成功人士固然追求刺激，但是他们更珍惜自己的生命，所以，在刺激的度上，我把握不好，这也是我通过大川那个厨房创意的原因，而现在我还没有让自己很满意的创意。”

会议就这样散了。樊书也一直闷闷不乐。

“樊书，今晚我们电视台有个酒会，你能不能来陪我一下？”唐曼在电话里说。

“好的，就来。”看看时间已经是下班时间，樊书冲出办公室，临走之前，往嫦娥的办公室看了一眼，奇怪的是，嫦娥办公室竟然黑着灯锁门了，这跟以前大不相同，嫦娥今天早下班了。

酒会中，樊书跟在唐曼身后，说着一些应酬的话，渐渐地有些厌倦，但看到唐曼依然兴致高昂，樊书只得找了个角落坐下来。

樊书对面的座位上，坐着一个胖胖的年轻人，看那体形比大川还有过之而无不及。

见樊书坐在对面，那人举举手中的酒杯，算是打过招呼，然后喝了一小口葡萄酒。

樊书也举杯向对方表示了感谢，这个年轻的胖子给樊书留下的印象不错。

“先生在哪发财？”那人跟樊书攀谈起来。

“没发财，一个创意公司的小职员，您呢？”樊书反客为主。

“我是外景导演，这是我的名片。”那人边说边双手递上来一张名片。

“外景导演陈小胜。”樊书轻轻读着。

“对啊！我们最擅长拍摄外景，如果有合作机会，关照我一下。”陈小胜趁热打铁地说。

“你们外景主要拍什么？”焚书忽然感觉到有一丝灵感正在袭来。

“我们能拍电影，也能拍电视剧，当然也能拍资料片。”陈小胜一丝不苟地回答。

“太好了，陈先生，我还有事，先走一步，后续一定会有合作机会。”焚书赶忙告辞，因为一个创意正在他脑子里生成了。

焚书想要找到唐曼跟她说自己提前先回去，见唐曼正在台上主持抽奖活动且玩得不亦乐乎，焚书于是独自一个人走出来。

踏上自己那辆踏板，把音乐开得大大的，焚书很拉风地在路上跑着。当车子路过十字路口时，一个人却急匆匆地冲出来，差点撞在焚书车上。

“你急着去……噢，嫦总，怎么是你？”按照焚书的口头语，“急着去”的后面两个字应该是“投胎”，可还没喊出来，却发现差点撞上自己的那个人，竟然是嫦娥。

“焚书？这么巧？”嫦娥说。

“确实巧，你那本田呢？”焚书问。

“卖了！”嫦娥答。

“什么？你还不至于穷到要卖车的地步吧！”

“我换了个新款甲壳虫。”嫦娥这话再次让焚书震惊，这个嫦娥不是一般的奢侈，那款甲壳虫焚书见过，属于今年刚登场的靓车。

“我那车还没到货，今天刚好去会见了一个朋友，没想到碰上你了。”

“男朋友？”焚书刚说出这话，见嫦娥脸色一沉，赶紧收住口。

“对了，我刚才想了一个创意，要回去赶快做出来，拜拜。”焚书找了个冠冕堂皇的借口，溜之大吉。

“焚书，快开门，聂小倩出事了。”门外响起重重的砸门声，是小鱼。

连鞋子都顾不上穿，打开门后，焚书看见小鱼焦急地站在门外。

“怎么回事？”听到聂小倩出事，焚书的心提到了嗓子眼。

“聂小倩刚刚被车撞了，送进了医院。”小鱼说，“张诗函现在正在医院陪她。”

“宁采臣呢？”焚书问。

“据说他出差了。快走吧，去医院，聂小倩正在做手术。”小鱼催促说。

“好，快走。”焚书抓起外套，跟小鱼急速地出门了。

“聂小倩，你一定要挺住，我来看你了。”焚书心急火燎地坐在副驾驶的位子上，遇到红灯便爆粗口大声地骂着，此刻焚书恨不得小鱼的奥拓能飞起来。

手术室外，张诗函正在走廊里走来走去。

“怎么回事？”匆忙赶到的焚书问道。

“我也不知道，是路过的人打了我的电话，告诉我聂小倩出了车祸，我才赶来的，那人是从聂小倩手机里查到的电话，一切只有等聂小倩醒了才知道。”张诗函解释着，同时安慰着焚书，“吉人自有天相，你冷静一下。”

焚书在走廊里转来转去，此时他感觉时间过得异常的慢，终于看到手术室的灯灭了，医生走出来，几人连忙小跑上前去，询问着情况。

“我们尽力了，伤者没生命危险，但是可能从此站不起来了。”医生的话让焚书仿佛坠入了深渊。

许久，聂小倩被推出来，身上盖着棉被，手臂和脚上都被输液的管子插满。

“谁是她的家人？把住院手续办一下。”

“我是她朋友，她家人在外地，她丈夫出差了，先交多少钱？”焚书赶忙走过去。

“三万块。”医生说。

“小鱼，诗函，你们看着小倩，我去取钱。”焚书说完，拿着银行卡飞奔而去。

“可怜的一对鸳鸯。”张诗函自言自语地说。

办理完住院手续，看着躺在床上的聂小倩，焚书拿过聂小倩的手机，调出宁采臣的电话拨过去。

“宁采臣，我是焚书，聂小倩的朋友，她出车祸住院了，你快到医院来！”焚书对着电话喊。

“什么？小倩出车祸，他怎么样？”宁采臣慌张地问。

“不太好，手术刚做完，还没醒，你来了再说。”

“我现在在外地，最早也要明天一早飞回去，你先帮我照顾一下。”宁采臣说完挂断了电话。

这个漫漫的长夜，只剩下了焚书跟聂小倩两个人。

看着聂小倩脸色苍白地躺在病床上，全然没有了平日的那份活泼跟俏皮，焚书的心仿佛被人揪紧，一股窒息的感觉袭来。

想起曾经两人手牵手漫步在校园里，想起第一次的拥抱，想起在一起时甜蜜的点点滴滴，焚书心中早已没有了怨恨，而一想到面前这个自己一直深爱的女人下半生有可能在轮椅上度过，焚书有一种莫名其妙的慌张：聂小倩会不会受不了这样的打击？

宁采臣来到医院的时候，焚书正趴在聂小倩床头睡觉。见到焚书之后，宁采臣脸色显然不那么好看。

聂小倩轻声呻吟了一下，身子动了动。

"她醒了。"宁采臣说着赶忙走到床边。

聂小倩睁开眼睛看到焚书跟宁采臣，目光轮流在两个人身上打量，最终停在宁采臣身上。

"小倩，到底怎么回事？"宁采臣握住聂小倩的手。

"昨天傍晚有人抢我的包，我被拽倒在地了，结果有车正好经过，我就什么也不知道了。"

"哎呀，我的腿，我的腿怎么会没有知觉？"聂小倩忽然发疯般地发起了脾气。

"我会不会残废了？告诉我，昨天医生怎么说的？"聂小倩对着两个人怒吼，焚书跟宁采臣都没有做声。

等到医生为聂小倩注射了镇定剂之后，聂小倩又沉沉地睡去，而她的眼角还带着泪痕。

"我们谈谈。"焚书拍拍宁采臣，宁采臣跟着焚书走到了长廊里。

"昨天医生怎么说的？"宁采臣问道。

"聂小倩很有可能会在轮椅上度过下半辈子。"焚书轻声说。

宁采臣的脸色顿时变得苍白。

"你会不会跟她离婚？"焚书问道。

"不会。"宁采臣说这话的时候，语气很坚定。

"她是我的合法妻子，在婚姻注册的地方，我告诉过她我们生死与共，永不分离。现在她出了车祸，我更要好好照顾她，尽到做老公的最大责任。"宁采臣这番话说出来，让焚书对他刮目相看。

焚书一直认为富家公子哥出身的宁采臣娇生惯养，承受不住任何挫折，焚书甚至担心宁采臣会在此时抛下聂小倩，没想到，宁采臣在发生了这件事情之后，表现出十足的男人做派。

“我佩服你，哥们儿！输给你我心服口服。”焚书在宁采臣背上拍了一把。

受到了聂小倩这件事情的影响，那个有了灵感的创意方案还没开始写，嫦娥的电话打进来：“焚书，你怎么没来上班也没请假？出事了？”焚书这才想起，自己早间忘记了跟嫦娥打招呼。

“我朋友出了车祸，我陪了她一夜，我现在就去上班。”挂断电话，焚书那辆大踏板的音乐在街头响起来。

第十七章

特殊的婚礼

经过连续几天的奋战，焚书把自己的创意方案交给了嫦娥。嫦娥看过方案之后，在会议上进行了讨论，方案最终全票通过。

“焚书，没想到你这家伙还真是个生力军呢！厉害。”大川伸出了拇指。

与 BBT 公司比拼的日子终于来到了。

嫦娥与吴刚相视一笑，而大川刻意坐在了李惠的对面。

“看这情景，HEF 公司与 BBT 公司不是对手，改成相亲会所算了。”焚书想起自己跟李惠在风波楼的调侃，在心里暗笑。

“这次我们先展示一下 BBT 公司的创意。”在评审组长 Leo 先生下达了指令之后，BBT 公司的活动创意立即投放在大屏幕上。

“超级大传递”，当这样的大标题出现的时候，大家伙的兴趣被调动起来，随着深入地了解，有人给出了掌声，逐渐地，掌声热烈起来。

原来这是一个互动游戏创意，方案是把俱乐部成员分成两组，传递的物品是一箱箱的汽车零件塑料模型。

两组参与者需要把这些模型从东南西北四个城市汇集到北京，然后在北京把这些零件拼接成一部与真汽车一样大的仿真汽车，比比哪组参与者传递与拼接速度更快。每组会配备一名专业技术人员，所有的费用由该品牌的汽车赞助商提供。

“我们这个创意的主旨在于宣扬一种合作精神，倡导商业中的合作共赢。汽车提供商全权赞助费用，当然是为俱乐部省钱喽。”吴刚简要地解释了这个创意。

此时，嫦娥的心情却略微有些紧张，因为吴刚这个创意实在是很精妙，给了HEF公司很大的压力。

轮到HEF公司进行创意展示了。

“焚书，你来做我们公司的创意展示。”嫦娥说完，把大屏幕切换到焚书所做的创意方案上。

“一部记录拼搏精神的影片。”大屏幕上的题目是这样的。

“我们这次活动选择了让会员参加野外潜水、蹦极、游泳以及打猎活动。我们会请专业的医疗队伍为大家护航。在这次活动中，每个人将会扮演一个角色，总体活动最终会形成一部影片，故事主线与保护野生动物有关。大家可以充分发挥自己的演艺才能，而这部影片的广告收入可以支付所花费的成本。关于会员普遍关心的风险问题，大家可以根据身体情况，选择参加不同的户外活动。”在焚书的讲解过程中，评审小组的成员也在交换着各自的意见，嫦娥看看焚书，用眼神示意讲得很好，焚书回报她一个微笑。

紧张的现场宣布终于到来了，大家屏住呼吸，Leo先生走上主席台，大声宣布：本次我们采纳的方案是BBT公司的创意。

失落写在了焚书的脸上，而嫦娥则睁大眼睛看着吴刚。

“我们认为，HEF公司的创意也很精彩，但是从参与角度与安全角度来说，我们还是认为BBT公司更胜一筹。”Leo的点评很到位，紧接着，Leo给大家出了一个命题作为下次的比拼计划：有个会员在十月一日结婚，他把自己的婚礼策划委托给了我们，你们要做的就是，策划一场别开生面的婚礼。

第一次活动方案的失败，已经把嫦娥逼上了绝路，嫦娥知道，如果再次输给吴刚，那么自己将没有颜面在HEF公司立足，焚书也暗自发誓：两个月后，一定要打个漂亮的翻身仗。

“BBT公司只有两个人，而我们有五个人，我认为我们这次的失败是个很好的教训，我们的专业水准不如吴刚，这是事实，但是更重要的是我觉得很多人潜能没有发挥出来，除了大川足够努力之外，包括我自己在内的其他人都没有全力以赴，我负主要的责任，对不起大家。”在总结会上，嫦娥这样给大家道歉，每个人心里都不是滋味。

“我现在有个决定，在婚礼的创意比拼中，进行内部淘汰，每个人都要拿出一个亮点计划，拿不出来的，或者创意不够新鲜的，将扣发奖金，而努力工作的将得到超额奖金。”嫦娥开始了压榨性的分工，以刺激大家的工作积极性。

走出写字楼，阳光有些刺眼，焚书的心思却已经飞到了医院。

焚书跟唐曼拿着一束鲜花敲敲房门，开门的是宁采臣，焚书刻意观察了他的眼睛，发现他眼睛里布满了血丝，但是精神状态很好，刚刚刮过胡子的下巴透出一股坚毅。

“小倩，我最近工作忙，很抱歉不能常来看你，不过有你老公照顾你，我们都很放心，你要好好振作，不久你就会康复的。”焚书客套地说完这些话的时候，聂小倩嘴上说着谢谢，眼睛却一直看着宁采臣，而宁采臣也跟她对视着。

“你要有什么需要帮忙的尽管开口，咱们都是女人，方便一些。”唐曼一边说，一边将一个水果递到聂小倩的手里。

“谢谢，我会的，不过现在还不需要，我老公把我照顾得很好，非常好，他都几夜没睡觉了。”

“夫妻之间哪用这么客气啊！小倩，只要你能康复了，我受点累心里也高兴。”

看着这两口子如此恩爱，焚书跟唐曼赶忙告辞，在他们走出门外的时候，宁采臣跟了出来。

“焚书，我要你们答应我一件事。”宁采臣追上两人。

“你们千万别告诉聂小倩她有可能残疾的事情，我正在联络首都一家最好的医院，我一定会让她恢复得跟从前一样，但是，治疗之前她需要信心，千万不能让她精神垮掉。”宁采臣的眼睛里一片真诚。

“好的，我们答应你。”焚书没答话之前，唐曼抢着做了主。

从医院出来，焚书一路上闷闷不乐。

“聂小倩就是你前任女朋友吧？你眼光不错，那女孩子性格真好。”唐曼幽幽地说。

“好有什么用？”

“你现在应该替她高兴，如果现在你是她老公，你可能会更疼她，可是，你有钱让她去北京治疗吗？除了爱情，你能给她的实在太少了。”唐曼这番话重重敲在焚书心头。

唐曼挽住焚书的胳膊说："不过，我相信你是个有上进心的男人，你比比尔·盖茨和默多克还有李嘉诚年轻多了，还有机会超过他们。"

唐曼这番话，把焚书逗乐了，焚书搂住唐曼的腰，顺口说了句："别管人家盖茨了，跟他较劲不是什么明智的事，今天咱们早回家吧。"

躺在床上，焚书抓住唐曼的手，唐曼侧头看着焚书，桌上那盏发出粉红色光的台灯，正在营造着浪漫的气氛。

"焚书，我现在有些想爱你了，你会不会像对聂小倩那样对我？"唐曼用手搓揉着毛巾被的一角。

"你的意思是，从现在开始咱们结束爱情游戏，真心恋爱？"焚书点了一支烟。

"嗯。其实，当初提出爱情游戏，我觉得自己挺傻的，现在，我想跟你好好谈恋爱。"唐曼忽闪着眼睛说。

"唐曼，如果我们结婚，你想要个什么样的婚礼？"焚书忽然想起了嫦娥布置的那个婚礼策划任务。

"不会吧，这么快你就想娶我？我可没有要嫁人的思想准备。"这次轮到唐曼惊奇了。

"不是的，我们下一期的创意是婚礼，我不知道女人喜欢什么样的婚礼。"

"最重要的是有意义，不仅仅是走完那个流程就让人忘记了，最好在很多年以后，碰到参加过婚礼的人，人家还会称赞说，你的婚礼真棒！"唐曼说起婚礼来头头是道，一副专家的样子。

"那么坐飞艇、旅游之类的你喜欢吗？"焚书接着问。

"不喜欢，我恐高，可是绝对会有人很喜欢。你做婚礼创意之前，必须先掌握当事人的情况，这样创意才能得到人家的认同。"唐曼的话让焚书拍了拍脑袋，看来自己这阵子真是忙傻了，这么基本的东西都忽略了。

"唐曼，没想到你还挺专业的，以后改行做创意算了。"焚书调侃唐曼，顺便在她脸颊上亲了一下。

"我要做了这行，恐怕有人会失业了，说不定我比你那美女总监还厉害呢。"唐曼无意中提到了嫦娥，焚书脑子里"轰"的一下：自己正越来越陷入对嫦娥的单相思中了。

“别废话了，娘子，天色已晚，及时行乐吧！”焚书把唐曼压在了身下，猛烈地释放着自己，他想用这样的方式来弥补内心的愧疚，同时也想在此刻彻底忘掉嫦娥，可适得其反，到了最激情的时候，焚书却希望自己身下是那个女人。

CLOVER 俱乐部给出了需要 BBT 和 HEF 公司进行婚礼创意的人的名字：宁采臣、聂小倩。

“啊！”焚书忍不住惊叫起来。

一切真是太不可思议了。

原来，宁采臣一直是 CLOVER 俱乐部的会员，在一个月前已经委托俱乐部策划十月份自己跟聂小倩的婚礼。

焚书急忙拨通了宁采臣的电话。

“宁采臣，我是焚书，小倩现在出了车祸，你们的婚礼还按原计划举行吗？”焚书问道。

“是的，我征求过她的意见了，还按照原定时间举办，只是烦劳你们多操心了，我想让小倩永远忘不了这个婚礼，也许借着婚礼的喜气，小倩可以更快康复呢。”

“你放心，我一定要给你们创意一个最难忘的婚礼，就当作送给你们的结婚礼物。”焚书在电话里大声地喊着，同时，脑子里迸发出一个念头。

“嫦娥总监，我申请这次婚礼的策划由我担任项目经理，主要创意我来负责，大家帮我出主意。我不想把这次婚礼当成咱们跟 BBT 公司相互较量的商业活动，你能不能跟 BBT 那边协调一下，让他们放弃这次创意？我知道这个难度很大，可这对我很重要，我恳请你能说服吴刚。”焚书向嫦娥发出这样一个请求。

“给我个理由，充足的理由。”嫦娥表现出很感兴趣的样子。于是焚书便把自己跟聂小倩的故事，讲给了嫦娥听。

故事讲完，双方沉默许久。

“焚书，你是个性情中人，我答应你去说服吴刚。”

嫦娥在咖啡馆约了吴刚见面。

“吴总，我有个事情跟你商量。”面对吴刚，嫦娥妩媚地一笑。

“嫦总，请讲。”

“关于 CLOVER 俱乐部那个会员婚礼的事情，我提议咱们合作一次，因为新娘是我们部门焚书的好朋友，而用婚礼作为商业比拼，显然有些残酷，我希望咱们把这件事情作为一项具有公益性质的工作来做，大家一起努力，帮着新娘完成一个心愿，你觉得怎样？”

“没问题，我赞同你的主意，咱们虽说是同行却不是冤家，对吧。这种事情我很乐意来做，这样吧，让焚书拿一个方案出来作为原始骨架，大家一起锦上添花，咱们下周二在你们会议室开个碰头会。”吴刚爽快地答应了。

“吴总，作为回报，等你结婚的时候，我们继续合作，给你也策划一个与众不同的婚礼。”嫦娥心情很不错，跟吴刚开起了玩笑。

“是吗？那这个合作是不是要有更深层次呢，比如说我的婚礼对象？哈哈！”吴刚的打趣让嫦娥满面绯红。

“讨厌，你占我便宜。”嫦娥假装嗔怪着，起身告辞。

“等一下。今天我要参加一个朋友的派对，你肯不肯赏脸，一起出席一下？”吴刚适时提出一个并不过分的邀请，嫦娥也找不到拒绝的理由，而且她也愿意跟吴刚多待一会儿。于是，两人驱车赶往一家酒店。

这个派对是留学生俱乐部举办的，出席派对的人皆是情侣，所以，在派对上，人们理所当然地把嫦娥当作吴刚的女朋友，大家相互开着玩笑，有的还搞怪地纷纷相互祝贺“早生贵子”。

在这种气氛中，嫦娥并没有作过多解释，而且她似乎也在极力配合大家的玩笑，似乎玩得很开心。但是当派对结束后，嫦娥却做了个让吴刚很不理解的举动：她立即挣脱了被吴刚牵着的手，冷冷地道了别，便快速独自离去，刻意跟吴刚保持距离的姿态。这让吴刚觉得有些莫名其妙。

周二很快就到来了。在 HEF 公司会议室，焚书把自己熬了几夜的婚礼创意方案投影在屏幕上，等待大家点评。

焚书的创意主要分几个部分：在迎亲环节，考虑到聂小倩的腿不灵便，所以，方案借鉴了古代迎亲方式，用花轿迎亲，这样新娘可以坐在轿子里，下轿后，由新郎背着新娘进入新房。

迎亲之后给亲朋好友敬酒的环节，焚书设定为让新郎、新娘坐在由轮椅改装的金草垛造型的座位上敬酒。

小两口的洞房里自然是烛光晚餐了。

看完焚书的方案，大川首先提出异议：新郎新娘坐着敬酒是对客人的不礼貌，虽然特殊情况大家理解，但是这样并不完美。

其他人纷纷点头表示赞同，周丽和王雅更是希望大家再努力想想，把这个环节作些改变，让创意“活”起来。

此时，嫦娥的心思在吴刚的身上，只见吴刚正低头在纸上写写画画。

“吴总，我知道您一定有好主意，给焚书指点一下吧。”嫦娥点了吴刚的将，其余人知道这两个人都是高手，都想看看高手过招，于是马上聚精会神起来。

“嫦总，你太客气了，我估计你也有了好创意，咱们各自写在纸上吧，这样大家看起来也方便。”吴刚很有兴致地跟嫦娥玩着小游戏。

随后，吴刚跟嫦娥各自在纸上写了起来。

等到写好方案的两张纸都摆放在会议桌上时，大家赶忙凑近去评审，最终的结论是：高手出手，非同一般。

吴刚写下的创意是：敬酒环节，新郎新娘扮成牛郎织女，各自进入喜鹊造型的筐子里，把筐子吊起来，牛郎织女从两个不同的方向慢慢相会之后，再面向大家敬酒。牛郎和织女是坐在筐里的，这也就顺利解决了聂小倩不能站立的问题。

嫦娥写下的创意跟吴刚有异曲同工之妙，只是她把牛郎织女换成了长翅膀的小天使，把坐在筐子里换成了骑在马模型上。

“天使是可以穿婚纱的，女人结婚这天不穿婚纱很显然是损失，我觉得用西方的天使造型比较时尚。”嫦娥解释着。

“那咱们把这两个创意都写进计划书，让新郎新娘去选吧，把这个悬念留在他们结婚那天揭晓。”吴刚大度的提议，得到了全票通过，于是焚书把细化后的方案交给了宁采臣。

由于跟BBT公司合作完成了CLOVER俱乐部的命题婚礼创意，而距离十月份创意的实施中间还有一个月的空闲，所以大家都觉得终于可以松口气了。大川甚至计划请几天假去本市新开张的滑雪场玩个痛快，哪里知道，总裁皮特先生又给大家找来了一个不轻松的活：做一款新上市手机的平面广告创意。

据皮特称，他最近结识了著名手机品牌“PAI”的市场总监，两人相谈甚欢，于是皮特先生趁热打铁地拿下了替 PAI 手机创意平面广告的订单。

皮特先生知道 HEF 创意部最近比较清闲，于是为了小小地刺激一下大家的积极性，皮特先生心血来潮地决定：把 PAI 手机广告创意当做发奖金的由头，创意部目前的五个人，除了嫦娥作为评判之外，谁的创意通过了 PAI 的审查，谁就会得到一笔丰厚的奖金。

“行了，这下又有试金石摆在面前了。”午饭的时候，嫦娥转达完皮特先生的决定后，王雅这样自言自语。

“我听总部那边的消息灵通人士说，受到经济危机的影响，总部效益下滑，有可能要进行裁员，不知道会不会波及咱们，奖金不奖金倒是无所谓，不过这创意的活可要努力地去做才行，说不定哪天真被裁了呢！”消息一向灵通的周丽说道。

“真的？”王雅表现得很敏感。

“我也不太清楚，谣传而已。”周丽答。

反正不管是发奖金也好，裁员前的考验也好，这创意是必须要做了，于是几个人便寝食难安，绞尽脑汁，才各自上交了自己的创意。

嫦娥总监在看完全部创意之后，破天荒地在会议上公开表扬了部门的成员们，因为从这次命题创意大家交出的案子来看，每个人都付出了很大的努力，创意质量比以前有了很大的提高。

“雪山青草美丽的湖为背景，构成美轮美奂的基础画面，在天空中飞舞着数个手机形状的热气球，气球上大大地显现着 PAI 三个字母，画面的下方是一句颇见功底的广告语：万里之远，一 PAI 情缘。”这个创意是大川的，大川一直喜欢西藏，这次创意的灵感，恰巧迎合了他的兴趣，而西藏在人们的观念中除了神秘还有落后的感觉，大川的创意无疑在市场角度，做了一份完美铺垫。嫦娥思索很久之后，在大川的创意案上写下了 B 级。

“背景是一座庞大的数字高楼，整个高楼的形状最终勾勒出 PAI 手机的立体模型，手机屏幕上用十几个国家的文字分别写着：未来。”这个创意是王雅的，虽然简单，但是很大气，传达出 PAI 手机拥有高精尖技术的含义。嫦娥在王雅的创意案上同样写下了 B 级。

“蔚蓝色的海洋为基础画面，一个打开的美丽贝壳里面躺着一部手机，屏幕的颜色鲜亮，广告语：倾听全世界，倾诉只为你。”这是周丽的创意，仿佛讲述着一个美丽的童话故事，带给人亲近的感觉。嫦娥在案子上批示了一句：创意偏女性群体定位，略有不足。但是，在评定栏内，嫦娥依然写下了一个B。

当翻到焚书的创意时，嫦娥先是皱了皱眉头，接着仔细想了想却笑了。

焚书的创意是这样的：夜晚，在公园的椅子上，一青年坐着专注地看着手中的手机，身旁是一面部表情迷惘的美女，在男青年的背后却插满了露着羽毛的箭，画面的上方，一个长着翅膀的天使正在挠头。

“这个焚书，真不知道脑子里在想什么，这创意明摆着就是夸张地告诉人们PAI手机的吸引力大于爱情嘛！”嫦娥一边自语，一边拿起笔也在评定栏内写了一个B，随后注明：清新搞怪，耐人寻味，但主题不够严肃。

“各位，我很为大家的努力自豪，所以，这次的方案在我这里全部通过了，我会把这些方案交给皮特先生，并且会为每一位争取奖金。”嫦娥在会议结束前的讲话，引得众人一片欢呼。

PAI手机的方案上报之后的某个清早，嫦娥带着满脸的喜悦给部门的每一个人发了红包。创意部一片雀跃，大家一直夸老板皮特够意思，而仅仅一天之后，周丽却发现了这件事情背后的玄机，她把真相告诉大家的时候，焚书对嫦娥又增加了一层好感。

电梯间是容易遇见老板的场所，网络上曾经报道过一个有趣的故事：某证券公司的员工晚上加班到很晚，下班的时候在电梯里遇到了本公司的董事长，董事长问小伙子叫什么名字，小伙子不认识董事长，对董事长态度非常敌对，于是第二天小伙子就收到了辞退信。

这故事不管真假，充分证明了如果在电梯里遇到老板，那是一定不能置之不理的。

周丽遇到老板皮特的时候，是在清早的电梯间。那天周丽看错了表，把起床时间提前了一个小时，所以碰到一向喜欢早到公司的老板皮特。此时电梯间恰巧只有他们两人，互相问候过后，周丽觉得可不能冷落了皮特，想起前几天发了奖金的事情，于是便向皮特道谢：“谢谢您前几天发给我的红包，以后我会继续努力的。”

皮特有些疑惑，反问道："你是说你领到了红包？"

"是啊，您不是给我们创意部每个人都发了红包吗？"周丽只当皮特工作比较忙，记忆力不是太好，可是皮特是个较真的人，一字一句告诉周丽："我只批准了一个方案红包。"

电梯到了，周丽飞一般逃离出电梯间。

"我们把钱给嫦娥送回去，一定是她用自己的钱给我们发了红包。"周丽把关于红包的真相告诉了大家之后，大川提议道。

"我才不送呢！要送你送，说不定皮特奖励的那人就是我。"王雅回绝了大川的提议。

"王雅，你少臭美，我看你那创意还不如焚书的做得好，焚书一直都是咱们几个里面最强的。"大川毫不示弱地顶回去。

"哎呦，我看你是想说你的创意才最好吧，别拿焚书当挡箭牌。你真虚伪。"

"你才虚伪。"两人开始了争吵，焚书一言不发地走向了嫦娥的办公室。

"总监，我想知道你为什么用自己的钱发红包给我们，中国有句话叫廉者不受嗟来之食，我们要把红包款退给你，另外，我想知道皮特批准的是哪个方案。"进门后，焚书冲着伏在案头写报告的嫦娥问道。

"你把他们都叫进来吧。"嫦娥只是略微一惊讶，随后便吩咐道，于是焚书召集大家进入嫦娥的办公室。

"关于红包，我想告诉你们，你们的方案都得到了我、皮特先生以及我们客户的认同，我现在正在写的就是关于 PAI 的四个平面创意分类投放的周期表，大家的创意全部被 PAI 手机采用了。皮特先生批准的哪个方案并不重要，因为老板总是想着省钱，是不是？所以，这红包是大家努力工作的回报，也是我跟大家合作愉快的见证。"嫦娥最后的话竟有些激动，焚书对她充满了敬意：在职场遇到这样的上司，实乃大幸，他越来越发现自己对这个上司的感情有些不能自拔了。

聂小倩跟宁采臣终于修成正果了。

两人的婚礼吸引了众人的关注。宁采臣在多家媒体上大幅刊登了自己跟聂小倩共结连理的喜报。婚礼地点选在了最豪华的五星级酒店龙腾山庄，所有嘉宾穿着俱乐部为大家准备好的古装前来道喜。花轿从街头走过，场面喜气洋洋的。

看着聂小倩满意的笑容，焚书心头百感交集。

“爱人结婚了，新郎不是我。”焚书找了个角落默默地喝着酒。在这场婚礼接近尾声时，小鱼走到焚书面前，拍了拍焚书。

“怎么样，百感交集了吧！”

“从此以后，我也没什么牵挂了。”焚书笑笑，那笑容中有一份苦涩。

吴刚跟嫦娥并肩走过来，焚书迎了上去。

“谢谢两位老总的支持，尤其是谢谢吴总，这次合作，很愉快。”焚书跟吴刚打招呼的时候，心里却有些醋意。

“快看，快看，一对天使骑在马上给大家敬酒了，新娘的婚纱真漂亮啊！”

“这婚礼策划得真不错呢！”

敬酒环节是宁采臣婚礼的核心部分，此环节选用了嫦娥的创意。

“恭喜你，你赢了。”吴刚礼貌地跟嫦娥握了握手，紧接着脸上闪过一个灿烂的笑容，说道，“不过接下来你们可讨不到这种便宜喽。”

“是吗？那就骑驴看唱本吧。”焚书接过吴刚的话头，不服气地回击，他知道后面的日子不仅仅是 HEF 与 BBT 公司之间的工作战役会更加地激烈，自己与吴刚之间或许还有另外一场硬仗。

第十八章

裁员下的压力

周丽的小道消息不幸应验了，就在 HEF 公司创意部准备团结一致，全力以赴跟 BBT 公司进行新一轮战斗的时候，一个令大家人心惶惶的文件到来了：总公司效益下滑，责令各分部裁员，HEF 创意部目前的五个人，最终只能留下三个，另外两人将面临失业。

这个文件是总部专门派人力资源的大鼻子老外高管到焚书他们所在的分部传达的，连总裁皮特先生都恭恭敬敬地坐直了身子。大鼻子离开之后，皮特向部门总监嫦娥提出了自己的要求：一个月内，提报所裁二人的名单。

“焚书，这下惨了，战友变成了对手。估计你应该能留下来，剩下就看我和周丽、王雅的拼杀了。”大川这样对焚书说。

“那可不一定，咱们总监一直对我没什么太好的印象。”焚书嘴上这样说，心里却对自己的能力以及嫦娥的为人处事充满了信心。

“为了公平起见，皮特先生认为应当用实力决定自己的未来，因此他给了一个关于我们的合作伙伴 X 电脑卖场促销活动的创意命题，要求你们每人拿出一套方案，包括促销广告创意和现场活动创意。下个月每个周末，我们会实施一个创意，根据创意带给卖场的客流量作为考核标准，最后两名将离开我们的团队。虽然我知道这样也许不太公平，但是没办法，职场残酷。我预祝你们每个人好运！”嫦娥说这番话的时候，心情低落，语气低沉。

“这次创意应避免雷同，别人使用过的创意，其他人不可以使用，这是我需要强调的。”嫦娥说完这句话，叹了口气，接着说，“广告需要在周五投放，你们每个人的创意和活动方案在每周的周二提交给我，提交顺序是周丽、大川、王雅及焚书。”

“看来嫦娥还是很公道的，这下周丽跟王雅沾光了，谁都知道，越早提出创意，留给后面人的创意空间越小，而周丽显然水平略差点。”大川嘟囔着。

“兄弟姐妹们，加油吧！”走出会议室前，焚书跟每个人都拍了一下手，虽然大家即将成为对手，可终究也是在一起战斗过的伙伴，一半是残酷的职场海水，一半是热烈的同事友情，这就是生活。

唐曼被报社派往外地出差了，焚书坐在电脑前查找资料，嫦娥的办公室依然亮着灯。

“嫦娥真奇怪，即使对那老男人有什么不满意，吴刚应该能让她快乐啊，怎么每个晚上的黄金时间不去约会，而在办公室里待着呢？她到底每天在干什么？”焚书脑子里开起了小差。

忽然，焚书似乎听到一阵啜泣的声音，断断续续——竟然是嫦娥在哭。

好奇心驱使焚书慢慢靠近嫦娥的办公室，他轻轻扒在门上，想要从门缝里偷看，不料嫦娥办公室的门并没有上锁，焚书一下扑进了嫦娥办公室。

嫦娥显然没有防备，眼睛里还含着泪水。

看到焚书忽然冲了进来，嫦娥失态地大声咆哮：“谁叫你进来的？谁允许你进来的？滚出去！”

焚书惊呆了，从来没见过嫦娥如此彪悍，他忙转过身，急匆匆往外走。

“焚书，站住。”嫦娥的语调瞬间温柔了许多，而焚书的脚像钉子一样钉在了地上。他把身子转过来，急促地挤出一句很搞笑的话：“嫦总，您慢慢哭，我这就走，我保证不打搅您。”

这句没头没脑的话让嫦娥一下破涕为笑了。

嫦娥用纸巾擦干眼泪，许久，对焚书说：“如果你有空，陪我去喝一杯吧。”

“这世界上也许根本没有什么爱情，只有千疮百孔的伤害。”坐在焚书面前的嫦娥，此时已经恢复平静了。选择的这家咖啡馆是焚书经常光顾的有着颓废风格的古缘咖啡馆。

“嫦总监，您看开点。”焚书小心思考着怎样探寻更多嫦娥的秘密，嫦娥打断了他：“在外面你可以直接叫我的名字，嫦娥。”

“哦，那好，嫦娥，听我说，这世界上不如意的事情很多，包括爱情，不用那么执著。凭你的条件，完全不必为老男人伤心嘛！再说了，那个吴刚也挺不错的。”焚书自认为这番话很到位，既能表现出对嫦娥的宽慰，又能探听她跟吴刚之间的虚实。

“什么老男人？二十六岁算老？”这次轮到嫦娥莫名其妙了。

“啊，怎么？你不是为了那个老男人把你甩掉而伤心？要么就是吴刚欺负你了？哭得那么伤心。”焚书反问道。

“什么乱七八糟的！我是被人甩了，但是，甩我的也不是老男人啊！更不是什么吴刚，我跟那个吴刚还不如跟你熟呢。你什么意思，焚书？”嫦娥脸上有些不悦。

“难道我见到的那个五十多岁的老男人不是你男朋友？”焚书一着急，没经过大脑的话脱口而出，把嫦娥搞得一头雾水。

“到底怎么回事？你给我说清楚！什么五十多岁男朋友，你胡说八道小心我翻脸。”嫦娥也开始对焚书威逼。

焚书见没法再隐瞒了，于是只好把自己跟踪嫦娥，并见到那个老男人的事情一股脑说了出来。

讲完，焚书有些惴惴不安地看着嫦娥，不知道她会做出什么举动。嫦娥竟然笑了。

“你个坏小子，不学好！那个老男人是我老爹！亏你把我想成了那种人。”

“原来如此啊，误会误会！纯属误会！我有罪，我道歉！”焚书尽管对自己的错误极力贬低，但是心里长长舒了一口气，感觉无比快乐，因为在他内心深处，他的女神又回来了。

“徐后羿才是我男朋友，不，一个小时前的男朋友，他一直在澳洲，终于，刚刚他跟我提出分手来了，也许每个出国的男人都耐不住寂寞。”嫦娥开始讲述自己的故事，语气伤感。

焚书没有插话，他知道，这时候自己要做的是当一个合格的听众。

“我跟徐后羿是大学期间认识的，但那时我们没有恋爱。毕业后，我去了卡门公司，想要让自己多长点见识，在我们公司组织的一次说明会上，我巧遇了徐后羿，那天徐后羿为我上演了英雄救美的故事。”说到这里，嫦娥的嘴角挂了一丝微笑，焚书知道她在回忆当年的甜蜜。

“女人总喜欢回想过去的故事，难怪书上说男人的眼光在将来，女人的眼光在过去呢！”焚书脑子里开着小差，但是还是很想听一听徐后羿是怎样英雄救美的，于是说道：“讲讲吧，反正你也知道我跟聂小倩的事情，咱们两个来个隐私互换，谁也不吃亏。”

嫦娥没有理会焚书的贫嘴，自顾回忆起当年的情景。

在发布会进行过程中，投影设备突发故障，作为主持人的嫦娥备感尴尬，如果冷场去调试投影设备，无疑证明这个发布会出现了重大失误。此时，徐后羿立刻走上主席台，大声说道：OK，各位，我是这次发布会的策划者，我叫徐后羿，为了不让大家在整个过程中处在疲劳状态，我们安排了一个小游戏。这个小游戏不需要强烈的灯光，所以，我请人关掉了投影，对不起，请大家跟我一起做。

游戏很简单，徐后羿请大家闭上眼睛，双手掌心相对，想象自己的左手手指比右手手指长得长。在五分钟之后，每个人发现，自己的左手手指竟然真的比右手手指长。

“这个游戏是个意念游戏，也就是说只要大家敢于想象，所有事情真的可以实现。谢谢！”徐后羿说完之后，面向嫦娥，看到嫦娥点了点头，意思是设备已经正常了。徐后羿在下台前体面地说了句：再次有请主持人闪亮登场。

随后事情进展得出奇顺利，这个紧急的救场把本来就相识的一对校友的心拉得更近了，于是嫦娥开始跟徐后羿恋爱。

“你为什么又回到了这座城市？”焚书提出了自己一直想问的问题。

“当然是因为徐后羿了。在我们恋爱一年之后，他就去了澳洲，临走之前，他要我等他，说是四年之后会回来的，我考虑到自己年龄也不小了，总不能老在异乡漂着，那样没有安全感，这座城市有我的家，于是我就回来了。你看到的老男人是我老爸，我很小的时候，母亲就去世了，所以，我回来也是为了多陪陪老爸。”嫦娥轻轻叹了一口气。

“为什么徐后羿会跟你分手啊？你这么漂亮而且也很有才华。”焚书说这话的时候，是真心在恭维。

“也许是因为寂寞吧，寂寞这东西很可怕，对着孤独的枕头孤独的床，那种滋味不好受。别看我是女人，在徐后羿走后，我也寂寞，所以，虽然我伤心，但我并没有太多的怨言，我们只是没有缘分而已。”此时的嫦娥已经从失态中完全恢复过来了。

“谈谈你跟唐曼吧！”嫦娥忽然把皮球踢给了焚书。

“我跟唐曼没什么，她很大方，我做什么事情她都支持。”焚书大大咧咧地说。

“那可不一定，女人的心思有时候藏得很深呢！”嫦娥说这话的时候，焚书并没有在意，但是半个小时后，这话真的应验了。

焚书没有骑车，所以，嫦娥开车送焚书回家。由于今晚相谈甚欢，所以，车子到了楼下之后，两人又随便聊了些天。

秋天的风很大，恰巧一粒沙吹进了嫦娥的眼睛里。

“我帮你吹出来。”焚书说完这话，靠近嫦娥的眼睛，用嘴往嫦娥眼睛里面吹气，而这一切，恰恰被提前从外地赶回来的唐曼从楼上看到。要命的是，唐曼的位置只能看见焚书的后背，而他的动作就好像在跟嫦娥接吻，嫦娥闭着眼睛一副享受的样子。

唐曼的肺都要被气炸了。

在嫦娥离开之后，焚书刚打开门，一个枕头就扔了过来。

丝毫没有心理准备的焚书吓了一跳。

“鬼呀！”焚书叫了一声，随后沿着枕头飞过来的方向，看到唐曼正气乎乎的。

“唐曼，你不是去外地采访吗，怎么回来了？”焚书一边换衣服一边问。

“我回来看戏啊！老天开眼，让我回来看到了白眼狼的虚假面目。”唐曼不愧是记者，尽管愤怒，说出来的话却不紧不慢的，柔中带刚。

焚书心里没多想，以为唐曼回来采访的任务跟“白眼狼”专题有关，因为他们报社经常会搞些什么“白骨精”专题之类的简称策划，顺口问道：“哪里的白眼狼？”

“远在天边近在我眼前。”唐曼扭过头去。

这下焚书缓过神来了。

“唐曼，你在说我是白眼狼？把话说清楚，我怎么你了？”焚书疑惑地看着唐曼。

唐曼的火气一下上来了:“你别装傻，自己干的事情自己清楚，我刚出发你就找了个美女，过得挺滋润啊！还开着甲壳虫！你行啊，学会吃软饭了。”

任何人都有底线，所谓底线就是最大容忍度，焚书的底线就是绝对不容许被女人看不起。

唐曼说完“吃软饭”三个字之后，焚书却异常冷静。

“咱俩完了，唐曼，我以为你是个好女人，没想到你也这么俗。现在我去宾馆住，希望你今晚收拾好自己的东西，明早搬出去。”焚书说完换鞋往外走。

“我早就知道你对我始终是游戏，你从来不会真正爱我，我对你有感情了，你赶我走，你自私！”焚书听到这话，脚步稍微停顿了一下，但是依旧没有留下来，开门走到了门外。

“那可不一定，女人的心思有时候藏得很深呢！”此时嫦娥的话回响在焚书耳边，焚书才知道，原来表面大方的唐曼，在爱情上也是那么的谨小慎微。

一夜没有休息好，第二天焚书顶着一双熊猫眼来到了公司，见到嫦娥之后，礼貌地打了个招呼，却被嫦娥叫进了办公室。

“焚书，交给你个紧急任务，CLOVER 俱乐部明天在 L 城有个招商说明会，需要咱们这边派个人过去协助他们进行美陈方面的布置。因为那个电脑卖场促销方案你花的时间最多，所以这次我派你去，早去早回，注意安全。”嫦娥这样吩咐着。

于是，焚书出发来到了 L 城，一路上脑子里想的都是唐曼的事情：说实话，唐曼真的是个好姑娘，自己昨晚也有些冲动，可是，说出来的话该怎么收回！

来到L城，一走进说明会现场，焚书吃了一惊：没想到，唐曼竟然也来到了L城。

原来，CLOVER 俱乐部的这场会议也同时邀请了媒体参加，作为报社的记者，唐曼被报社派了过来。

见到焚书，唐曼也是一阵惊讶。两人目光相遇之后，却没有多说话。

新闻发布会结束之后，唐曼在前焚书在后，两人一起走出会场。

“唐曼，等一下。”焚书在后面轻声说。

唐曼停下了脚步。

“咱们谈谈好吗？去我住的那里。”

唐曼始终没说话，但还是跟着焚书来到了酒店的房间里。

“我已经搬出来了。”唐曼开口说道，“施舍的爱情不是我想要的。”

这次轮到焚书不说话了，半晌，焚书才决定，不论如何，应该向唐曼解释清楚。

“可是，我并没有施舍给你爱情，你看到的纯粹是个误会，昨天跟我一起的是我的上司，叫嫦娥，不信我可以现在打电话给她。”

“现在解释这些已经无所谓了，其实我们本就不是同一类人。”唐曼忽然变得非常理智。

“其实，爱一个人最好的方式，就是给他自由。”唐曼临走之前说了这么一句很有哲理的话，在L城，两人分手了。

第十九章

内斗的结果

周五很快就到来了，焚书买了一份报纸，快速找到了消费版面，因为那上面刊发了周丽关于X电脑商城的促销活动广告创意。

“周丽真的进步了！”焚书一边看一边对大川说。

“什么进步了？”大川挤过来，看到周丽的促销广告创意之后，赞同地点点头。

周丽选择了黑色作为背景，一个组合人呈欢呼的样子张开双臂站立，这个组合人是整个广告创意的亮点，组合人每个部件都是一件商品：圆圆的脑袋是显示器的造型，左胳膊是一个伸展开的键盘，右胳膊是一个电脑插排，身子由方形的机箱组成，两条腿分别由音箱、主板之类的部件组成，双脚是两个鼠标。

在这个组合人的上方，是X商城的Logo。

这个广告创意一目了然地传达出了商城的产品信息诉求，而且让人感觉新颖。

不知道周丽制定的促销活动内容是什么，带着这个问题，周末大家一起来到了商城。

为了吸引人气，周丽在商城入口处设置了水果品尝台，进入商城的人可以免费品尝水果。在平常客流量不多的三楼，周丽设置了现场人体彩绘项目，听说现场有美女裸露着后背进行人体彩绘，顾客纷纷涌入。

为了提升客流量，周丽设置了一个尾数是六的钞票可以抵双倍面值使用的促销活动。

这几个招数收到了不错的效果，商城周一的统计表上，客流量同比提升了百分之十五左右。

这是一个很高的数字了，周丽兴奋得满脸通红，焚书知道，借着第一个实施创意的优势，周丽成功了。

“大川，下周看你的了。”焚书不免有些替大川担心，说实话，大川虽然是焚书的哥们儿，但是真正论起工作能力，大川跟王雅比较还是有差距的。不出意外，周丽应该已经过关了。焚书自信水平远远在两人之上，剩下一个可以留下的人，会在大川跟王雅中产生。

“我肯定比周丽弄得还好，你就看好吧！”大川大大咧咧地说。

“嗯，这小子怎么这么自信？”焚书不免有些怀疑，这可不太像大川以往的作风。

“大川，你准备怎么办？”焚书问这话的时候，大川神秘地回了两个字：保密。

世上有一类人其实是属于很聪明的人，平常不会吸引别人的注意力，但是遇到大事情或者跟自己利益有重大关系的时刻，头脑是很冷静的，大川就是这种人。

大川深深地知道自己的实力不但不如焚书，跟王雅之间也有差距，但是，大川是个会动脑筋的人，他的脑筋就在于强力外援——李惠。

自从跟李惠一起参加了化装舞会之后，大川逐渐喜欢上了李惠，尽管他知道，自己的工作能力以及收入并不比李惠高，但细心、有韧性。

大川对李惠发起了一轮爱情攻势。化装舞会之后，他不再跟焚书一起吃午饭，而是花二十分钟的时间去 BBT 公司约李惠一起吃午餐。

人在吃饭的时候，是最容易放松心情的，而每天有个人陪自己一起吃午餐，李惠自然很开心。虽然李惠没有接受大川深层次交往的要求，但是，在李惠心里，大川已经进入了自己的好朋友圈子。

关于 HEF 公司内部裁员这件事情，大川并没有向李惠说起，但是大川知道，这件事情如果没有李惠的帮助，自己必输无疑。于是大川动了一番脑筋，在一天午饭时候，装作忽然想起来一样，面带着微笑向李惠发出了自己的请求：“李惠，我忽然想起件事情要你帮忙。”大川把一杯咖啡放在李惠面前，顺便说。

“噢，好啊，只要我能帮上。”李惠是爽快人，很快就答应了。

“我一个朋友是电脑商城的策划，他那边本周搞促销活动，可是这家伙忽然遇到点急事，需要回老家，没有时间来做商城活动策划了，他把这事委托给我了。

我想了几个，都不太理想，你能不能帮我一起想想？想个广告创意，再想个活动方案，就算帮我朋友了，他回来让他请吃饭。”大川这个理由有很多漏洞，但是单纯的李惠没有往其他方面上想，爽快地答应两天内就把方案想出来。

李惠是个讲信用的人，两天后果然将创意交给了大川，大川把创意交给嫦娥的时候，嫦娥惊讶地看了大川一眼，心想：这个小子还真是内秀，没想到高压之下，能做出这么漂亮的案子。

王雅在周五第一时间买来了报纸，去翻看大川的广告创意。

这幅平面广告设计借鉴了国外流行的意识形态创意，整个画面是一个女人的房间，在房间里摆放着书橱、梳妆台，最引人注目的是一张古典的电脑桌，电脑桌上还空白着。

“不急不徐是种态度，然而在遇见 X 之后……”这样一句具有诱惑的广告语，处处释放出吸引人抬脚走进商场的欲望。

“大川，你小子真厉害，我都没想到你能有这水平，打死我都不相信这是你做的。”焚书一句玩笑话让大川备感尴尬。

“不是我做的，难道你替我做啊！”大川用跟焚书斗嘴掩饰了自己的尴尬。

“本商城购电脑送美女香吻。”一看到挂在商城门外的巨大横幅，焚书的心一下揪紧了：大川这是在瞎胡闹啊，赶快制止他。

焚书加紧了脚步，走到活动场地一看，不禁哈哈大笑：原来大川玩了一招偷梁换柱。

美女确实是美女，只是这美女年龄太小了点，只有六岁，而香吻是一枚红唇形状的纪念别针。

活动现场，设立了一个公益捐款箱，以希望工程的名义，为失学儿童募捐。

每个购买了电脑的顾客，商城都会在总购物额中拿出十至五十元不等，以该顾客的名义向希望工程捐款。顾客则可以凭购物小票得到小美女送上的红唇形状纪念别针，由她亲自给顾客佩戴上。

大川方案中那条横幅的恶作剧，吸引了众多顾客进店，而看到这是为公益事业做的噱头，大家也都友好地一笑了之了。数据统计，本周客流量仅次于上周，比以前提升了百分之十三。

大川的成功一下让焚书感受到巨大的压力，焚书必须静下心来考虑一下自己的方案了，此时却发生了一件事情，让焚书心烦意乱：唐曼怀孕了。

这事是小鱼告诉焚书的。

“靠，不会这么准吧！早知道有这运气，我就去买彩票了。”焚书嘴上开着玩笑，心里却感觉一阵阵地凉。

“人家唐曼在办公室吐了好几次，我们同事都看出来了。”小鱼瞪大眼睛看着焚书。

“我知道了，这事我自己处理。”焚书下了逐客令，小鱼却不动。

“你想怎么弄？”小鱼追问。

“我没想好，但是我不会不负责任的。”焚书说完，强行把小鱼推出了门外。

“唐曼，今晚去古缘咖啡。”发了一条短信之后，焚书立即出门向超市走去。

古缘咖啡馆。

唐曼透过巨大的玻璃橱窗看到焚书正在不时地看表，他面前摆着一个巨大的购物带，鼓鼓囊囊的，一看就知道里面装满了东西。

唐曼走进来，坐在了焚书对面。

“唐曼，对不起。”焚书开口说道。

“嗯？你没发烧吧。”唐曼感觉焚书有些莫名其妙。

“唐曼，其实那天我态度有些过分，我这几天一直在跟你赌气，可你走了之后，我很想你。”焚书在说这话的时候，才真实地感觉到，自己对唐曼是有感情的。

唐曼的眼泪流了下来。

“你说的是真的？”唐曼边哭边说。

“是真的，我没有把我们的感情当作爱情游戏，是真的。”焚书郑重地说。

“你欺负我……”唐曼边说边扑进焚书怀里，焚书紧紧抱着唐曼。

“我们不要吵架了，永远不发脾气。”唐曼说着说着，又哭了。

“你别哭了，我答应你。唐曼，以后我们好好过日子，你看我买了好多你喜欢的东西。”焚书轻轻挣脱唐曼，把袋子里的东西拿出来给唐曼看。

“这个是山楂罐头，这个是橘子罐头，这个是酸菜……”焚书边往外拿，边说，“我知道你一定喜欢这些，对孩子也有好处。”

“什么？你说什么？焚书？”唐曼打断了焚书。

“我说这个对你肚子里的孩子有好处啊！”焚书重复了一遍。

“啊？”唐曼惊奇地反问焚书，“你说我有孩子了？”

“是啊，难道不是？你别瞒我了，我都知道了。”

“谁说的？”

“小鱼啊。”

“靠！”向来文雅的唐曼忍不住骂了句粗话。

“我没有怀孕。”唐曼一字一句地强调。

焚书挠挠头，半晌终于回过神来：“死小鱼，劝咱两个和好用了这种损招，看我不打死他。”焚书握着拳头发狠话。

“好啊，焚书，原来你是为了孩子才跟我和好啊，对不起，就当从来没这事。”唐曼起身就要离开。

“不！”焚书紧紧按住唐曼。

“这次我要谢谢小鱼，虽然他搞了个恶作剧，但是这个玩笑让我思考了很长时间，唐曼，我爱你。”焚书紧紧抱住唐曼，却下意识地用力甩脑袋，似乎要把嫦娥的影子彻底甩出去。

与唐曼复合之后，焚书将全部精力放在了制作电脑商城的方案上了。焚书决心让大家见识到他真正的水平，PK 掉对手。

为了有足够的时间进行准备，焚书在办公室连续加班了几天，终于绞尽脑汁，把方案完成了。

焚书这次可谓是倾尽了全力。

焚书的商场广告创意采用抽象派风格，三个巨大的礼包叠成了楼梯的形状，画面最上方点燃了一支蜡烛。除了 X 电脑商城的 Logo 之外，广告语只有两个字：领航。

现场活动方面，焚书运用了自己擅长的互动性，电脑拍卖，广告语就是：高端电脑一元起拍。

焚书满意地把方案存在了电脑里，之后给唐曼打了电话：“唐曼，今晚我心情不错，咱们去 K 歌吧！”

“好啊！”唐曼知道焚书刻意在寻找之前的那种温馨，两人第一次见面就是在K歌的时候，唐曼精心打扮一番，两人在KTV尽情放歌。

焚书怎么也想不到，自己跟唐曼玩得乐不思蜀的这个夜晚，有一个人悄悄回到了办公室，在焚书的电脑上翻看了半个小时之后，又悄悄地离开了。

两天后，当王雅的创意广告刊发在报纸上的时候，焚书一下子傻了，他仿佛是在做梦，因为那广告创意竟然跟自己电脑里的创意一模一样，而自己还没来得及把案子交给嫦娥。事实证明，自己的创意被剽窃了，被堂而皇之地刊登在报纸上，那创意仿佛在嘲笑焚书的傻，很显然，剽窃者就是王雅。

强忍住怒火，不在办公室发作，焚书几次想找机会质问王雅，但王雅见到焚书就像老鼠见到猫一样，始终没有给焚书质问的机会。

周六、周日两天，商场的拍卖活动搞得非常成功，对于一元起拍，消费者表现出了极大的热情，人流量已经超过了大川的创意。

现在的竞争形势变得微妙起来了：周丽第一，王雅第二，大川第三。

“我命怎么这么苦？”大川皱着眉头说。

“祝贺你，王雅！”焚书没有理会大川，抢先跑到王雅面前，王雅连忙低下头。

“没想到，王雅，真没想到！你不想给我一个解释吗？”焚书紧紧盯着王雅。

嫦娥走过来的时候，王雅眼睛里含满了眼泪。

“焚书，你怎么欺负王雅了？她怎么哭了？”嫦娥质问焚书。

“嫦总监，王雅这个方案做得太出色了，她自己激动得哭了。”焚书恶狠狠地看了一眼王雅，转身离开。

“焚书，下周就看你的了。”嫦娥在焚书身后嘱咐着。

夜色正浓，焚书依然在办公室冥思苦想，忽然响起了钥匙开门的声音，王雅闪身走了进来。

“你来干什么？我新的创意还没想出来呢！你不会是想再拷贝了去交给嫦总吧？那样我就真没活路了。”焚书很不客气地抢白王雅。

“焚书，对不起。”王雅终于鼓起勇气看着焚书的眼睛。

“如果说对不起有用，那么要警察干什么？”焚书想起某部偶像剧中有这样一句台词，正好拿来用。

“我知道你恨我，可我没办法，我不能没有这份工作。”王雅的眼圈发红了。

“那我就能没有这份工作？”焚书愤怒地反问着王雅。王雅半晌没说出话来，一副楚楚可怜的样子。

“对不起焚书，真的对不起，可是，我实在太需要这份工作了，你们城市孩子家庭条件好，不像我。”平常骄傲的王雅，此时低着头小声解释。

焚书这是第一次听到王雅谈起自己的背景，因为自从跟王雅做同事以来，王雅从没谈起过自己的家庭。

“我家在农村，原先我有个弟弟，但是他在七岁那年得了白血病，父母为了给他治病，花光了所有的积蓄，我们穷得家徒四壁，但最终也没有留住弟弟的生命。父母坚持供养我上大学，借遍了亲戚朋友的钱，为此，背了一屁股的债务，一直到现在都没还清。我的父母才五十几岁，却已经老得跟七十岁的人一样。为了还债，我的父亲到现在还在工地上盖房子，我每月的薪水有一大半要寄回家里帮着还债，剩下的钱还要支付房租、水电费。你们整天说我素面朝天地来上班，不是因为我想往清纯里打扮，是因为我买不起化妆品。知道吗，是买不起！如果我失去了这份工作，我们的日子还要怎么过？”说到这里，王雅的眼泪顺着脸颊淌下来，落在桌子上似乎能听到“吧嗒吧嗒”响的声音。

焚书变得沉默了，他曾经在报纸和网络上看了太多这种不幸，但他没有想过这个表面上伶牙俐齿、高傲冷漠的同事，家里竟然遭受了如此大的灾难，想到这里，焚书的心有些软了。

“焚书，我错了。可是我没办法，我知道自己的能力比不上你跟周丽，所以，我只能用这种不正当的手段来谋取一份生活的希望。”王雅的话让焚书心头更加酸楚。

“王雅，我能理解。”焚书已经没有了愤怒。

“谢谢你，焚书！我曾经的男朋友，上周最终也跟我分手了，原因很简单，他们家嫌弃我们，认为结婚之后，我们家的负担太重，一结婚就要背债务。他矛盾了很长时间，最终还是向我提出了分手。你说，天底下还有没有比我更倒霉的人？”王雅终于放声痛哭起来，那无助的哭泣，在夜深人静时让人感觉特别的凄冷。

“王雅，你别说了。”焚书伸出手，给了王雅一个哥哥式的拥抱，随后转身离开了办公室。

回到家，焚书矛盾起来，大川出局已经是铁定的事情。他原本想自己再努力一把，挤掉王雅，可今晚王雅的话时时在自己耳边回响：“这世界上还有比我更倒霉的人吗？”焚书的心情无比沉重。

“嫦总监，我准备辞职，放弃这次创意比拼。”辗转了一夜，焚书在第二天清早就走进了嫦娥的办公室。

“焚书，你说什么？你没发烧吧。”见惯了焚书搞怪的嫦娥，起先没当回事，但他看到焚书满眼血丝、一本正经地板着脸站在自己面前的时候，她觉得事情严重了。

“你说的是真的？”嫦娥瞪大眼睛。

焚书用力点点头。

“告诉我原因，你怎么了？家里出事了？出事你可以请假，我准你假，皮特那边我去替你解释。”嫦娥关切地说道。

“不，谢谢，我没遇到什么事，只是我累了，厌倦了这份工作，我要辞工。”焚书始终躲避嫦娥的眼睛。

“焚书，你在说谎，你喜欢这份工作，我看得出你的努力和天分。不管怎样，我不批准你辞职，你会是个好创意人，你不能放弃。”嫦娥破天荒地失去了惯有的干练，苦口婆心地劝着。

焚书心里涌起了一阵感激：谢谢你，谢谢你的认可，可是跟王雅比起来，她更需要这份工作。这样想着，焚书努力挤出一个笑容：“一直以来，给你惹了不少麻烦，我走了你会年轻很多的，今年二十，明年十八。”

这个玩笑没有起到应有的作用，嫦娥恢复了平静：“我对你很失望。”

焚书辞职的事情很快传遍了整个公司，而为了避免被公司辞退的命运，保留尊严，大川也主动上交了辞职报告。

“焚书，我辞职是因为死定了，你好好的辞什么职啊？你这一弄，反倒成全王雅了，她那水平平常还不如我呢！真不知道你脑子里在想什么，难不成你早就找好了下家，准备辞职后跳槽？”大川似乎有打破沙锅问到底的劲头，而焚书却一言不发。

“也许离开了 HEF 公司之后，我也能剪断对嫦娥的那份不明不白的暗恋了，可以专心和唐曼过日子。”焚书终于觉得，自己的决定看来还有另一种价值。

辞职后的焚书计划先过一阵子宅男的生活，所以并没有急着找工作。每天唐曼下班前，焚书便做好了饭，专心等待唐曼回来。两人饭后外出散步，日子一天天过，焚书感觉自己的厨艺大有长进了，更重要的是，自己正在享受难得的平静。

辞职后的第十五天，焚书意外接到了嫦娥的电话，嫦娥要求焚书立即去 HEF 公司她办公室。

“嫦娥找我会有什么事情呢？”焚书一边猜测着，一边感觉自己的心正在加快跳动，原来自以为会忘记一个人，可当即将见到她的时候，还是无法心如止水，只怪自己多情。

“焚书，王雅刚刚交了辞职报告，临走之前，她向我坦白抄袭了你的创意。她让我转告你，非常对不起你，如果你还喜欢 HEF 公司，请你回公司上班，这样她心里才会好过。”见到焚书，嫦娥急不可耐地说道。

原来，王雅在焚书主动辞职之后，每天内心都作着痛苦的挣扎，她明白焚书辞职的原因，最终，这个姑娘的道德良知战胜了自己内心的狭隘，她决心离开不属于自己的岗位。

“王雅，希望你一路走好。”焚书把这条短信发给了王雅，王雅很快回复：“我会自强，不再靠别人的施舍，一起加油。”

焚书的心情忽然复杂起来。

第二天，焚书回到了自己熟悉的办公桌前，电脑还是那台电脑，只是里面的内容已经全部拷贝到了嫦娥的机器里，一切权限都没有了，自己需要像新人一样地再去申请各项权限和各种公司资料。再看看办公室，因为少了大川跟王雅，显得格外空荡荡。

“人走茶凉，这就是职场。”焚书的心里再次发出了感慨。

“焚书，别忘了交你的作业。”嫦娥的内线电话打进来，听着心情不错。

“什么作业？”

“电脑商城最后一期的创意呀，难道你想蒙混过关吗？这就当作你新入职的第一次考验，恰巧电脑城又要求咱们帮助策划新一轮的创意活动了，我看这活就交给你了，时间紧迫，明天一早就要交作业。”

“你是女版黄世仁啊，我这才刚上班你就剥削我，你说我是新人，你对新人应该春天般温暖，夏天般热情，对不对总监？”焚书哈哈地乐着，一边跟嫦娥玩笑，一边快速打开电脑，准备接受这个挑战。

思考创意方案是需要灵感的，此时焚书的脑子里却是一片空白，因为这半个月发生的事情，好似电视剧情节一般，让人应接不暇，自己显然还需要适应。所以直到下班，焚书的电脑上还是一片空白。

“焚书，晚上一起出去吃饭吧，给你减减压。”唐曼的电话每天都会在下班后打来，焚书明白唐曼的心思，怕他跟嫦娥之间生出情愫。

“我明天早上要交创意，现在还一个字都没写，时间有些紧张呢。”焚书感觉有点累，不太想去饭店——有时候外出吃饭也是一种折磨。

“那我们回家做饭，今天我是主厨。”

回到家，看到唐曼正系着围裙在锅台前忙活，焚书赶紧搭把手。焚书曾经看过许多关于培养男女感情的书，其中有一个增进感情的办法：当女人在厨房里为满足你的胃口而忙碌的时候，一定不要做甩手掌柜，哪怕陪她说句话，她都会很知足。

忙碌了半个小时，菜摆满了桌子，唐曼幸福地说道：“在家做饭还真是温暖啊！”

焚书用手拍拍唐曼的头说：“小鬼，你很贤惠嘛，像个持家女人。”

唐曼很开心，回应：“老鬼，我只给我爱的人做饭，这样，每天都是咱们的情人节。”

焚书感觉心头一动，唐曼那句话触动了他的灵感，一个小火花在脑子里急速闪了一下。

焚书小跑着打开了电脑，把鼠标点得“啪啪”响。

“焚书，你不吃饭瞎忙活什么啊！也不知道好好谢谢我，陪陪我！”唐曼这句叫喊，让焚书有如醍醐灌顶，瞬间找到了创意的灵感。

“宝贝，你先吃，我想起了一个创意，等我写完创意，一定好好谢谢你，让你无比知足和满足。”焚书开了个成人间的玩笑，唐曼脸一红，赐给焚书一个字：“呸！”

焚书不再理会唐曼，伏在案头奋笔疾书。经过两个小时的忙碌，电脑城的创意方案一气呵成。此时，尽管桌子上的菜已经凉了，可好心情的焚书吃得无比开心。

第二十章

心 事

得益于唐曼的启发，焚书这次的创意并没有采用高深的抽象派或写意派风格，因为前几期的广告创意已经持续使用了同一种文化风格，按照广告传媒学的理论，消费者到了该出现审美疲劳的时候了，所以，此时应该加强刺激或者转换风格，焚书显然采用了后者。焚书这次的广告创意发布案以及活动案均破天荒地采用了很直白的传达手法。

广告发布案的整个创意采用大红色作为底色，X 电脑商城的 Logo 呈螺旋形状由低到高排成一个￥，在版面最右边是一行大大的手写体竖排的字，呈现主题的广告语：现在就是感恩节。

配套的活动方案中只有一个活动：买电脑抓现金，即购买额度在千元以上，可凭消费小票到装满了硬币的箱子里抓钱，抓多少给多少。

“你这个方案要么大输，要么大赢。”嫦娥皱起了眉头，因为她明白大俗即大雅的道理。

“总监，你知道拳法中最厉害的拳是哪种吗？”焚书给嫦娥出了个谜语。

嫦娥略微一犹豫，很快明白了焚书的意图：“自恋狂，你是说你这方案好比直拳了？我倒要看看牛皮是怎么被你吹破的。”

实践是检验真理的唯一标准，这个方案给了两人一个始料不及的结果，依靠广告拉来的客流量异常稀少，但是销售数据却表明成交金额创了年度纪录。

“焚书，什么事情都有可能发生在你身上。看到了吧，事实证明你的广告创意案很糟糕，但是你的活动创意案却很成功，我也只能对你不奖不罚了。”嫦娥用手中的笔，在焚书本次的创意总结效果评估上写下了一个 C。

大川离开 HEF 公司之后选择了自己当老板。

职场讲究职业生涯规划，不过前提是要了解自己的脑袋有多大，能够戴下多大的帽子。

大川在经历了两年多创意人生活之后，发现虽然自己的头够大，但是脑袋里装的那些东西却不能支撑自己成为一个好的创意人。用大川自己的话说，在做创意的这两年里，他是为了薪水而工作，焚书是为了兴趣而工作，相反，他的薪水却比焚书低很多，这足以证明，他应该转行了。

大川的兴趣是挣钱，当然就开始钻研挣钱的门道了。思前想后，他认为自己在创意公司这两年最大的收获是认识了一群有钱的客户，因为没有实力的客户是不可能把创意这种核心工作外包给 HEF 公司的。大川跟那些企业的策划部负责人打交道的时候，发现客户对宣传品的需求量极大。

“我不能给他们提供满意的智慧，我可以给他们提供满意的印刷品，玩不了脑力劳动，我玩体力劳动。”大川是这样想的，也是这样行动的。他注册了一个印刷设计公司，靠着以前积累下来的客户关系，竟然在开张两个月就接到了不少订单。如果能有一个高端设计人员坐镇就更好了。动了挖 HEF 和 BBT 公司墙角的心思后，大川第一个想到了焚书。

“焚书，你的创意水平只有最终变成收入，你的创意才有价值，以你现在的水平，基本上我所接触的客户是挑不出什么毛病的，干印刷的收入比你现在每月领的工资强十倍，不如你技术入股，咱们兄弟两个一起干。”大川这样邀请焚书。

“不，我现在觉得做创意是个很有前途的事情，里面的快乐不是钱能衡量的，你的公司我尽量照顾，有时间我就给你做兼职。”焚书话虽说得很委婉，但是表明的态度却很坚定。

“我看你是舍不得那个漂亮的嫦娥吧。”大川的一句玩笑话，让焚书心里好似打翻了五味瓶。

自从跟唐曼复合之后，焚书不知道多少次告诫自己，要对唐曼好，好好爱唐曼。可是，焚书难以自制的是自己对于嫦娥的好感越来越强烈，自从消除了对嫦娥的误会以及知道嫦娥跟澳洲男友分手后，焚书竟然在内心最深处有种蠢蠢欲动的感觉，他甚至已经习惯了每天看到嫦娥的那份愉悦。

“焚书，你卑鄙无耻下流。”曾经这样骂过自己很多次，可是，没有用，每次跟嫦娥在一起，焚书总是觉得很有激情，他搞不明白，到底是自己多情还是上天早已注定自己跟嫦娥上辈子的缘分。

暗恋很痛苦，可是痛苦也没办法，因为那个人并不属于你。好在每天可以见到她，工作中的接触也能享受到快乐。时光划过的速度堪比流星，不知不觉，圣诞节马上就要到来了，HEF 公司跟 BBT 公司新的战役又要打响了。

“圣诞节是一年中最重要的节日，在我们 CLOVER 俱乐部的眼里，圣诞节的分量不亚于春节，因此，我希望你们双方能够拿出让我们的会员满意的活动方案。”Leo 先生在讲话时，眼睛不断地打量吴刚和嫦娥。

焚书的眼睛一直盯在李惠身上，他发现李惠的神态比以前显得憔悴了，一副闷闷不乐的样子。

“李惠大概有心事。”焚书这样想着，随手发了一条短信给她：一起聊聊？

在这场例行碰头会即将结束的时候，焚书对面的李惠回复了短信：晚上六点，KFC。

有趣的是，两个人去的 KFC 正是他们曾经相亲的地方，更凑巧的是坐在了上次谈话的那个位子上，李惠调侃了一句：“故地重游啊！”

“可不是嘛，只是重游对象应该换换才好，你跟大川怎样了？”焚书觉得有种物是人非的感觉，现在的自己跟当初与李惠相亲时，心境截然不同了，烦恼也转换了。当初烦恼的是自己如何从失去聂小倩的痛苦中走出来，现在的烦恼是如何摆脱自己对嫦娥的非理性感情，不过当初跟自己同病相怜的李惠此时为何烦恼不得而知，难道真的因为那个死胖子大川吗？

焚书知道大川一直在追李惠，而李惠对大川的态度却始终不明朗。

“我跟大川之间没什么，我今天约你来是为另外一件事情。”李惠很快打断了焚书的话，看得出，她并不喜欢关于大川的话题。

“你们的嫦总监下班之后都去哪儿？”李惠的问题实在是让焚书有些摸不着头脑。

“我又不是她老公，我怎么知道？”焚书暗暗地想，可嘴上却不能对李惠这样说。

“这是她的私事，我不是很清楚，你对她有兴趣？”

李惠用吸管捅了焚书一下，嘴里说道：“那什么嘴里吐不出什么。你真不知道？这几天下班后我在 BBT 公司看到过嫦娥很多次，我猜她可能……”

李惠低头喝饮料。

“可能什么啊？”焚书有些着急地问道，接着为了掩饰尴尬，轻声说，“你把话说一半，真急人。”

“她或许在跟吴刚恋爱。”尽管李惠的语气是猜测，焚书听了还是觉得不太舒服。

嫦娥刚刚跟澳洲的男朋友分手，对吴刚也欣赏，无论从收入、长相，还是从年龄上看，两个人都很般配，似乎两个人谈恋爱也没什么不妥。可是，当有人告诉自己这个消息时，心里觉得有些醋意。但为什么李惠也会关心这件事情呢？

“李惠，你为什么这么关心这事，是不是你对吴刚有想法？”焚书忽然之间开窍了，李惠的目的不在嫦娥身上，而在于跟嫦娥恋爱的那个人——爱上了自己的上司，李惠和自己还真的是心境相仿呢。

被焚书猜中了心事，李惠的脸一下就红了。

原来是真的，焚书暗暗地想。

“李惠，我也觉得吴刚不错，你想让我怎么帮你？”如果追问李惠，让她亲口承认喜欢吴刚会让她难堪，既然事情已经很明了，焚书就单刀直入了。

“我想最好你能多帮我争取点时间，让我跟吴刚单独相处。”李惠为说这话，想了半天。

“你整天跟吴刚一起，难道时间还不多啊？”焚书有些不明白李惠的话。

“吴刚是个工作狂，每天上班的时候，总是把自己关在办公室，偶尔跟我谈工作，也是快刀斩乱麻，多余的话一句都没有，到了下班时间，你们那位嫦总就来了。”李惠解释着。

“我明白了，我知道怎么帮你了。”焚书坏笑了一下，心里想：“看我怎么拖住嫦娥。”

此后一连几天，每到下班时间，焚书就去敲嫦娥办公室的门，手里拿着搜集到的国外著名创意案，向嫦娥请教。

“总监，这个是什么意思我不太知道。”

“总监，为什么这个创意要用黄色做背景，我认为用绿色更好。”

“总监，今晚有时间没，不如一起去吃烧烤？”

用这样的方式，隔三差五地，焚书总能找到理由让嫦娥跟自己多待几个小时。这段时间应对唐曼的理由自然是加班了。

终于，当焚书再次拿着一个创意案找嫦娥请教的时候，嫦娥点破了焚书的意图。

“焚书，今天你给我老实交代，你在搞什么把戏？”嫦娥的脸沉了下来。

“嫦总，我这不是想进步嘛！放着您这样一个高手不请教，我不亏死了？再说，我水平提高了，您以后不是更省心嘛。”焚书依然打着哈哈。

“是吗？没看出来你这么上进呢，这是好事，不过，你下次要是再向我请教这些诸如这个创意为什么用冷色调不用暖色调之类的白痴也知道的问题，我就开除你，你显然低估我的智商了。”嫦娥板着脸，给焚书来了个下马威。

“老实交代吧，我知道那些创意你看得懂，而且你白天不找我，非要在下班以后请教，时间长了傻子也能看出来你在耍鬼把戏。”嫦娥把身子凑近焚书，目光中却有着很大的杀气。

“唉，看来只能招了，其实吧，我就是觉得下班无聊，唐曼这几天老加班，我又不愿回家，正好看到您这大总监也没什么要紧事，想跟您多聊聊天，增进一下上下级感情。”焚书脸不红心不跳地撒了一个谎。

“是吗？你要真想跟我增进感情，最好的方式就是把你的创意案做好，打败BBT公司，至于其他的那些，我都没兴趣。”嫦娥转身离开，把焚书一个人傻傻地晾在了一边。

“糟糕，从明天开始不能再去骚扰她了，也不知道李惠那边进展如何。俗话说，女追男，隔层纱，不知道李惠这层纱捅破了没有？”焚书这样想着的时候，李惠正在把一只小小的纸船放进河里，看着那船慢慢漂走。

李惠对吴刚的好感是逐步建立起来的。一开始李惠并没有想到自己会为了吴刚而单相思。“太优秀的男人不但不安全，而且都很大男子主义。”李惠理所当然地认为吴刚也是这样，但是随着接触的增多，李惠转变了自己的看法。吴刚虽然是李惠的领导，但是对李惠十分绅士，他从来没给李惠摆过领导架子，安排工作的时候经常对李惠说“咱们”“我们”“咱两个”“请你”“麻烦你”“有劳你”之类的话，让李惠感觉到一种自然的亲近。有一次，李惠在下楼梯的时候扭伤了脚，身旁的吴刚立即蹲下："快趴在我身上。"神态十分焦急。他背着李惠一路走到医院。李惠感觉到这个男人身上那种好闻的气息让自己怦然心动。

从那时起，李惠开始了痛苦的暗恋。嫦娥的出现加剧了李惠的危机感，尽管她知道自己跟嫦娥之间的差距，但是面对爱情，李惠还是决心勇敢出击。

清晨，吴刚走进办公室就会看到李惠为自己准备好的早餐，而办公室的冰箱则被李惠填满了零食和啤酒。

"征服男人的第一步，就是征服他的胃。这个狭小的冰箱，承载了我跟吴刚之间的幸福。"每次往冰箱里放东西的时候，她心里就这样默默地想。

让李惠始料不及的是，吴刚的客气超过了她的预期。每次李惠买完东西，吴刚总是拿出钞票轻轻放在她桌子上。

这种客气让李惠很绝望，在焚书拖住嫦娥这段日子的某一天，李惠终于决定向吴刚摊牌了。

下班后在吴刚的办公室，李惠轻轻递给吴刚一罐啤酒。

"总监，减减压。"这是两个人例行的节目，吴刚有个习惯，在晚饭前喝点啤酒。

吴刚抬起头说声"谢谢"的时候，发现李惠竟然也为自己开了一罐酒。

"李惠，以前你不喝酒啊，莫非也学我用啤酒减压？女孩子喝啤酒可容易长肚子，要当心喽！"吴刚开着玩笑，一边瞅瞅门外：嫦娥已经有几天没来了，今天会不会来呢？

"是的，我以前不喝酒，但今天我想跟你谈谈，不喝酒我没有勇气，只好借酒壮胆了！"李惠灌了一大口酒，喉咙里发出了"咕咚"的响声，吴刚瞪大了眼睛。

"李惠，你慢点喝，别呛着。我又不是老虎，怕得你喝酒后才敢跟我谈，有什么你直说就行，能帮上忙我一定帮你。"吴刚凑近李惠，关切地看着她。

看着面前这个让自己无比心动的男人，李惠轻声叹了口气，沉默了：能帮我一定帮我，那么我想让你喜欢我，关心我，我想让你只对我一个人好，我不要看到下班后你往办公室门口东张西望的样子，可是，你能做到吗？我只是一个灰姑娘，灰姑娘能得到王子的爱吗？想着想着，委屈涌上心头，李惠的眼圈发红了，她赶忙用手捂住脸。

“李惠，你怎么了啊？哎，放下手来，我给你纸巾。”

“我喜欢你。”李惠忽然拿下双手，看着吴刚，长长地吐出一口气——终于轻松了许多。同时，她的胸脯也在一起一伏着，那颗心早已滚烫得仿佛要在胸腔里炸开锅。

“嗯？你喜欢我？”吴刚用手搔搔后脑勺。

李惠还从来没见过吴刚这样滑稽的举动，心里的压力仿佛一下子变得小了。

“是的，我今天终于说出来了，不过，你千万不要对我说：你喜欢我什么？我改……”为了调节气氛，李惠用了网络上这句被视为经典的话进行自嘲，脸上还挂着泪珠子。

吴刚笑了，但仅仅只是笑。

“你为什么不说话？”李惠问。

“被人喜欢是一件很荣幸的事情，我在好好回味呢！”吴刚用一个玩笑化解了自己的尴尬。

“可是，你喜欢我吗？”李惠又喝了一大口啤酒。

吴刚走到李惠面前，轻轻把啤酒从她手里夺过来，却并不回应她。

“我明白了，你心里从来没有关注过我，你心里只有嫦娥。”李惠默默转身向门外走去。

“什么？嫦娥？喂，你在说什么啊？”吴刚回过神来，对李惠喊。

“难道不是吗？嫦娥每次来找你，你都兴高采烈，刚刚你还在往门外张望，难道你不是在等她？”李惠语调低沉。

“我知道跟嫦娥相比我只是一只丑小鸭，她漂亮又多金，我什么都没有，可我自信有一样比她好，我更懂得疼你。看到每天你忙碌，说实话，坐在外面的我很心疼，有时候我陪你通宵加班，只是为了想照顾好你。我是一个小女人，公司好坏与我何干，但是我心疼你，我往冰箱里塞满食物和啤酒，我要的不是你客气地往我桌子上放钞票，不是你说谢谢，我要的是你健康，不要每次胃痛的时候冲三九胃泰。”

李惠的表白很真挚，吴刚显然被打动了，他用面巾纸轻轻擦掉李惠脸上的泪。

“李惠，我想我要澄清一些事情，我跟嫦娥之间并没有谈恋爱，我不否认对她有好感，但是我们的关系没到你想象中的那么亲密。你也是个好姑娘，你不是丑小鸭，只是，我对于咱们两个之间的感情没有任何准备，我想咱们顺其自然好吗？”吴刚这番话让李惠有了一些安慰，毕竟还保留一份希望，人总是这样，有希望就有动力。

李惠把纸船放到河里，看着纸船慢慢地被水浸透，最后沉了下去。

李惠长长地舒了一口气，甩甩头：会水到渠成吗？暂且不去管它，只要能在他身边，就足够快乐了，他快乐的源泉多半来自工作，而 BBT 马上又要与 HEF 公司进行创意比拼了，那么，就让自己更加努力些，帮助他战胜 HEF 公司，这样，他就会很快乐。

第二十一章

失身的美女

大川不遗余力地奔波在之前跟HEF公司合作过的客户那里，终于得到了一个有价值的消息：HEF公司的重要合作伙伴，也就是原来王雅负责提供创意服务的叫三合的那个家电大卖场，本月底与以前的印刷公司合作到期。

对于目前从事印刷业务的大川来说，如果能够把三合家电卖场的印刷业务揽下来，无异于白捡一个聚宝盆。

“这家卖场以前是王雅负责，而王雅跟那边的关系不错，如果王雅能跟我一起干，那么这件事基本就成了。”合计好了，吃过晚饭后，大川从手机里调出了王雅的电话号码。

王雅的电话里一片嘈杂，不时传来公交车上喇叭报站的声音。

“这丫头看来正在车上，这个点了还没回去，看来日子过得挺辛苦的。”大川边想着，边对着电话用力喊：“王雅，我是大川，今晚我们见个面，我有事情找你谈。”

“什么，什么？我听不太清楚。”王雅的电话里也是吱吱啦啦的，这个手机已经用了两年多，看来该淘汰了。

大川挂掉电话，编了一条短信发给了王雅。

晚上八点多的时候，王雅根据大川的短信在一家川菜馆见到了大川。

“我还没吃饭呢，快叫点东西吃。”都是熟人，王雅也没跟大川客气。菜上来了，王雅狼吞虎咽地对着水煮肉片战斗，大川则叫了瓶啤酒自斟自饮。等王雅消灭了一碗米饭之后，两人才闲聊起来。

从王雅的话里，大川得知：两个月过去了，王雅还没找到好的工作，现在正在一家个体广告公司给人充当平面设计呢，薪水跟以前相比几乎减了三分之一，而且基本每天都要加班。

“说实话，真怀念在 HEF 公司的日子。”王雅看看大川说道。

大川心里暗自高兴了一下，大川知道，此时如果告诉王雅一件能够让她得到利益的事情，王雅一定会全力以赴。

“王雅，我想跟你一起合作。我觉得你现在连小公司的平面设计工作都做，肯定也是缺钱，我现在有个好机会，能让你挣大钱。”大川的话说到这里，故意停顿了一下，观察一下王雅的反应。

“快说啊，什么机会？”王雅果然立即瞪大了眼睛。

“你在 HEF 公司的时候负责的那家叫三合的家电卖场，现在要找印刷品方面新的合作伙伴，如果你能把这事拿下来，利润我分给你百分之三十。”大川单刀直入，切入正题。

“你想跟三合电器合作为他们印刷宣传品？这个事情还真不是很好办，那边的企划部经理挺不好伺候的。”王雅对大川提供的机会有兴趣，但是如果让大川觉得很容易就能把三合电器的业务拿下来，显得自己价值太小了，所以王雅故意卖了个关子，夸大了业务难度。

大川当然看透了王雅的想法，但是却不去点破，相反来了个顺水推舟：“所以嘛，王雅，这事我只能请你出面了！只要合同签下来，咱们每个月得到的收入会比在 HEF 公司高几倍呢，保守估计，你能向嫦娥看齐了。”

大川的策略起了作用，王雅马上表态：“我来替你约三合的企划部负责人，他姓赵，叫赵宫谨，这个人很注重派头，咱们跟他谈要给他十足的面子。”

“那没什么问题，咱们订本市最好的那家酒楼，我保证让他满意。”大川喊过服务员示意买单。而让大川没想到的是，自己当日铭记在心的“让赵宫谨满意”这条金科玉律，日后却造成了一场悲剧。

王雅回家后仔细算了一笔账：如果能促成大川跟三合的合作业务，那么自己每月的收入至少可以提高三倍，这是多么诱人的事情啊！可随后想到三合企划部的那个赵宫谨经理，王雅却皱起了眉头，轻轻叹口气，去年发生的一件让自己郁闷的事从脑海里跳出来。

去年的秋天，王雅曾经作为 HEF 公司对三合家电卖场的策划支持人员被派驻到三合公司工作了两个月，每天都要跟三合公司企划部的人接触，从而认识了赵宫谨。

赵宫谨年龄三十出头，是个有车有房有老婆，孩子在贵族幼儿园接受教育的所谓成功男人。漂亮的王雅第一天上班的时候，赵宫谨就邀请她出席晚上部门的聚会，大家一起去 K 歌，说是专为王雅组织的欢迎会。

当王雅赶到 KTV 房间的时候，却发现整个房间里只有赵宫谨一个人。

“赵经理，其他人呢？”王雅问。

“他们今晚都有事情，所以只剩咱们两个了。”赵宫谨一边示意王雅坐，一边起身把房间的门关上了。

“那我也走吧。”王雅感觉到事情有些不正常，转身刚要开门，赵宫谨用力按住了门把手。

“既然来了，就一起唱唱歌，喝喝酒。我又不是流氓，你这么怕干什么啊？”赵宫谨显然有些生气了，松开把手对着王雅说，“你请自便吧。”

王雅起先想拔腿离开，但她考虑到自己代表 HEF 公司入驻三合卖场，自己的考核是否能让客户满意完全取决于这个赵宫谨的评判，如果一走了之，肯定会把赵宫谨得罪了，自己的奖金就全泡汤了，而赵宫谨现在也没对自己做什么啊。

当下，王雅便坐了下来，说了句：“那好吧，赵经理，我陪你唱一会儿歌，不过我唱得可是很难听，刚刚就是怕把狼招来我才要走的。”

见王雅示弱了，赵宫谨赶忙也开玩笑说：“哪能啊，你的歌声如果能招来狼，那么我这就成鬼哭了，咱两人配合挺默契，整个就是鬼哭狼嚎。”

“哈哈，哈哈！”随着一阵开心的笑，赵宫谨替王雅的杯子里倒满了酒。

“对不起，赵经理，我不会喝酒。”王雅防人之心还是有的，赶忙拿了一个新杯子，倒满矿泉水握在手里。

赵宫谨没有继续强迫王雅，两人开始聊天，聊了几句，赵宫谨就开始不停地向王雅倾诉：自己婚姻不幸，老婆跟自己没感情，不理解自己的苦闷。

“这是已婚男人惯用的招数。”王雅不动声色地听着，抽空找了个上洗手间的机会，给赵宫谨发了一条短信，说自己临时不舒服，谢谢赵经理的款待，溜掉了。

赵宫谨自然不好发作。此后，王雅对赵宫谨加了十二分的小心，避免着跟他独处，好在自己在三合家电大部分时间是跟部门的员工打交道。两个月的时间很快过去了，员工跟王雅也都相处得愉快，王雅顺利通过了三合公司的评判，回到了 HEF 公司。

“那么这次，又要跟赵宫谨打交道了，真愁人。”这个难题成了一个王雅心中的歌德巴赫猜想，她想不出绕过赵宫谨拿下单子的办法。

“铃——”手机响起来，王雅看了一眼号码，区号是老家的。

“小丫（王雅的小名），你爸爸今天干活的时候，从工地上摔伤了，骨折了，医院说让准备一万块钱，你看看，能不能想想办法？”电话是妈妈用村里小卖部的公用电话打来的。

“爸爸现在怎么样？”王雅的心揪起来。

“不多说了，只要钱到了，就能治好，可如果不治，医生说可能会残疾。唉，小丫，不多说了，长途电话费贵，挂了。你弄到钱之后，还是打这个电话，直接告诉店老板就行，我每天都会来这里问问。”电话很快被挂掉了。

“爸爸！”王雅痛哭起来。她当即决定，明天就约赵宫谨，不管付出什么代价，自己也要搞到一万块钱，替父亲交医疗费。

“赵经理，今晚肯不肯赏脸，给个面子请您出来坐坐？”王雅打电话的时候，尽量让自己的声音娇媚起来。

“王大美女啊，真没想到你还想着我呢！”赵宫谨猜测王雅肯定遇到了需要求到自己的事情，这丫头鬼机灵，绝对属于无事不登三宝殿的主。

“赵经理哪里话啊，我可是一直想着你呢。好久不见，老朋友叙叙旧，我顺便有点事请教请教您呢！怎么样，给个面子呗！”

“你如果喝酒我就去。”王雅的话里验证了自己的猜测，果然这丫头求到了自己头上，于是也不再兜圈子，直接要求王雅晚上喝酒。

“那好，今晚我陪你喝。”王雅无奈地叹口气，使劲咬了一下牙，心里恨恨地问候了赵宫谨母亲。

“那好吧，去哪儿？”赵宫谨当然不会放弃这个好不容易到手的机会。

“就去皇宫酒楼吧，您这身份去那儿不掉价，不过我还有个朋友一起去，负责买单。”王雅知道不能隐瞒让大川跟着去的事实，如果不提前告诉赵宫谨还有别人，说不定赵宫谨见到大川，一不高兴转身走了，这事就办黄了。

赵宫谨倒是没对王雅的做法产生异议。

皇宫酒楼内灯火辉煌，尽管只有三个人，大川还是订了一个包间。赵宫谨坐在贵宾位子上，他的身旁坐着王雅，大川很识相地坐在两人对面。在王雅简单地向赵宫谨陈述了想请他帮着搞定印刷订单的事情之后，一场各怀鬼胎的大戏开始上演了。

“赵经理，我们这事情你可多费心喽，小妹先干为敬啊！”说完，王雅仰头干掉一杯啤酒，接着冲大川使个眼色，那意思是你可要见机行事，大川微微点点头。

他们两人这点小伎俩哪能瞒过久经沙场的赵宫谨的眼睛啊。

“在我眼前耍猫腻，还嫩了点。”赵宫谨心里轻声哼了下，却没有喝掉王雅敬自己的酒。

“王大美女既然这么给我面子，喝啤酒也太扫兴了，人家都管啤酒叫啤茶，老朋友叙旧，怎么能喝茶呢，你们说对不对？”

不等二人说话，赵宫谨马上又冲着包间的服务员吩咐道：“你去拿两瓶洋酒来，要伏特加。”说完，看看还未回过神来的王雅，赵宫谨心底升起一种报复的快感。

小气男人有个显著特点——爱记仇。一年前王雅的“不识趣”，让赵宫谨丢足了面子，现在好不容易得到个挽回面子的机会，他当然不肯轻易放弃。

“赵经理，我从来不喝酒的，就刚刚那一杯啤酒，我现在已经感觉有些头晕了，如果喝洋酒，我今天一定出丑了，我陪您喝点啤酒吧，让大川陪您多喝点。”王雅试图作最后的挣扎，把头转向大川，那意思是：你快帮我说句话啊。

大川刚想说话，见赵宫谨的目光“唰”地向自己这边甩过来，还做了个马上起身的动作，大川便记起王雅曾经嘱咐过的“让赵宫谨满意”的金科玉律。

“王雅，今天赵经理给你面子，也给我这小老弟面子，你看你就喝点吧。你喝醉了，我送你回去。”在这个时候，大川竟然来了个落井下石。

这下王雅无奈了，只得让服务员替自己的杯子里加了半杯伏特加。赵宫谨显然对大川这个决定非常满意，乐呵呵地说：“看来这个小老弟今天我是认定了，小老弟，你们那事情，我尽力给你办。”

得到这样一种暗示，大川心里非常高兴，为了活跃气氛，大川讲了一个关于喝酒的笑话：

> 有位公司老总要带秘书出去应酬，老总不知道秘书的酒量怎么样，就把秘书叫进来问：你能喝一斤白酒吗？秘书回答：我不知道。等到下班时间，秘书敲门进来，向老总汇报说：报告，我能喝一斤白酒，刚刚我去超市买了一瓶白酒，已经喝完了。

“可能王雅的酒量还超过这秘书呢，哈哈！来，咱们干杯。”赵宫谨盯着王雅，看她勉强喝下了一大口酒，又吩咐服务生把酒杯添满。

“赵经理，酒我不多喝了，让王雅陪您多喝点，我等会儿还要开车送您回家呢！”大川瞬间转移战线，成了赵宫谨的说客。

对于王雅来说，一场硬仗开始了，她强忍着胃里的翻腾，去洗手间吐了几次之后，又回来陪赵宫谨喝酒，等到把一瓶伏特加全部喝光后，王雅趴在了桌子上。

“王雅看来不行了，咱们走吧。”大川提议。

赵宫谨点点头，伸手把王雅扶了起来，手顺势搭在她腰上。

“我来我来。”大川赶忙过去想要替代他，赵宫谨却话里有话地说道：“小兄弟，今晚你就让我跟这美女亲密接触一下呗。”大川只得任由赵宫谨的手在王雅腰上游走。

进了车，大川坐在驾驶员的位子上，赵宫谨扶着已经烂醉如泥的王雅钻进了后排。

“赵经理，去哪儿？”大川问道。

“顺着路一直往北边开，到了黄河边上，你把车给我，自己打车走，我明天把车给你送回去。”赵宫谨说道。

“那王雅怎么办？”大川问。

“这个你别担心了，我会把王雅照顾得很好，以后我也会把你这小老弟照顾得很好。”赵宫谨说完，点了一支烟悠悠地吸起来。

车子一直开到了黄河边，大川下车后，从那个偏远的地方走了接近半小时的路才打了一辆出租车回家，一路上大川的心里“扑通扑通”地乱跳，觉得自己今晚犯了一个大错误，可是，想想花花绿绿的钞票，大川又安慰自己道：王雅来之前，肯定也能猜到赵宫谨的目的，自己只是顺水推舟罢了，等到挣了钱，自己多给王雅些利润。

赵宫谨看着后座上的王雅，雪白皮肤，腮上有两朵红晕，胸口随着呼吸一起一伏，两座小山峰凸在胸前，那么诱人，这一切让赵宫谨充满了欲望。他钻进车里，把手伸进王雅的衣服里。

王雅试图反抗，但是身上一点力气都没有，只能无力地一遍遍重复着：不要，不要。

赵宫谨在王雅身上尽情宣泄了自己的欲望。

赵宫谨开车返回市区，把王雅安顿进了一家小型的商务酒店单人间里，随后急匆匆往家赶，因为家里的老婆孩子还在等着这个“好丈夫，好父亲”的归来。

清晨，王雅感觉头撕裂一般的疼，呆呆地坐在床上，想起昨晚的一幕，下身还很不适，自己唯一骄傲的处女之身竟然被一个已婚男人占有了，王雅抱头痛哭起来。

不知道哭了多长时间，王雅给大川打个电话。

“王雅，昨晚你没事吧？”大川在电话那头明知故问。

“你要盯住赵宫谨，把合同签下来，有了业务之后，立即给我钱，否则我杀了你！”王雅的话冷得可怕。

大川被王雅这番话吓傻了，他知道王雅昨天一定被赵宫谨蹂躏得无比凄惨。

赵宫谨是个得到好处就办事的人，原先的印刷厂家合同到期后，立即跟大川的印刷公司签订了合作合同，王雅却仍然没有拿到一分钱，理由很简单：印刷业务成了之后，王雅才能得到分成，而印刷业务是跟着创意活动内容走的。

最近的一个活动，也要等到圣诞了，内容是关于三合家电卖场圣诞的促销。因此必须等到合作伙伴 HEF 公司提供的方案被通过之后，才能开始印刷宣传品，而 HEF 公司负责制作这个创意方案的人是周丽。

第二十二章

有一种脆弱

“周丽，焚书要和我抽出精力考虑CLOVER俱乐部的圣诞活动方案，三合家电的促销创意方案你来负责。”这是嫦娥关于近期的分工，此时离圣诞节还有一个月的时间。

周丽自从得以超水平发挥留下来之后，心理上发生了一些变化。以前王雅跟大川都在的时候，周丽并不感觉孤单，现在的状况是嫦娥看好焚书，器重焚书，自己做出来的东西始终得不到嫦娥的认可。

渐渐地，周丽感觉越来越孤单，孤单的人总是希望有些事情忙活，让自己忘记孤单，所以，三合家电的圣诞促销方案就成了周丽排解孤单的工具。

周丽去三合企划部的时候，见到了赵宫谨。周丽的出现让赵宫谨又不安分起来。

色狼有一个最大的特点——只认色。

“秀色可餐”，这是赵宫谨的第一个念头。周丽有一个好身材，虽然跟王雅相比，周丽长相很普通，但是她S曲线的身材堪称完美，这让赵宫谨垂涎欲滴。

“赵经理，请你们把这次三合公司促销活动的具体要求跟我沟通一下。”周丽坐在赵宫谨对面发问。

“我们要求活动有新意，最好别直接打折，这是第一；第二，这个促销活动不要搞厂家老总签名之类的了，别的家电卖场去年已经搞过了。”赵宫谨一边谈着工作，眼睛一边瞟着周丽腿上的丝袜。

“我知道了，我们总监说了，这个方案由我负责，那么我完成之后，拿给您看看，到时候我会给您打电话的。”周丽说完，起身告辞。赵宫谨的视线紧盯着周丽的屁股，直到周丽进入电梯。

周丽用了几天时间把方案做好了，方案的亮点在于整个圣诞活动是以寻宝为主题的，购买家电额度超过一万块的顾客，可以穿上圣诞老人的衣服，在商场设定的专门寻宝区域寻宝，宝藏包括现金、打折券、首饰、小数码产品等。

周丽完成方案之后，简单地向嫦娥汇报了一下活动内容，由于在嫦娥未来公司之前，三合家电卖场跟 HEF 公司就有合作基础，对方也不会太挑剔，嫦娥很快就表示周丽的方案获得了通过，只是反复叮嘱周丽，一定要跟对方多沟通，征得对方企划经理同意后，请他们签字认可。

“赵经理，圣诞节的活动方案我做出来了，您什么时候有时间，咱们沟通一下？”周丽开始邀请赵宫谨。

赵宫谨一边接着电话，一边回想着周丽走路时翘翘的屁股。

“晚上九点半吧，你来我办公室。”赵宫谨语气很严肃地说。

“这个……是不是太晚了？怎么定这个时间？”周丽不解地问。

“我最近很忙，应酬多，白天基本不在办公室，只有晚上有点时间理顺一下文字工作，刚才你也说了，咱们时间紧张，我看就这样吧。”说完之后，电话挂断了。

“现在，就等周丽自己上钩了。”想到这，赵宫谨使劲吹了一声口哨，并打了一个响指。

一走进三合家电的办公大楼，周丽就感觉有些凉意，楼内静悄悄的，电梯缓缓地升上了九楼，赵宫谨的办公室就在九楼的北头。

“赵经理，我来了。”周丽敲了敲门，屋里没有动静。周丽正纳闷，觉得身后似乎有什么东西，转身一看，赵宫谨就站在自己身后。

“哎呀，吓死我了。你干什么悄悄站在我身后？”周丽猛地跳开，冲着赵宫谨大喊。

赵宫谨刚刚去洗手间回来，看到周丽的身影，准备跟她开个玩笑，吓她一下，没想到周丽如此过激。

“对不起，我刚上洗手间回来，因为忘戴眼镜了，看不清楚是谁在我办公室门口，我就想凑近点看清楚，没想到吓到你了。”赵宫谨赶紧解释。

“是吗？我怎么记得你不戴眼镜呢。”周丽反问了一句。

气氛顿时有些尴尬。

赵宫谨打开门，做了一个请的动作，周丽走了进去。

“这个女人真不好对付。”赵宫谨暗想。

周丽拿出方案跟赵宫谨开始讨论，赵宫谨只是粗略地翻看了一下方案，便把案子扔在了桌子上，他的心思并不在这个方案上面。

“周小姐，这个方案做得不错，只是这里面的宣传手段上除了报纸广告之外，你需要再增加一个宣传方式，这样对你我都好。”赵宫谨略带神秘地说。

周丽不知道赵宫谨葫芦里卖的什么药，用眼睛盯着赵宫谨，没说话只是把头歪了一下。

“周小姐，想必你在 HEF 公司每月也挣不了几个钱，所以，我的意思是咱们合作挣个外快，你把宣传方案的内容再丰富一些，增加点预算，后续我才能操作。”赵宫谨凑近周丽，把手放在周丽手上。

“我看看门锁好没有。”周丽借机，轻轻甩开赵宫谨的手，跑到办公室门的位置待了一分钟。

“门锁好了，赵经理，你想怎么操作？”周丽表现出一副感兴趣的样子。

“这个嘛……我当然已经想好了，你离我那么远我怎么给你说啊？”赵宫谨心里盘算着，让周丽自己主动靠近自己。

周丽把身子向赵宫谨靠了靠，赵宫谨急不可耐地抓住周丽的手，这次周丽没有挣脱。

“赵经理，你们男人都一个德行，不过我担心自己赔了夫人又折兵，钱没赚到反让你占了便宜。”

“哪能呢？这样的事情我都操作了好几次了，在跟你们 HEF 公司合作之前，我跟 GM（加玛）公司都操作过很多次了，这种事情关键要选好合作伙伴，咱俩就是投缘。”

“GM 公司当时替你们做创意的也是个女的吧？”周丽的语调里带着一丝嘲讽的味道。

“你可真聪明。”赵宫谨试图去亲周丽的脸颊。

“别着急，你还没给我说说怎么操作呢。”周丽巧妙地转过头，坐正身子。

“你在方案里把宣传手段再丰富一下，比如说DM单印刷个一百万份，提前进行社区投递，什么电梯广告啊，网站的，全方位轰炸一下，然后把方案盖上你们公司的公章给我，我根据你的宣传方案，去寻找合适的媒体合作，报纸广告、网站广告、电梯广告这些价格太透明，没什么操作空间，有操作空间的是那一百万份DM单子。我现在新找了个合作伙伴，嫡系得很。”

说到合作伙伴，赵宫谨马上想到了王雅，想到自己跟酒后的王雅在车里度过的美妙体验，所以赵宫谨用力握了一下周丽的手，呼吸变得急促起来。

“到时候，咱们两个人一人一半，操作一笔就相当于你半年的工资，以后多操作几笔，很快就致富了，怎么样？一般情况下，我可是不会跟人分钱的。”

周丽彻底明白了赵宫谨的想法：赵宫谨就是用这种吃回扣然后分一部分钱出去的手段，诱骗了不知道多少小姑娘。

想到这，周丽微微一笑。

“赵哥，你们公司如果要查账，你就栽了。现在印刷费也是很透明的，据我所知。”

“这你就不懂了，这里面的门道可深了，别看现在印刷公司价格透明，可是我找的都是很嫡系的合作厂家。”说到这，赵宫谨忽然想起大川。

这次为了得到王雅，赵宫谨把原来的合作伙伴踢掉，也跟大川有很大关系，大川不但跟赵宫谨配合得天衣无缝，更重要的是，大川以前也是做策划的，不但熟悉门道，而且更有灵性，所以，经过几次接触，大川已然是赵宫谨的嫡系。

“价格透明了，嫡系有什么用？”周丽接着问。

“我跟你说不明白，举个例子，咱们印一百万份单子，市场上报价是五毛钱一张，假如说用的是一百五十七克的进口铜版纸，合同上也写明白了，嫡系的厂家会在纸上做文章的，把成本甚至能降低到一毛钱一张，这就是明修栈道，暗渡陈仓。”说了这么多，赵宫谨感觉有些累了，而周丽依旧没有给他更多占便宜的机会。他盘算着，心急吃不到热豆腐，这个周丽看来属于不见兔子不撒鹰的主，等让她尝到甜头，也就水到渠成了。女人哪有不爱钱的？

当周丽以时间太晚，要回去修改方案的理由，离开办公室的时候，赵宫谨并不急于收网，他认为在利益诱惑下，周丽迟早会像王雅一样，主动投入自己的怀抱。

赵宫谨怎么也没有料想到，这次他的如意算盘却落空了，世界凡事都有例外，周丽不但没有为了利益去讨好他，相反，他的这种“用钱可以买到一切”的论调，招致了周丽的痛恨，周丽已经决定让他自食恶果。

周丽出生在一个富裕的家庭，母亲是大学老师，父亲是海关官员。父亲的刚正不阿从小影响了周丽。周丽小时候就经常看到父亲把许多企业送给自己家的钱和金银首饰之类的贵重物品退还回去。

“比钱更重要的是骨气。”周丽的父亲这句话一直陪伴周丽度过了二十几年的时光，在她骨子里生了根。

周丽是个聪明的女孩子，当赵宫谨约她在晚上九点半见面的时候，从他的态度中，周丽已经觉察出赵宫谨目的不纯。按照常理，工作再忙的人，要在白天抽出半个小时来审查方案，也不是什么难事，人家俄罗斯的总理每天都能抽半小时来健身呢，赵宫谨难道比俄罗斯总理还忙？当周丽如约来到办公室，赵宫谨第一次握她手的时候，周丽就看出了赵宫谨对自己的企图，那时候，周丽已经心中充满了愤怒。来赴约之前，周丽身上已经携带了“防狼器”，只要她按下按钮，赵宫谨就会受到电击，但是周丽并没有鲁莽地使用防狼器，她起了一个“为民除害”的念头。借着起身关门的机会，周丽打开了自己手机的录音功能，然后引导赵宫谨说出了所谓的“门道”。

跟周丽谈完话的第三天清早，赵宫谨哼着小曲刚一走进办公室，三合集团纪检处的几个人就把赵宫谨带离了，对其经济问题进行审查，因为证据确凿，赵宫谨两天后即被公司除名，并被起诉贪污，而近三个月内赵宫谨所经办的包括与大川公司签订的合同，全部被视为无效合同。

赵宫谨的倒台跟周丽有着重要的关联，因为在跟赵宫谨谈完话的第二天，周丽就带着手机里的录音，直接来到了三合公司的总经理办公室，把证据放给了总经理听，后果不言而喻。

在“为民除害”之后，周丽心里异常的痛快，觉得自己办了一件大快人心的事。但两天后，周丽的痛快就变成了一种迷惘，因为在两天之后，王雅自杀了。

王雅在被赵宫谨侮辱之后，整天盼望着能够快些拿到钱寄回家里，但等来的却是“赵宫谨所签订的合同全部视为无效合同”的消息。王雅整个人都崩溃了，“赔了夫人又折兵”，一种绝望涌上了心头。终于，这个苦命的姑娘还是没有用理智战胜自己的心魔，她用极端的方式寻求了解脱，选择了一条郊外的河，一头扎了进去。

站在王雅的墓前，大川断断续续为大家讲述了前因后果，焚书一拳将大川打倒在地上。

“你连一万块钱都不肯提前借给王雅吗？钱对你就这样重要？大川，你跟赵宫谨其实是一种人，都一样自私。王雅的死和你有很大关系，你知道不知道？有你这样的朋友，我感觉很丢脸。”焚书扯下了自己的领带扔在地上，表示画地为牢，示意从此与大川绝交。周丽则默默地低头思考自己是否也有责任，毕竟是自己的举报导致了王雅希望的破灭而走上绝路。曾经的几个战友为王雅做的最后一件事情，就是凑了十万块钱，交到了王雅母亲的手里，算是给了自己一点心理安慰。

“阿姨，以后如果缺钱了，您就给我们打电话，王雅不在了，我们是您的孩子。”几个人痛哭流涕。

生命是如此的脆弱，这场悲剧影响了焚书的情绪，一连几天，他都是呆呆坐在电脑前面，打不出一个字。

“焚书，明天跟我一起到厦门出差，顺便散散心。”嫦娥把机票递给焚书的时候，没有料到自己跟焚书会在飞机上上演一段精彩的故事。

第二十三章

空难里的情话

嫦娥这次带焚书出发去厦门实际上是出于两个原因。一来，近日厦门将会召开一个国际策划展会，很多高端的创意公司和广告公司会来展示成果，以及参加创意论坛，这对于创意策划人来说，无疑是千载难逢的学习好机会；另外一个来厦门的理由就比较有趣了：有家生产日用品的公司，新生产出一款超薄的卫生巾，要求创意系列电视广告。HEF 厦门分公司创意部是清一色的男人，为了拿下这个单子，发出了援助请求，总部把女总监嫦娥作为援军发配来了，同时竞争卫生巾广告片创意的还有厦门本地一家叫做“神话”的创意公司。嫦娥临危受命，任务就是打败“神话”。

登机的前一天晚上，焚书邀请唐曼来到公园里，坦白地告诉唐曼，自己因公务要出差几天，跟上次唐曼看到的那个女总监一起出去。

“为什么告诉我这些？”唐曼问。

“我害怕你误会，所以抢先坦白了好。”焚书油腔滑调地回答。

“这还差不多，我相信你，如果连基本信任都没有，那么在一起也没什么别的意思。”唐曼挽住焚书的手说。

“我们现在越来越默契了，就像结了婚的小夫妻一样，对了，我给你看样东西。”唐曼说完从口袋里拿出一张 A4 纸。

“这是我今天在网上发现的一个幸福女人整理的他老公日常说的话，他老公说话那语气跟你像极了，而且我觉得人家这日子过得特生动，所以我就打印出来了，跟你一起分享一下。”

焚书从唐曼手里接过那张纸，只见上面写着“平凡老公经典语录”：

没有钱，没有权，再不对你好点，你能跟我？

买了电脑不上宽带，就好比酒肉都准备好了，却在吃饭前当了和尚。

天上掉钞票我不会弯腰，因为天上连馅饼都不会掉，更别说掉钞票了。

要我扫地就绝对不刷碗，要我刷碗就绝对不扫地，两样一起做？你当我是外星人啊！

躺在床上看电视，不如在看电视时上床睡觉。

给我一个支点，我把邻居那小子的汽车撬到沟里去，省得他见我就按喇叭。

参加选美的那些女人，都找不到好男人，因为好男人都结婚了，比如我。

如果猪都会飞了，谁还买飞机？骑着猪上天不就行了？

我的领带又找不到了，是不是你昨天又没有找到抹布？

你还是让我跪搓板吧，跪电暖器实在受不了啊！

下辈子我还找你，因为除了我，你是最傻的。

不管你妈还是我妈，只要叫妈就有零钱花，这叫感情获利，比学 MBA 教材管用多了。

如果我失业了，就改行修电视遥控器，肯定饿不死，像你这种频繁换台的我相信中国至少有三亿，没准我能成为李嘉诚第二。

用平凡的肉体生活，像上帝一样思考，每个和老婆吵完架的男人都有这个共同点。

你们单位开车的那小子长得还不如他开的奇瑞 QQ 帅呢，所以，我的长相最少值雅格阁价钱。

那件大衣和你比较相配，但是那个价格去掉一个零和我的钱包比较相配。

什么叫恶俗？我老婆不喜欢的，或者是不喜欢我老婆的，一切都叫恶俗，当然，我经常恶俗。

儿子长大了可以当官，但是绝对不能和中国足协有一丁点联系，我不想老了跟着丢人。

老婆，今晚我不回家吃饭了，小金库刚被你查抄了，心里郁闷，找个冤大头请我喝酒，最主要的是听我诉苦。

教书我教不了？我就不服气，教不了物理化学，教生理卫生总没问题吧？我经验这么丰富。

看完这张语录，焚书忽然有了深深的感触。

“平平淡淡的日子也真不错，守着老婆孩子的，我真有点想跟你结婚了。”焚书轻轻搂过唐曼说。

“我也有这样的感觉，你看要不本姑娘吃点亏，明年咱们把婚结了吧。”唐曼把身子往焚书的身上紧靠了一下，接着说，“我想嫁人了。”

两人这样依偎着，跟连体人一样在公园里慢慢散步，忽然有个脏兮兮的疯婆子从两人面前走过。

唐曼忽然停下来，瞪大眼睛看着那个疯婆子。

“唐曼，你怎么了？是不是这个疯婆子吓着你了啊？”焚书关切地问。

“不是，我觉得她很可怜，如果哪一天你不要我了，我可能也会变成这个疯婆子的模样，我现在很爱你，焚书。”唐曼这话彻底打动了焚书。

这世界上，男人是一种表面上坚强，但是内心很脆弱的动物。要捕获一个男人，让他觉得有被崇拜的感觉和感动，是上上之策，所以，聪明的女人懂得示弱、撒娇，懂得给男人尊严。遥远的楚汉时代，虞姬就是用自己的温柔、示弱征服了盖世无双的大英雄项羽，这为后世多少女子留下了借鉴啊，想征服一个男人那就先崇拜他。

“唐曼，我答应你，永远不会背叛你。”焚书用力握握唐曼的手。

“嗯，不早了，咱们回家吧，我帮你收拾收拾东西，别耽误了明天的飞机。”两人度过了一个很有激情的夜晚。

“我会在家乖乖地等你，老公！”出门前唐曼依然恋恋不舍。

在机场见到嫦娥的时候，焚书发现嫦娥今天的打扮换了一种风格，既没穿职业装，也没穿牛仔裤，而是穿了一身运动装，素面朝天，头发用橡皮筋简单地扎了一下。

“她这个样子也挺像个家庭主妇的，就是不知道会不会炒菜做饭、收拾房间。”焚书一见到嫦娥，就忍不住胡思乱想。

上了飞机，焚书发现自己跟嫦娥的位子是一前一后，而随后登机的一对老年人座位也是一前一后。

“大爷，我们换一下座位吧，这样你们在一起方便一些。”说完，焚书便跟大爷互换了位子，理直气壮地坐在了嫦娥身旁，咧开嘴冲嫦娥笑了笑。

“你笑什么？看你笑得那样我就浑身发毛。”非工作时间，嫦娥还是很喜欢开玩笑的。

“我笑你这身打扮跟个家庭主妇一样，又坐在我旁边，不知道的以为那什么呢！”焚书打趣道。

“停，快停！知道你满脑子长毛，这个话题就此打住，OK？”

“没有人送你来机场？”焚书沉默了一会，又问道。

“没有，你希望谁送我来？”嫦娥反问，焚书被抢白得没说出话。

“我以为吴刚会来送你。”半晌，焚书憋出一句。

“我跟吴刚只是普通朋友。你们这些人就喜欢瞎猜，今天不准谈这个话题，再胡说我扣你工资。”嫦娥今天心情极好，始终跟焚书调侃着。

“你以权谋私，我去皮特那里投诉你。”焚书不甘示弱。

“你去啊！看皮特站在谁那边。”

“我知道他肯定站在你那边，你这个大美女，谁不喜欢？”

玩笑间，飞机早已经起飞了。因为有两个钟头的时间，所以大家都准备休息一下。坐在焚书他们前排的那位大爷却忽然身体不适，大声地喊头疼，刚开始大家还以为是因为飞机起飞压力增大导致的正常现象，不料老人竟然发生了抽搐，身子不停地颤抖。

面对这种情况，大爷的老伴大声向空姐呼救。

空姐拿来了止痛药，但大爷服下之后仍然没有任何效果，大妈急得哭了起来。

“飞机上有没有医生？飞机上有没有医生？”空姐连续广播，却不见有人来，此时，让焚书感到意外的事情发生了。

——嫦娥走了出来。

“让我来试试。”嫦娥对空姐说。

“请问您是医生吗？”空姐问。

“不是，但我可以试试，总比这样让老人痛苦强。”嫦娥说完，用眼睛看着那位哭泣的大妈。

那位大妈点点头。

焚书也从座位上走出来。

“我能帮你什么忙？”焚书问。

“把他上衣撩起来，然后拿杯水来，他等会儿一定要喝水。”嫦娥吩咐着。

焚书一边把老大爷的衣服向上翻起来，一边接过空姐递过来的水杯，有几个乘客都伸长了脖子往这边观望。

嫦娥用双手在老人肚子的几个穴位上来回按动着，足足二十分钟之后，老人开始不停地长出气，身子已经停止了颤抖。

“水！”嫦娥吩咐道，焚书赶紧给老人喝下半杯水。

老人虽然仍旧虚弱地躺在座椅上，但已经恢复了活动能力和语言功能。

飞机上的人跟着松了一口气。

“小伙子，谢谢你们两口子啊，得亏遇到你们呢。”大妈的一句话让嫦娥羞红了脸，焚书却不肯错过这难得的调侃机会。

“不谢，大妈，这是我们两口子应该的，互相照应嘛，咱们。”焚书故意把两口子这三个字说得无比清楚。

旁边有人看出焚书是在调侃，再瞅瞅他身旁坐着的美女脸色极不自然，大家善意地笑起来，飞机上顿时一片轻松的氛围。

“喂，那口子，你怎么治好刚才那大爷的病的？没听说你干过医生啊。”焚书转头好奇地问嫦娥。

“再这样我跟你翻脸了啊。”嫦娥沉下脸警告着，焚书吐吐舌头。

“其实，我从小对中医推拿针灸感兴趣，我看了很多这方面的书，刚才那老大爷浑身颤抖，我猜是因为飞机升空，引发了他的急性脑部病症，这种病需要马上供血清热，所以，我按动他身上的穴位，让他把热气吐出来，同时完成供血。”为了缓解尴尬，嫦娥解释了自己刚才的行为，也为焚书解开一个谜团。

“救人一命胜造七级浮屠，今天你可积德了。”焚书开玩笑地说。

“救人不是为了积德，是对生命的尊重，我这几天一直在想王雅的事情。”嫦娥的语气沉重起来。

“生命是如此的脆弱。”焚书悄悄低下头。飞机却剧烈地晃动起来，以至于机舱内的乘客身子摇晃个不停。

怎么回事？怎么回事？大家纷纷提心吊胆，空姐脸色阴沉地抓起了麦克风，用有些紧张的语气说：“请乘客们不要慌张，我们的飞机有点小故障，目前正在紧急排除，请大家不要慌张。”

空姐的话无疑是在告诉大家有可能会遭遇空难，这是所有人最不想遇到的事情，而飞机上已经开始有些混乱了，有人用颤抖的手打开座位下面的救生衣，有人开始哭。

焚书跟嫦娥心里同样很紧张，但是两人都没有什么行动，静静地坐在椅子上，嫦娥甚至还闭上眼睛，养起神来。然而飞机的抖动加剧了，局势似乎在往坏的方向发展。终于，焚书按捺不住了，他一把抓住嫦娥的手，紧张地说：“如果真的能跟你死在一起，我这辈子也不后悔了，我很喜欢你。”

焚书此时才清醒地认识到，自己心里爱的人，不再是聂小倩，也不是唐曼，而是身旁的嫦娥。

飞机又是一阵抖动，嫦娥用手勾住焚书的脖子。

“焚书，我也喜欢你，从第一次坐你摩托车的时候就喜欢了。”嫦娥的话是断断续续说出来的，因为飞机已经开始倾斜了。机上乱成了一团，焚书和嫦娥互相帮着穿好了救生衣。这种时候明明知道如果飞机真正坠落，生还的机会为零，但还是要赌一把。

随后，两个人长时间地接吻。这是第一次，或许也是最后一次，两人吻得很深情，只是这种甜蜜的时机来得太残酷，无法当作一场享受。

“对不起，爸爸妈妈，对不起唐曼，来世再见了。”焚书的泪水流进了嘴里。

嫦娥仰头一言不发，眼睛里也在流着泪，紧紧抓着焚书的手。

“你想不想娶我？”嫦娥颤抖着声音问。

“想！你愿不愿嫁给我？”焚书努力让自己平静，保证自己还能说出话来。

“我愿意。”

如此场景下的情话，感情再真挚也只能作为互相安慰的工具了，两个年轻人的神经其实已经崩溃了，飞机上的其他人也是如此，但是没有办法，现在唯一能做的只有把命运交给上帝，等待或许会发生的奇迹。

第二十四章

底 线

张诗函最近挺郁闷，小鱼回家的时间越来越晚。她打电话到报社，小鱼总是在办公室加班。

张诗函知道小鱼只是一个报社的编辑，负责的也不是什么重点版面，按照工作量计算，小鱼完全没有理由整天加班。他留在办公室的唯一理由就是办公室有吸引小鱼的东西。

张诗函的直觉是正确的，小鱼正不可救药地陷入了一场网恋，网恋的对象是来自于网络的一个女孩儿。

小鱼这个女网友有个好听的名字“一林雪儿”，刚在网络结识小鱼的时候，她说自己是个长相普通的女人，因此不论事业还是爱情，都遭遇到了挫折，而小鱼则一直给予她鼓励，告诉她人老了之后，都会变丑，但是只要有一颗善良心，只要肯努力，就能成为一个优秀的人。小鱼还写了很多的文章来鼓励她，渐渐地这个女孩走出了心理阴影，她考出了注册会计师与注册税务师的双重执照，在会计师事务所拿着令人羡慕的薪水，得到了应有的尊重。但她也无可救药地爱上了小鱼，尽管知道小鱼即将结婚，她还是向小鱼表白：如果哪一天你受到了打击，失去了所有，你来找我，不管你变成什么样子，我都是你最后的港湾。

就是这样的一种崇拜，让小鱼每次跟张诗函发生摩擦后，都会有一种立即飞到异地去寻求自己港湾的冲动。

男人总是希望被崇拜，面对如此倾慕自己女人，那份感觉是美好的。小鱼下班之后留在办公室，就是为了写文章贴在论坛上，看着“一林雪儿”认真地回帖，两个人在一起愉快地聊天。

对于张诗函来说，她当然不希望小鱼被其他的女人分享。所以，张诗函找了个电脑高手，破译了小鱼笔记本电脑上的QQ号，看到了聊天记录，张诗函愤怒之余，竟然发现一林雪儿要在一周后飞到这座城市跟小鱼见面。

非常想大闹一场，但是那样只会加大自己跟小鱼之间的距离，也许两人真到了七年之痒的时候了。张诗函无奈中打电话给聂小倩，希望她能给自己出个主意。

“诗函，这种事情我看只有一个人能帮你，你还是找他好了。”聂小倩很诚恳地说。

“嗯，我知道了，你让我找焚书，他是小鱼的死党，而且他的话在小鱼心里有分量，可是焚书现在出发去了厦门，只能祈祷他快些回来了。”张诗函挂断电话，双手合十朝天空拜了两下，嘴里说：“焚书啊焚书，快点回来吧，人民群众需要你。”

也许是这番祈祷起了作用，也许是冥冥中上天开了个玩笑，在万米高空之上，载着焚书跟嫦娥的那架飞机在工程师紧张的抢修后，逐渐地由剧烈晃动转入了平稳，空姐兴奋地拿着话筒激动喊道：“飞机故障排除了，我们安全了！”

机上的中国人紧紧拥抱在一起，只剩几个老外依旧瞪大眼睛，迷惘地看着空姐。

空姐滑稽地伸伸舌头，原来她刚刚忘了用英文再解释一遍飞机故障排除的事情，于是，重新拿起话筒，用流利的英文说道：“Ladies and Gentlemen……”

老外也尖叫起来，这失而复得的幸福，没有人愿意错过。嫦娥和焚书把头紧紧靠在一起，时而轻吻对方一下，尽情享受甜蜜。但是随着飞机的安全着陆，许多现实的东西又摆在了眼前，面对着真实的生活，仅仅有爱情是不够的。

走出机场之前，焚书还把手环在嫦娥的腰上，但到了出口处，焚书便把手放开了，接机的同事就站在不远处。

“听着焚书，现在我脑子很乱，让我们给对方多一些时间，好好清醒一下，好吗？”嫦娥用大眼睛看看焚书，同时掏出一个发夹，把在飞机上散开的长发拢到了脑后。

“好的，嫦总，我们先替分公司把那个广告的创意搞定。”焚书知趣地配合着。

到了厦门分公司，同事听说两人在飞机上遭遇了险情，立即去酒店安排了一桌酒席，替两人压惊。见到酒，焚书没有克制自己，让酒精麻醉了自己。焚书是故意这样做的，如果不借助酒精，自己一定会度过一个不眠之夜。

第二天上班的时候，同乘电梯时焚书和嫦娥两个人都不做声，看着对方，就好像两个自闭的小孩子。

“非常感谢兄弟公司的支持，嫦总，今天由您主持工作，咱们把那个卫生巾厂家的广告讨论一下吧。”分公司创意部的经理是个小个子男人，名字叫张章，他对嫦娥和焚书的到来表示了欢迎。

“好，在讨论之前，我希望大家能理顺一个概念，卫生巾是一种商品，一种妇女作为消费者的商品，大家不要戴着有色眼镜来看这个产品，谢谢！请张经理把这款产品的特别之处介绍一下。”嫦娥用这样一番话避免了自己面对众多男同事的尴尬，焚书坐在嫦娥旁边，用笔在本子上写写画画。

“这款卫生巾跟传统超薄卫生巾并没有太大区别，不管从生产工艺还是造型上，都没什么特色，这个产品的品牌也没什么亮点，叫恋伊牌，因此厂家把宝都压在了电视广告的创意上，让咱们跟另一家叫神话的公司进行创意比拼，谁的好用谁的，开出的创意费倒是很诱人，接近一百万。”张章经理简单地讲了一下情况。

嫦娥没说话，焚书的心思显然根本没在这个创意上面，不停地转着手中的笔。

“我们原先想了几个电视片的创意，嫦总监跟焚书，你们先看看吧。”张章打开电脑，开始播放几个电视创意广告。焚书看了那几个广告，开心地笑了。嫦娥不好意思大笑，只是抿着嘴克制自己。

画面一：一个女人在厕所里大声喊，老公，恋伊没有了，快去买！接着一西装笔挺的男人出现在超市里，然后痛苦地喊：恋伊哪去了？旁白广告语响起：恋伊卫生巾，记得早买。

画面二：两个女人在商店里争夺一包卫生巾，嘴里喊着：恋伊是我的，恋伊是我的。这时，补货人员立马上架了很多卫生巾，顷刻间，每个女人怀里都抱了一打卫生巾，大家一起喊：恋伊是大家的。

画面三：一个白领女士在大街上走，发现地上有一张废纸和一个易拉罐，该女士一个空翻，一手抓着废纸，一手抓着易拉罐，像扔飞镖一样把它们扔进垃圾桶，周围响起一片称赞声。该白领面无表情地继续前行，广告语响起：用恋伊，又酷又体贴。

“嫦总，这创意我们实在不擅长，还是烦劳您了。”张章也有些不好意思。

“好吧，我回去好好想想，这几个创意我都给你们毙掉了，散会！”嫦娥不想占用大家更多时间，因为刚刚看过的那几个创意，实在是太小儿科了。

“焚书，明天我们去看那个会展，早上在酒店门口等我。”嫦娥看了看一直跟在自己身后的焚书说道，随后立即逃跑似的离开了。

第二天，一走进会场，来自全国各地的高端创意广告让焚书大开眼界，流连在这些精品之间，焚书心头涌上了自卑感。

比如某品牌的果汁平面广告创意：一群小孩子戴着不同的水果面具，排成该品牌 Logo 的样子，背后洒满了阳光；再比如某汽车广告：在珠穆朗玛峰上，只留下该汽车轮胎的浅浅印记；还有某款网络游戏的广告：黑色的底色中，只有一个白色电脑登陆框，写着一行小字：不论白天黑夜，登陆如此繁忙。

看了这些创意，焚书感觉自己受益匪浅，这些广告中都有一个明显的特色：有文化内涵。

焚书想借这个机会跟嫦娥多找些话题亲近一下，但是嫦娥依旧对焚书很冷淡。原来在飞机上她的话，只是一个谎言。焚书失落地想着，有些懊恼，心情灰暗，在回程的路上一言不发。就在焚书快要失去希望，回到酒店两人准备各自回到自己房间的时候，嫦娥却用力牵住了焚书的手，幽幽说了句：“我爱你，但我不想伤害其他人。”

焚书明白，此时，千里之外的唐曼已经成了自己必须要面对的问题，原本平静的生活，从此又要被打乱，正如平静的湖面，被人投入了石子，必将掀起层层涟漪。

想到涟漪，这个词跟恋伊这个品牌是如此的像，焚书被一种感觉引导着，忽然之间，一个创意在焚书脑子里闪现出来。焚书抓紧时间把创意形成了方案。

“嫦总，那个卫生巾的方案我已经完成了，这次跟神话的创意比拼，我很有信心。”焚书主动争取这个实现自己价值的机会，他想让厦门公司的人知道，自己并不只是陪嫦娥来走一遭。

“那好，我给你这个机会，我会告诉张章策划案已经完成，跟神话公司的比稿，你作为我方主将出马。”嫦娥眨眨眼睛，焚书再一次燃起了自信。

比稿的日子很快就到了。双方公司的人员坐在一起之后，神话公司的创意经理首先展示了他们的方案：一群洁白的天鹅飞过山川、河流、草地，一会儿排成人字，一会儿排成一字，最后天鹅落在沙滩上，排成了“恋伊”两个字。广告语响起：伊永远的眷恋。

“我们这个创意其实主要来源于过去小学学过的一篇文章，一群大雁往南飞，大家知道，天鹅归南代表了回家的感觉与温暖。我们这个广告立足于怀旧的主题，广告语也暗含了作为家庭温馨代表的女士，选择恋伊等于选择了家的体贴。此外，以洁白的天鹅作为产品形象，让消费者产生产品联想。”

他的解释让卫生巾厂方代表频频点头。经理面露得意之色，看着对面的焚书。

焚书微微一笑，打开了电脑，把方案投在大屏幕上：

一对恋人背靠背，各自松开对方的手。女孩儿走到湖边，把一封封情书撕碎，湖面吹起一股清风，女孩紧缩起身子，脸上留着泪。一件白色的外套轻轻披在女孩身上，转头看过去，是她的恋人。阳光升起来，两个人开心地把一块块小石子投入湖里，看水面上泛起涟漪。广告语响起来：恋伊，生活的趣味！

“我认为，卫生巾广告的诉求最后依然要落在市场卖点上，怀旧是一种情怀，但是怀旧不是一个消费者需求的点，消费者需求的是一种直白的心理感觉。我们落脚点最终在趣味上，这突破了人们传统意识中卫生巾只是一种简单用品的想法。水面涟漪则隐晦地传达了女人某个特殊时期实际也是上天所赐的一种趣味。”焚书有针对性地挑了对方创意的不足。他一边讲解着，脑子里一边想象这广告中的人物，自己无疑是那个男人，而那个女人此时在脑海中却如此模糊，一会儿是唐曼，一会儿是嫦娥。焚书赶忙努力甩甩头，集中精力。

双方创意展示完毕等待客户评判的时候，张章向焚书伸出大拇指，说道：“Good！”十分钟之后，没有什么悬念，这个创意击败了神话公司的天鹅创意，被恋伊卫生巾的厂家选中，嫦娥和焚书的任务也完成了。

“焚书，这次这个卫生巾的创意你做得很棒，超过了我。我就喜欢看男人进取的那种样子。”返程飞机上，嫦娥第一次主动打破了多日来的尴尬。

“其实这根本就不是创意，这是我生活的真实希望，我希望我的感情涟漪能成为我爱情的财富。”边说着，焚书搂过嫦娥，在她脸颊上轻轻吻了一下。

“唐曼那边，你准备怎么办？”嫦娥终于忍不住问道。

女人其实是种很奇妙的动物，不管这个女人多么优秀，在爱情上也会很小气，原本焚书认为嫦娥不会主动提出这个问题，但嫦娥终究不是圣人。

焚书没做声，只是把嫦娥用力搂紧，让她的身子靠近自己。

“嫦娥，给我些时间好吗？相信我一定能把这事情处理好。马上圣诞节了，我想先把咱们跟 BBT 公司那仗打完再说。”

“行，可你一定不能伤害唐曼，更不能伤害我。”嫦娥这句话让焚书苦笑起来。

“不管怎么做，我肯定会伤害其中的一个，女人在恋爱的时候，那智商还不如三岁孩子。”焚书暗想。

“对了，焚书，刚刚你说跟 BBT 公司先把仗打完再说，我怎么听着这么别扭？听语气，就跟你是总监一样！”嫦娥撅起了嘴，显然是在撒娇。

“行了，我的大总监，你是我领导行了吧？这你也吃醋，我就随口说说而已。”

“不行，我还真希望以后工作上你领导我，当然，家里的事我说了算。”嫦娥似乎很喜欢这个话题。

“你看《亮剑》看多了？你这分工显然我是团长，你是政委！”焚书调侃的时候，明显感觉飞机在向下，准备降落了，两个钟头的时间在焚书的概念里比闪电还快。

“明天见。”焚书钻出嫦娥那辆新款甲壳虫的时候，加快了脚步。

“从这样的车里钻出来，不知道的还真以为我是吃软饭的呢！”焚书边走边想着，同时掏出电话打给张诗函：“诗函，你找我有事？我现在回来了。”因为在厦门的时候，张诗函给焚书发了不止一条短信，请求焚书回来后一定要第一时间跟她联系。

“焚书，等我，我这就去找你。”张诗函显然迫不及待。

面对面在茶楼坐着的时候，张诗函把一林雪儿要来会见小鱼的事情告诉了焚书。

“你打算怎么办？”焚书反问张诗函。

“还能怎么办？我当然不能让他们见面了。算准了那个一林雪儿要来了，我就给小鱼打电话，说我肚子疼，死活不让他去。”张诗函紧咬着嘴唇。

“可是，即使他们这次不能见面，你能保证没有下次？你知不知道，你越是阻止，一林雪儿对小鱼的吸引力越大。”焚书说到这，不免想起自己跟嫦娥——所谓的冤家，最终却成了准恋人。

“那我该怎么办呢？焚书，聂小倩告诉我这事找你准没错，你可不能辜负我和聂小倩对你的信任啊！”张诗函无奈把聂小倩搬了出来。

听到聂小倩的名字，焚书沉默许久。

自从聂小倩结婚以后，焚书原以为已经从心里彻底把她抹去了，没想到，当张诗函提起的时候，焚书依然觉得聂小倩这一辈子还是会驻扎在自己心里。

“她过得好吗？”焚书问道。

“她在渐渐地康复，宁采臣真是个好丈夫，找了最好的私人医生每天给聂小倩做康复理疗。”张诗函这话让焚书长长出了一口气。

“焚书，你快说，有办法没有？”张诗函显然很期待焚书的主意。

“见，让小鱼去见那个一林雪儿，但是见面之前，你要装作什么都不知道，小鱼不会直接告诉你他去会女网友，所以，小鱼会找个理由，不管你如何生气，你一定要忍住，你要对小鱼好，对小鱼体贴，让小鱼自己去拒绝那个一林雪儿，解铃还须系铃人，否则，你们的心结永远不会解开。根据我对小鱼的了解，你们这么多年的感情，是能让小鱼抵制诱惑的，假若他真的马失前蹄，你也不吃亏，因为那样的男人不值得你相守一辈子。”焚书想起了当年小鱼跟唐曼的故事，于是更加坚信小鱼不会让张诗函失望。

“可是，万一小鱼失身了，我还是会痛苦，听说你们男人都是下半身思考的动物。”情急之下，张诗函顾不得自己的淑女形象。

“靠，你当男人都是种猪啊！”焚书抢白了张诗函一句，转身抓起钱包去结账了。

一林雪儿终于来到了这座城市，早上小鱼的心里就像火烧一样，但表面上必须要装作平静。张诗函默不作声，暗自观察着小鱼的一举一动，等待着小鱼的理由。

“诗函，今晚我有个应酬，可能会晚回来。”小鱼终于故作轻松地把理由找了出来。

“天啊！这理由太老土了，一点创意都没有。”张诗函这样想的时候，却关切地问道："那你要记得早回来，少喝酒，我等你回来睡觉，你要没吃饱，我给你煮点面吃。"

小鱼心里忽然一热：是啊，这么多年，每次自己回家不管多晚，张诗函都是等着自己，这份平淡的关怀坚持久了，就成了一种相濡以沫。

"好的，我尽量早回来。"小鱼穿好外套，准备出门。

"小鱼！"张诗函忽然叫道。

"嗯？有事？"小鱼回头问。

"不知道怎么回事，这几天我总是心神不宁的，昨天也没睡好，因为我看了一个很感人的故事，听我把故事讲完行吗？"张诗函抬头，用乞求的目光看着小鱼。

小鱼抬头看看表，时间已经很紧张了。

"诗函，我今晚回来听你讲，好不好？"

"那好吧，我等着你，出门前亲亲我吧！你有好多天都没亲我了。"张诗函紧紧抱住了小鱼。

如果没有这些细腻的温存，小鱼可能去见自己"粉丝"的心情会很愉快，可是，清早张诗函的这个关照，却重重敲在小鱼的心上。

"我要的只是一种被人崇拜的感觉，也许，可是，这种感觉绝对不是爱情，那么自己跟一林雪儿之间，一定不能发生什么。"小鱼给自己定了一个原则，而这正是张诗函需要的。

但见到一林雪儿的时候，小鱼的防线却开始有些松动了。

一林雪儿热情似火。小鱼如约走进饭店雅座的时候，她就给了小鱼一个大大的拥抱。她把整个身子贴紧小鱼，轻声说："我终于美梦成真了，我想象了无数次跟你见面的情景，没想到我们之间一点陌生感都没有。"

一林雪儿这句话没有说错，小鱼也感觉到，自己跟这个异乡的女人在一起，竟然有那种似乎认识了很久的感觉。

点了红酒，一林雪儿举着酒杯，轻轻地抿了一口，然后优雅地把杯子放在桌上。

"小鱼，你知道吗？你的文字就像毒药，就像罂粟，让我无法抗拒，那些文字就好像是专门写给我的，我相信，前世我们一定是有缘分的。"

"可我却不是你的真命天子，我有女朋友，都快结婚了。"小鱼想起了张诗函。

恰在此时，张诗函发来了短信：亲爱的，少喝酒，我在家等你。

“刚刚的短信是我女朋友发来的，她很体贴。”小鱼举起杯子，喝了一大口酒，随后把张诗函的短信举在一林雪儿面前。

一林雪儿用手轻轻挡住小鱼的手机，意思是我不想看你女朋友的短信。随后，她讲了一个前几年网络上很流行的故事：

> 有一个男青年被女朋友甩了，于是他跑到上帝那里去哭诉，自己对女人这么好，为什么女人还离开自己。上帝让这个男青年看了一个关于他跟这个女人前世的画面：在沙漠里，有一具女尸，这时，这名男青年走过来，在女尸身上盖了张席子。过了几天之后，另外一个男人走来，在沙漠里挖了一个坑，把女尸安葬了。上帝对男青年说，你只是盖席子的那个，她的真命天子是那个挖坑的男人。

小鱼沉默了，小鱼知道一林雪儿故事的意思：她用这个故事告诉小鱼，人的缘分并不因先来后到而决定。

这种表白已经很清楚了。受到酒精刺激的小鱼，面对一林雪儿的一片真心，防线松动了。

小鱼抓过一林雪儿的手，问道：“你真的什么都肯为我做？”

一林雪儿点点头。在这份热情即将被引爆的时候，小鱼的手机又收到了一条短信，不用说，还是张诗函发来的。

小鱼看完短信之后，忽然冷静下来，随后抓起一林雪儿的外套，替她披在身上，说道：“谢谢你来看我，但是我让你失望了，我相信你会找到你的真命天子，天晚了，我该回去了。”

一林雪儿显然有些失望，但是仍然很有风度地伸出手，跟小鱼握了一下，说：“祝你以后幸福，哥哥！”这句哥哥，显然已经把一切都梳理得清清楚楚了。

“好的，谢谢你，妹妹。”小鱼很快感觉到一种轻松。

“哥哥，在分别之前，再抱抱我。”一林雪儿这样请求的时候，小鱼用自己高大的身体紧紧地抱了抱她。一林雪儿的眼泪流了下来，她知道这是最后一次和小鱼的拥抱，这也是个纯洁的拥抱。

张诗函发的那条起着决定性作用的短信，只有短短一行字：小鱼，两年前的今天，我拥有了一个小玉佛，还记得吗？

正是这条短信，让小鱼想起两年前发生在万佛洞的故事和承诺。

两年前的今天，小鱼的母亲生病了，信佛的母亲让小鱼替自己去万佛洞烧一炷香。于是，小鱼带着张诗函来到了观音像的前面。张诗函虔诚地仰着头，嘴里念念有词："菩萨保佑，菩萨保佑，保佑伯母早日康复。"那虔诚的表情，让小鱼倍加感动。

张诗函走到观音后面，发现观音的后面还有一尊男佛像，于是不解地问小鱼："观音背后怎么还会有男佛像，和观音有关系吗？"

小鱼说："当然有关系，你问我算问对了，我给你讲一个传说你就明白了。"

"那是在古代，有一年，杭州地区出现了灾情，但是当地的地主和富人谁也不肯出钱救灾。眼看着穷苦的人民就要饿死了。观音菩萨就变化为一个漂亮的少女来到了杭州。站在西湖边上，观音娘娘说：谁能用铜钱砸到我的身体我就嫁给谁。好多富家公子就纷纷往观音菩萨身上扔钱，可是没有一个人可以砸到观音菩萨的身体。八仙过海中的神仙之一，有一个叫吕洞宾的，恰巧也到了杭州。他认出了漂亮的少女是观音菩萨变的，加上也不了解怎么回事，就想和观音开个玩笑。这时，一个相貌英俊但是穿着十分破烂的青年走过来了，青年叫韦陀。吕洞宾抓住韦陀问：你为什么不砸那个姑娘，你不想娶她？韦陀羞愧地说：我没有钱。吕洞宾就掏出一个铜钱，在上面施了法术，给了韦陀说：你去砸她吧！韦陀将钱砸向了观音菩萨。因为观音菩萨没料到会有神仙和自己开玩笑，所以被砸中了。观音菩萨很生气，可是又不能说话不算数。后来，玉皇大帝做主，让韦陀成为了神仙，不过他只是观音菩萨名义上的丈夫，两个人永远不能见面。"

"那两个人很惨了？"张诗函问。

"神仙是没感情的，没有惨不惨。"

"那可不好，我可不做神仙，没意思，我和你也不能像观音菩萨和韦陀，那样连接吻也做不到。"张诗函开心得和小孩子一样。

两个人继续往前面走着。小鱼忽然发现了一个很奇怪的洞，洞口被封住了，只留有可以钻进一个人的空隙。

小鱼的好奇心上来了，他问张诗函："你愿意和我到这里面看看吗？"

张诗函从背后伸出胳膊环住小鱼的腰，说："你到哪里我都跟着去！愿到天涯海角。"

小鱼从洞里爬进去，又搀扶着张诗函进到洞里。

洞里有一尊大佛，小鱼和张诗函叫不出佛的名字，佛的下方放着一个香炉，里面插着许多没有被点过的香，地上摆放着两个蒲团。这个洞给人一种很威严的感觉。

小鱼看着张诗函说："就让佛来见证我们的爱情吧！"说完，小鱼点燃了两炷香和张诗函一起跪在佛面前。

"先为他起个名字吧！"张诗函提议。

"叫什么呢？"小鱼沉思着。

"就叫来世佛吧！"小鱼的灵感来了，脱口而出。

"哎呀！"张诗函叫了起来，随后喊道，"他一定是叫来世佛的！你刚才刚刚说出来世佛三个字时，就有香火飘到我的手上，烫了我一下！"

小鱼激动地说："那你是不是来世也要陪我？"

"是三生三世！"张诗函也很激动，深情地看着小鱼。

两个人紧紧拥抱在一起。

随后，在"来世佛"的面前，张诗函和小鱼相互许愿，要携手度过三生三世。

从万佛洞出来，小鱼买了一个小玉佛挂在张诗函的脖子上，张诗函对小鱼说这个小玉佛也是两个人在一起的见证。

正是这条短信，让小鱼悬崖勒马。

送走了一林雪儿之后，小鱼远远看见家里亮着灯，他用力握了握拳头，为自己的选择感到了骄傲。然而此刻，焚书就没小鱼这么幸运了，除了面对着自己跟唐曼、嫦娥之间的三角关系之外，焚书还要面对与 BBT 公司的创意对决。

第二十五章

约 会

从厦门回来之后，一连几天，焚书在面对唐曼的时候，有了一些愧疚的感觉。说实话，作为女友，唐曼真的是无可挑剔，长相漂亮，而且逐渐学会了体贴与照顾人。这样的女生要是换个人，肯定拿着当宝一样宠着，只可惜，爱情这东西是讲究感觉的，焚书在唐曼的身上始终没找到那种爱的感觉。

焚文且算是君狂，书情绘意认荒唐。
煮鹤何须金炉鼎，月中知己品酒香。

这首藏头诗是唐曼在焚书出发的时候写的，焚书煮月的那种意境，也是焚书一直喜欢的，作为一个骨子里有点悲情的人，文字无疑是一种不错的宣泄方式。

躺在沙发上，唐曼正在看韩剧，唐曼看得唏嘘感慨，但对于韩剧，焚书一直没有什么好感。

“我就搞不明白，那玩意儿有什么好看的，千篇一律的情节，跳不出灰姑娘爱上王子的老套，要么就是女主角爱男主角，男主角爱女配角，女配角爱男配角，最终不管多少角，要么有情人成了眷属，要么有情人 Over 了。”焚书抢白唐曼。

“焚书，这点你们男人就不懂了，大多数看韩剧的女人不是被故事情节打动，而是在体会一种唯美的感觉。当然，剧里面的时装也值得一看。”唐曼针锋相对。

“有品位的女人会喜欢韩剧吗？此时，嫦娥会在干什么呢？”焚书忽然觉得自己对嫦娥的了解竟然如此之少，除了飞机上的吻之外，嫦娥在自己面前仿佛是一片神秘的远古森林，太多的东西让焚书感到陌生。

“嫦娥说喜欢我，第一次外出就喜欢我了，可是这话真实吗？那个梦幻般的吻真实吗？假如那天没有发生准空难，嫦娥会不会说那番话呢？”焚书反复回想着如同做梦般的情景，最终也没有理出头绪，只是焚书知道，以嫦娥的条件，无疑应该是天鹅，而自己肯定是那想吃天鹅肉的东西了。世上从没听说过，天鹅会倒过来喜欢癞蛤蟆的，况且嫦娥身边还有个完全能称得上公天鹅的吴刚在虎视眈眈，如果自己不努力，转瞬之间就会失去。

“对不起唐曼，我要我的幸福。”焚书看着唐曼，心里默默地说，焚书下了决心，跟唐曼过完圣诞节、春节之后就提出分手——在过年前，他要让唐曼开开心心的。

“焚书，总监请你去她办公室。”每天下午快下班的时候，这句话几乎成了周丽的口头禅。不知道什么原因，嫦娥每次总是让周丽在中间当传话筒。

“你怎么不打内线电话？”焚书这样询问的时候，嫦娥只是笑，不去答话。

“焚书，关于圣诞节的方案，准备得怎么样了？”在办公室里当然是要谈公事的。

“我想了几个创意，但都不是太理想，正想来请教请教你呢。那个吴刚可不是个好对付的家伙。”焚书随手拿起嫦娥桌子上的相册，里面的嫦娥正阳光灿烂，一脸笑容。

“别乱动我东西嘛。”嫦娥语调忽然变得温柔。

两人对视着，还是嫦娥的眼睛先离开了焚书。

“今晚有空吗？一起吃饭好吗？”焚书向嫦娥发出了邀请。

“好啊！不过你时间方便吗？”嫦娥话里有话，焚书知道，她指的是唐曼。

想到唐曼，焚书想到了自己昨晚下的那个决心：“在春节前让唐曼开开心心。”于是叹口气，说了声：“要不算了，你记在账上，等春节之后，我加倍补偿你。”

“那行，我要天天吃龙虾。”嫦娥关上了办公室的门，她知道，两个人甜蜜的斗嘴笑插曲又开始了。

“行啊，山大路上麻辣小龙虾做得不错，才三十八块钱一盆，我天天管你饱，你还可以啃两个猪蹄子。”

“我说的是极品海鲜龙虾，跟双头鲍鱼在一起那种，不是小河沟里的小龙虾，你光拿地摊应付我。”

“谁让我是穷人呢，俗话说嫁鸡随鸡，嫁狗随狗，嫁个棒槌抱着走！”

“你就是个棒槌！”

“好，那行，你抱着我吧！”

“你怎么不去死，脸皮真厚！”

“这么快就盼我死？真是最毒妇人心。”

两人就这样斗着嘴，下班时间到了，看着焚书走出去，嫦娥一直微笑着。

“嫦总，今晚如果有空，赏脸一起吃饭吧！”电话竟然是吴刚打来的，这段时间，吴刚已经很久没约过嫦娥了。

“去不去？应该去，或许从聊天中能知道 BBT 公司的圣诞创意。我就暂且用一回美人计。”想到这里，嫦娥答应了吴刚的邀请。

一见到嫦娥，吴刚就送上满满一束鲜花，不是玫瑰，而是百合、满天星、康乃馨等各种花组合在一起的一个大花束。

“路边捡的，送给你了。”吴刚这个开场白一下就让嫦娥开心起来，没有了距离感。

“怎么心血来潮想起约我来了？不会是想刺探情报吧？”嫦娥半真半假地说道。

“没有，没有，我可不会用这种手段，赢了也不光彩，是好长时间没见你了，想跟你聊聊。听说你去了厦门？”吴刚说。

“嗯，你消息很灵通啊！那边有个展会，去看了一下。”

“我本来也想去的，手头临时有些事情走不开，听说那个展会不错，水平很高，这次错过可惜了。”

“还可以吧，不过也没有想象中那么好，毕竟顶级的展会不会在国内开，要是有机会，我倒想去法国看看。”嫦娥说出了自己对于艺术之国的向往。

“会有机会的，哪天我去法国的时候，咱们一起去？”吴刚刻意把“咱们”两个字强调了一下。

嫦娥不知道该怎么接话，沉默了下来。

见冷场了，吴刚赶忙转移话题。

“圣诞节这个方案可是对咱们双方公司的考验了，不过，我觉得作为个人，咱们无怨无仇，所以我很希望，你能真正把我当朋友。”吴刚想起嫦娥刚刚问话中担心自己刺探情报的事情，又解释了一遍。

“我们如果不是朋友，我能坐在这里跟你聊天吗？”嫦娥把玩着手里的一只玻璃杯。

“那如果周末我想邀请你去听电吉他演奏，你会不会拒绝？”吴刚今天约会的真正目的却是在这个。

“电吉他？你也喜欢电吉他？”嫦娥此时对吴刚每次都跟自己有相同爱好感到惊奇。

电吉他演奏是嫦娥最喜欢的。她知道，在这个有些浮躁的年代，找个在音乐上志趣相投的人并不容易。

嫦娥曾经问过焚书他喜欢的音乐风格，焚书却回答没有特别的偏好，只要好听不管是猫王、披头士的摇滚风格，还是钢琴曲，甚至口琴，都无所谓，想想这并不奇怪，焚书是个有些不羁的人。只是，嫦娥却固执地认为，在音乐上有固定的喜好，是一种品位。

“周末的电吉他演奏会有我最喜欢的金属乐队，还有来自巴西的大师级人物。”说着，吴刚掏出门票，在嫦娥眼前晃了晃。

“太棒了，我跟你去！”嫦娥有些兴奋，马上答应了吴刚的邀请。早已回到家的焚书此时却在冥思苦想，帮着唐曼做作业。

报社里新开设了情感栏目，主要讲述感人的故事。创办初期，由于读者对这个栏目还不熟悉，所以，投稿量非常少。但按照计划，明天要见报，唐曼的稿子却还差一篇。

“焚书，我实在是没灵感了，初恋的、婚外恋的、三角恋的，都有了，想不起还能写什么。”

“写个同性恋的，要不就写双性恋的。”焚书说完哈哈大笑，唐曼扔过来一个白眼。

“焚书，你帮我写一篇吧，要写得平凡又让人感动，结局要很美好，就跟咱们两人一样。”唐曼说完，在焚书耳朵边吹了一口气。

“好痒！”焚书甩甩头，却看到唐曼单纯地冲着自己笑，焚书心中一阵酸楚。

“唐曼，你去放一首歌，我找找灵感，写个有因有果的故事给你。”说着这话，焚书点了一支烟，看着烟雾升起来，唐曼在CD里播放了一首《相约到永久》。

“让我牵你的手，相约到永久。”这句歌词不断重复的时候，焚书仿佛找到了感觉，他打开电脑，写下一个平凡又让人感动的故事：

女人一早就要去南方，和老板一起去，去谈几项重要业务，要常驻三个月。男人一边帮助收拾行李，一边嘱咐：在外要多注意加衣服，要勤往家打电话，吃不惯米饭就不要强吃，在外要……女人答应着，说：放心吧，我会的！一边强忍着眼泪，不让它掉出来。也难怪，这对结婚才半年的恩爱小两口，以前从没分开超过两天。

时间一分一秒地走着，转眼到了出门的时间，男人将行李提到门口，说了句：不早了，早些上路，别误了点，我在家里等你早回来。说罢，深情地看着女人。女人再也控制不住了，扑进男人怀里，任眼泪在脸上流。男人好像忽然想起了什么，从胸口摘下一块小佛形状的玉，挂在女人脖子上说：我从小就戴它，听说玉能辟邪呢！女人使劲地点了点头。

女人抹掉脸上的泪水，同老板一起来到了繁华的南方。老板对女人说：南方和北方不一样，对外你就说是我的情人吧！女人说：可是……话未说完，就被老板打断了：别可是了，南方人兴这个，有情人就有本事，没情人就没本事，没本事谁给咱做生意？再说了，又不是真的！

以后的日子，老板对外的介绍就是：这是我的那个……说罢，和客户呵呵一笑！女人谈判出色，工作认真，谈成了几笔漂亮的业务，客户都夸老板找了个好情人。

在一笔大生意的资金收拢之后的夜晚，老板醉醺醺闯进了女人住的房间，借着酒劲，老板将胳膊搭在女人肩头，说：你就做我一夜情人吧！女人用力地反抗着，老板急促地说：就一夜，回去之后我送给你一套三居室的房子。女人犹豫了。

女人从乡下来，是男人爱上了她，为此，男人和家里所有人闹翻，坚持娶了女人。至今，两个人还住在一间不足九平方米的小屋里，那是男人借的朋友的地下室。两人发誓要靠自己的努力来改变这种处境，因此，拥有一套住房成了女人和男人最大的心愿。

女人犹豫间，老板用力将女人压在身下，女人的胸口处被什么东西硌了一下，一阵疼痛。她猛然想起了挂在胸口的玉，想起了男人深情的注视。女人用尽全身的力量，推开老板，跑出了门外。

以后，女人每次见到老板都加了十二分的小心。

三个月后，女人一进家门就扑在男人身上，并掏出胸口的玉说：我要永远戴着它，真的能辟邪啊！男人接过玉，放在手里。一不小心，玉掉在了地上摔为两半。男人捡起来，仔细端详了半天，说道：原来是块石头！

“焚书，为了你，我一定也要守身如玉，抵制诱惑。你呢，你能做到吗？”唐曼看完故事无心的提问，让焚书又一次度过了不眠之夜。

第二十六章

醋坛子

周末阳光灿烂，唐曼忽然提出来要去划船。想到泛舟湖上不失是一件惬意的事情，焚书带足了粮草，陪同唐曼一起出发了。“这段时间我要让她开心，就当是对以后的补偿。”焚书这样自言自语。

公园里的人不是特别多，也难怪，现在城市里的公园一般都是外地人光临的。

选了一条手摇桨的船，焚书载着唐曼向着湖心小岛驶去。

四面荷花三面柳，一城山色半城湖，是这座城市的特色，湖面上微风吹来的时候，人略微有些寒意。

焚书脱下外套披在唐曼身上，顺便向前方望去，却发现不远处有个人“噗通”一声落到水里了。

“你坐着别动，快。”焚书一边叮嘱，一边顺手掏出手机放在唐曼手里，之后跃进了湖里。

刚刚掉进水里的是一个孩子，焚书没费什么力气就把那孩子拖上了岸。

细细打量那孩子，是个男孩，四五岁的样子，孩子身上脏兮兮的。

“你叫什么名字？”唐曼摸摸那孩子的脸，奇怪的是，那孩子并不答话，由于刚刚落水，他的身子不住地发抖。

唐曼把焚书的外套披在孩子身上的时候，那孩子嘴里咿咿呀呀地说了一大堆“火星话”，手也在比画着。

“我明白了，这孩子是个哑巴。”焚书对唐曼说。

“嗯，要不我们给他留点钱，别管他了。我估计是因为他的残疾，家长不要他了。”唐曼说，“在我们报社也经常有市民捡到残疾孩子，这些孩子很难办的，你要送他到福利机构，那边还要审查，程序繁琐，咱们没必要自找麻烦。”

焚书默默地点点头，但是心里却非常不痛快，为自己没法尽一些微薄的力量而恼火。

“唐曼，如果这孩子是你的，你会不会把他抛弃？”焚书忽然转头问唐曼。

“如果这孩子是咱们两个的，不管他是否残疾，我都会很爱他，不管有钱没钱，至少让他吃得饱，穿得暖。”

唐曼这话让焚书又想起了刚才那孩子瑟瑟发抖的样子。

“不行，这孩子我不能不管，唐曼，我想把他带回家。”焚书做了个让唐曼非常吃惊的决定。

“焚书，不会吧！你要养他一辈子？”唐曼摇摇头，表示难以接受。

“现在我不知道，但是我想这孩子应该有个家。”焚书用手摸了摸孩子的头。

“可是，你知道养一个残疾孩子要花多大的精力吗？你想过没有，要花很多钱，要给他找学校，要供他的花销，都不是小数目。”唐曼在这种时候是理智的。

“可你刚刚说如果这孩子是你的，你会养的，你就当是咱们的孩子，他真的很可怜。”看到小家伙脏兮兮的衣服上还有破洞，焚书心里一阵酸楚。

“这孩子不是我的呀，他跟我没有血缘关系。这孩子如果你要真想养，你想清楚了，反正我不同意你把他带回家。”唐曼针锋相对。

唐曼的话是有道理的，但气头上的焚书却上来了一股倔强。

“你这个小市民，中国之所以还不能算是发达国家，就是你这种有狭隘小市民思想的人太多了。”焚书这句有些愤青的话彻底把唐曼惹恼了。

“焚书，行，你觉悟高，我就小市民了，你跟这孩子过吧，我走。”唐曼说完，气乎乎地一个人跑了。

“唐曼，唐曼，等等。”任凭焚书在后面呼喊，唐曼也没有停住脚步，看来是真的生气了，而那孩子此时正紧紧拉着焚书的手呢！

焚书带着那孩子找了个小饭馆，要了米饭和菜。孩子看样子饿坏了，用手抓着菜往嘴里送，焚书的眼泪几乎要流下来了。

天色已晚，没有其他地方可以去，樊书还是带着那孩子回到了家里，他希望能做通唐曼的工作，争取让这孩子在家待几天，以便有时间想其他的办法。然而进门后，樊书发现唐曼已经把自己的衣服跟化妆品带走了，看来唐曼的意见非常坚定，有这孩子在，自己就不会回来。

“这是个很好的分手机会。”樊书忽然起了这样一个念头。

“卑鄙！”樊书很快又推翻了自己刚才那个想法。这时候，樊书已经由刚刚的愤青心态逐渐转变得理智起来。

“不能怪唐曼，我赌气把孩子带回来，可是这孩子的费用我确实无法负担，我要上班，收入也不多，我还没有养活他的能力。”看着那孩子从进屋后就一直撕扯床单的呆滞样子，樊书硬下心肠。

“孩子，对不起，叔叔也没法要你，我把你送到救助站去吧。”樊书带着那孩子，来到了救助站。为了逃避救助站那套繁琐的手续，樊书在门外大喊：“来人啊，来人啊！”等看到里面走出人来，樊书把孩子向前一推，飞一般地逃跑了。只要有人发现这孩子，自己就解脱了，相比这孩子在街头流浪，自己也算给他找了个好归宿。

跟唐曼的这场过节让樊书却有了一个很新奇的想法：“如果是嫦娥，会不会同意留下这个孩子呢？”

樊书决心今晚不给唐曼打电话，利用这难得的时间，去跟嫦娥来个小约会，顺便把今天这件事情给嫦娥讲讲。

樊书都盘算好了，不告诉嫦娥那孩子已经送到救助站的事情，就说那孩子还在自己家里，看看嫦娥会怎么处理这件事情。

拨了嫦娥的电话，却传来了恼人的“您所拨叫的用户已关机”的提示音。

连续拨了十几遍依然没有声音。

人有个奇怪的毛病，如果联络某个人，尤其是亲密的人，很久没有消息，他就会愈加在乎这个人，而且，还喜欢往不吉利的事情上想。

“别是撞车了，或者被人劫了吧！”樊书心里开始打鼓，越想越害怕，最终樊书决定去嫦娥家里看看。

嫦娥的家距离樊书住的地方比较远，因为嫦娥喜欢新鲜的空气，而她又很早就有了本田雅阁作为代步工具，所以，她住的地方几乎是郊区。

焚书启动了大踏板，开启了音乐，是那首著名的《青花瓷》：

素胚勾勒出青花笔锋浓转淡
瓶身描绘的牡丹一如你初妆
冉冉檀香透过窗心事我了然
宣纸上走笔至此搁一半
釉色渲染仕女图韵味被私藏
而你嫣然的一笑如含苞待放
你的美一缕飘散去到我去不了的地方
天青色等烟雨而我在等你
炊烟袅袅升起隔江千万里
在瓶底书汉隶仿前朝的飘逸

想到自己跟嫦娥之间的那种目前还不能称之为爱情的感情，正如青花瓷，浪漫、温婉，却也易碎，这首歌很符合自己的心境。

想着这些，时间却过得飞快，不知不觉，他已经来到了嫦娥的楼下。

焚书停好车子之后，远远看见嫦娥的甲壳虫驶来。

“早知道这么巧会碰上她，我就搞得浪漫些了，买上一大束玫瑰花，嫦娥一定会高兴又感动，弄不好让我留宿，那么，我还应该早准备几包杜蕾斯。”焚书正甜蜜地想着，笑容忽然凝固在脸上，因为焚书看到，当嫦娥从车里走出的时候，并没有直接向自己走来，而是转过身子，好像在等待什么。焚书这才发现，后面又开来了一辆丰田凯美瑞，从车上下来一个高大男人……仔细一看，竟然是吴刚。

焚书刻意压制住自己的情绪，悄悄躲在黑暗中，只见吴刚下车后，面对面跟嫦娥站着，两个人时而近距离聊天，时而开心地笑。当吴刚做演奏吉他的样子时，嫦娥更是兴奋得满面通红。

看着这一切，焚书妒火升腾，印象中嫦娥从来没有这么开心过。更让焚书恼火的是，嫦娥跟吴刚在一起的时候，把电话关掉了，这显然是针对自己的。

“得，嫦娥一直是在跟自己游戏，自己竟然天真地认为嫦娥真的会喜欢自己，这下，真相让自己看得清清楚楚，也没什么好说的了。”一股悲凉涌上心头。

这时，焚书看到吴刚向嫦娥挥了一下手，想是该告别了，果然，吴刚转过身子，向自己的车走去。嫦娥大声说了句：“谢谢，今晚我很高兴。”

这声音，焚书听得清清楚楚，仿若针扎。等到吴刚车子离开之后，嫦娥转过身子，却看到一个人站在对面，正冷冷地望着自己，仔细一看，正是焚书。

“焚书，你怎么会来这里？”嫦娥有些吃惊地问。

“我来这里看戏啊，看未来的奥斯卡影后。”焚书调侃道。

“看戏？什么戏啊？你就会搞怪。”嫦娥有些莫名其妙地问。

“有戏，故事情节很生动，很温馨很柔情，女主角很开心，男主角很潇洒，未来很黄很暴力。”焚书惊讶此时自己口才竟然这样好。

“你说的什么啊！女主角男主角的，这个点找我有事？”嫦娥询问道。

“嫦娥小姐，难道你觉得玩弄我的感情一点愧疚感都没有吗？”焚书开始发飙了，脸色铁青，在微弱的灯光下，说话的语气也显得格外生硬。

“焚书，你今晚说话怎么颠三倒四？我怎么玩弄你感情了？”嫦娥意识到事情有些严重，不再嘻嘻哈哈。

“我都看到了，你整晚跟吴刚在一起，而且你把手机都关了，这明显是在躲避我。嫦娥小姐，以后你不用这样，咱们两个人本来就没有任何关系，我焚书确实不如吴刚，我没有去国外留过学，我没人家长得帅，我也没有凯美瑞，广告上都说了：车到山前必有路，有路就有丰田车。你选的路没有错，可你不该把我当傻瓜耍，又说喜欢，又说等待我和唐曼分手，在今晚之前，我认为我是这世界上最有魅力的男人，有个优秀的女人喜欢我，等待我，爱我，甚至在两个小时之前我还这样想。可现在，我知道自己是这世界上最没有自知之明的癞蛤蟆，以后我也只会找个母癞蛤蟆，我走了。”

说完这番话，焚书故作潇洒地转身，可心里却痛苦万分。自诩是个硬汉，可没想到，面对嫦娥的这份伤害，焚书竟然没有想象中坚强，也许这就是人们常说的爱之深，伤之痛吧。

“焚书你混蛋！”嫦娥忽然愤怒地甩出这句话。焚书立即呆呆地站住，说实话，这么长时间以来，焚书还是第一次见嫦娥发这么大脾气。

“你一个大男人心胸竟然如此的狭小，我看错你了，我以前觉得洒脱的你跟别人不一样，没想到，你小气得竟然连解释的机会都不给我，你走吧，我庆幸早早发觉你是一个窝囊的醋坛子。”嫦娥这番痛骂，竟然把焚书气乐了。

焚书转过身子，大声说：“你果然是策划高手，无礼争三分，恶人先告状，你跟吴刚在一起，关了手机，这还不能说明问题？好了，我给你机会，我现在还真想听听你怎么解释。”

嫦娥沉默了许久，似乎在平息自己的怒火，半晌，语调变得温柔起来。

“焚书，我不是你想象中的那种女人，我对一个人的喜欢也不是随便的，我跟你之间虽然没有任何承诺，但是，在我们共同经历生死的那一刻，我已经跟你讲得很清楚了，爱情是讲究缘分和感觉的，这就是大家经常可以在生活中发现美女配丑男、帅哥配胖妹的原因，我对你的感觉跟对吴刚不一样。不知道为什么，虽然跟吴刚在一起能感觉到很安全，可是跟你在一起我才能体会一种眩晕的感觉，或许这就是缘分。让你的吸引力强于任何人，可是你骨子里却自卑，你对自己对我都没有信心，你把金钱和地位作为衡量爱情的依据，这点你错了，再这样下去，我会很伤心。”嫦娥一下抓住了焚书的要害。

“我承认看到你跟吴刚在一起，我有自卑的感觉。”焚书心里这样想。

“我告诉你那个你一直想知道的秘密，为什么我不用内线电话直接叫你到我办公室。”嫦娥这句话让焚书提起了兴趣，他瞪大了眼睛。

“因为，通过周丽告诉你来见我，就好像通过媒婆安排相亲的感觉一样，那是一种特殊的等待的感觉，我喜欢等着你，就像现在我也一直坚持等待，直到我们最终在一起。”嫦娥这句话彻底打动了焚书，焚书不再生气，走过去，用手摸摸嫦娥的脸。

“今晚打不通你的电话，我很担心你。”

“我跟吴刚去听电吉他演奏了，这是难得的机会，我的做事方式你清楚，我是个有些完美主义情结的人，所以，我把手机关了。”嫦娥这句解释符合她一贯的作风。

“这个解释行得通，你保证下不为例。”焚书说道。

“我保证，我还保证以后少跟吴刚见面，行了吧！”嫦娥这样的女人，知道男人喜欢什么，这话让焚书先前的不快、委屈全都烟消云散。

焚书走上去抱了抱嫦娥，夜已经很深了。

“我能不能留下来？”焚书充满深情地看着嫦娥。

嫦娥笑了笑，随后摇摇头表示拒绝，但是嫦娥却给了焚书颇具诱惑的希望：“阳光总在风雨后，焚书，等到那一天，我会给你一个大大的惊喜。”

第二十七章

商战中的圣诞节

“吴总，关于 CLOVER 俱乐部圣诞节的方案，我想了几个，今晚咱们讨论一下吧。”李惠把一杯咖啡递给吴刚的时候，顺口问道。

“好啊，辛苦你了，我这几天有事，多亏了你，咱们今天好好研究研究，一定把 HEF 公司打得落花流水。”吴刚乐呵呵地说。

“嗯，只要您能狠下心来，我觉得没问题，就怕您怜香惜玉啊！”李惠幽幽地说。

“李惠，我怎么觉得你现在说话不如以前爽快了。”吴刚明白李惠的意思，但是依然希望李惠直接表达出来。

“电吉他演唱会好看吗？”李惠忽然问道。

吴刚脸一红，但很快平静下来。

“电吉他演唱会你也去了？我怎么没看到你？”吴刚问道。

“你心思完全在大美女身上，又怎么会注意我？”李惠抢白吴刚。

吴刚忽然大叫了一声：“好啊，李惠，你在跟踪我！电吉他演唱会那天是周末，按说你应该休息，而且我进场的时间也因为接嫦娥耽误了半分钟，你对我的行踪了如指掌，简直可以去当密探了。”

“我只是关心你。”李惠脸上有些不悦。

气氛顿时尴尬起来，李惠走出去，悄悄关死了门。

“李惠，到我这里来。”快下班的时候，为了缓和早上的尴尬，吴刚主动给李惠发出邀请。

“说说你关于圣诞节活动的思路吧！”吴刚拿着一支笔，看着李惠笑。

“第一个思路，搞个单身派对，你这样的，我这样的，对了，还有你喜欢的嫦娥那样的，都可以参加。CLOVER 俱乐部的单身贵族也不少，我想大家会喜欢。也可以举办成化装舞会，说不定，能促成几对好姻缘。”

“这个不行，太俗了，你去网上搜搜，这种创意一箩筐呢！”吴刚把这个平凡的创意给 Pass 掉了。

“第二个思路，邀请明星来俱乐部开演唱会，然后安排一些互动节目。”

“这个也不好，请明星费用先不说，CLOVER 俱乐部的都是些成功人士，一般对明星什么的不是太感冒，他们不是追星族。”吴刚摇摇头。

“那么，要不搞个圣诞影像大比拼？用 DV 或相机记录下圣诞期间的亮点，最终进行评选，获奖者发奖品。”

“这个创意略微有点意思，可是太单薄，跟传统摄影比赛没什么太大的区别。”吴刚再次否定了李惠的想法。

“你‘监’我三次了，看来你已经胸有成竹，给我讲讲你的思路吧，大总监。”李惠知道吴刚一定有了让人耳目一新的创意，但是话说出来有股赌气的意味。

“暂时先保密，到发布会那天你就知道了。”吴刚故作神秘，卖了个关子。

与此同时，HEF 创意部也在进行关于圣诞节活动创意的讨论。

“这个圣诞节的方案，我通过跟竞争对手 BBT 公司的吴刚的交谈发现，他们也会竭尽全力做这个创意，这给了我很大的压力。我已经当着咱们老板皮特先生的面，立下了军令状，这次如果我们输给 BBT 公司，我将离开。”嫦娥说出这番话，最震惊的无疑是焚书，因为从来没有听嫦娥谈起过离开公司的打算。她这样做，一方面是为了激励自己；另一方面可能是源于自己作为焚书的上级，给两人的恋情带来了巨大压力，她想在适当时候抽身，把焚书推上去。想到这里，焚书不禁一阵感动。

“我会努力让你留下来的。”焚书忽然大声说。

“是吗？可是，吴刚的水平连我都自愧不如。我很欣赏你的勇气和进步，可是，在这种事情上，我相信还是实力说话。你不是喜欢看金庸小说吗？我拿小说中的人物你举个例子。”嫦娥恰当地在使用激将法，而且用得非常有技巧。

“总监，我也喜欢金庸小说，尤其喜欢神雕大侠杨过，迷死人了。”周丽插话。

自从部门中只剩三个人之后，周丽从开始的孤独情绪中走出来，逐渐融入了这个团队，因为焚书的大大咧咧和嫦娥对事不对人的态度，让原本就很爽朗的周丽很开心。中午如果有点空闲的时间，嫦娥总会跟他们两人待在一起吃午餐，所以，目前三个人不管从关系和默契程度上，都达到了最好的状态。

“那我就讲讲杨过。现在，焚书你是十六年前的杨过，虽然也是青年才俊，但还不是顶尖高手，而吴刚好比是绝情谷的公孙谷主，不论武功、智慧都胜你一筹。”嫦娥这个比方一下把周丽逗乐了。

“哈哈，嫦总，那吴刚岂不是个大色狼？”周丽心直口快地说。

“对，就是大色狼，可惜小龙女最终还是跟着杨过走了。”焚书边说话，边意味深长地看了嫦娥一眼，嫦娥的脸上微微泛起了红晕。

“所以，焚书，你不能盲目乐观，尤其是在我们的实力确实不如对方的时候。”嫦娥为了避免周丽看出端倪，语气变得严肃起来。

“那么，我也举个例子，也是金庸小说中的。”焚书看着周丽，忽然问，“想不想听？”

“死焚书，别卖关子。”周丽说完，竟然抓起厚厚的记录本，敲在焚书头上。

“砰”的一声响，嫦娥用凌厉的眼神扫了周丽一眼。焚书被打懵了，晃晃头才缓过神来。

“死周丽，这么凶，难怪到现在都没人敢娶你。”焚书当然不能动手，只能抢白周丽。

“好了，时间紧要，你们两个上班时间别嘻嘻哈哈的。”嫦娥及时出来当了和事佬。

焚书清了清嗓子，继续讲自己要举的例子。

“以我看呢，那吴刚现在顶多也就是笑傲江湖里的田伯光，而我焚书是还没悟出独孤九剑的令狐冲，令狐冲打败田伯光，只是一夜之间的事情。”焚书得意洋洋地说。

“臭美啊你，焚书，要说打败吴刚，那也是咱们嫦娥总监的事情，什么时候轮到你？”周丽这句提醒让焚书忽然清醒了。

“对啊，这个部门负责人是嫦娥啊，我怎么把自己当成负责人了呢？看来跟嫦娥的关系，让我忘记了自己的身份，多亏了周丽的提醒。”这样想着的时候，焚书发觉自己骨子里还是有些大男子主义情结。同时焚书不能否认的是，他对创意总监这个位子，已经虎视眈眈很久了。

“休息一会儿，回来不准胡扯了，要正式讨论圣诞创意问题。”嫦娥说完走了出去，临走之前，看了焚书两眼，焚书心领神会地跟了出去。

“焚书，你行啊！真够恶毒的，用田伯光比喻吴刚，刚才我都险些压不住要笑出来了。”在走廊里，嫦娥轻松地笑起来。

“不行啊？你心疼啊？我倒真希望这吴刚最后成了不可不戒，彻底断了对你的想法。”焚书说完，走上前，把嫦娥额前的头发向后拢了一下。

“快进去，别这样，让同事们看见就不好了。办公室恋情的杀伤力可不是你我能抵挡的。”说完，嫦娥转身走回屋里。

“嫦总，我看圣诞节咱们给 CLOVER 俱乐部弄个滑雪比赛吧，今年这座城市正好开了好几个滑雪场，咱们还能整合一下资源。”周丽忽然来了灵感。

嫦娥还没开口，焚书抢先说：“我觉得滑雪不太具备普遍性，只能作为系列活动中的一项，因为有些人认为滑雪很危险。”

“焚书说的有道理，但是焚书你别光挑人家创意的毛病，你自己的创意呢？”嫦娥替周丽打抱不平。

“我觉得圣诞这个元素有局限性，我们应该跳出局限性的思维，我想在圣诞节搞一个对人生有启发的游戏。”焚书拿出一支笔，在手里转了转。

正在这时，前台小妹跑进来，对着嫦娥说：“嫦总，CLOVER 俱乐部那边 Leo 先生打电话找您。”

嫦娥走出去，大约十分钟后才回来。

“事情有变化，这次圣诞活动提前不再评比方案了，而是由我们 HEF 公司跟 BBT 公司直接对会员们实施我们的活动方案，在平安夜八点到九点半是咱们的活动时间，十点到十一点半是 BBT 公司的活动时间，十一点半到十二点组织会员去教堂，十二点开始在教堂许愿，之后活动结束。”嫦娥把 CLOVER 俱乐部最新决定进行了通报。

“那咱们可作的文章更少了，酒会跟吃饭肯定在八点之前由会员们自己解决了，留给咱们的时间只有一个半小时。”周丽边说边皱起眉头。

“不要抱怨了，吴刚那边也面临一样的困难，这次 CLOVER 俱乐部给咱们双方都出了难题，而且提前方案也不用上报，从策划到组织到实施都由创意公司负责，这说明 CLOVER 下一步很可能把俱乐部整个活动外包，他们想通过这次圣诞活动作为考题，在我们跟 BBT 之间选一家更强的，因此，这次圣诞活动成了我们跟 BBT 公司为争取 CLOVER 俱乐部这个大客户的终极对决。失败的那一方，从此将永远失去与 CLOVER 俱乐部的合作机会。”嫦娥这番分析，让气氛更加凝重，现在已经到了背水一战的地步了。

“那我们下一步怎么办？时间已经不到一周了，连组织执行都归我们负责，咱们要做的事情太多了。”焚书催促道。

“这样吧，今天晚上咱们各自早回家，辛苦一下，三个人每个人拿出一个创意方案，就围绕着平安夜八点半到九点这段时间来考虑，明天，咱们必须把创意方案敲定。从后天开始，按照敲定的案子，开始准备物品、联络场地。”关键时刻，嫦娥还是显出干练的作风。对三人来说，今晚又是一个不眠之夜。

二十四个小时，对于普通的一天来说，平平淡淡，可是对于那些顶着巨大压力的人来说，无异于煎熬，要不古语总是说：吃得苦中苦，方为人上人！为了做人上人，HEF 公司创意部的焚书、周丽第二天顶着熊猫眼来到了会议室，而早早等在那里的嫦娥却精神饱满。

“周丽，看看你那大眼袋，再看看咱们总监，都是女人，差距怎么这么大呢？”焚书抢白周丽的时候，心里也在奇怪：这个嫦娥真是处处能给人惊喜，面对这么大压力，竟然还能容光焕发。

“少在这里拍领导马屁，焚书！”周丽不甘心被焚书奚落，来了个大反击。

“嫦总，周丽骂你，说你是马？马是动物，非人类。”焚书借机阴了周丽一把。

“好了，两个祖宗，别乱扯了，咱们时间可是紧张得很，只要你们拿出来的方案能让我满意，别说当马，就是当牛我也愿意。”嫦娥还是在紧张气氛中开了个玩笑。

随着幻灯片的放映，周丽的方案展现在大家面前：骑马猎礼物，每人发放大袜子一只。

看完这个方案，嫦娥没说话，接着又放了焚书的方案：圣诞魔术大比拼，参考哈里波特人物造型，邀请著名魔术师展现魔幻世界。

嫦娥接着打开了自己的创意：新编话剧专场演出，演出节目为灰姑娘，王子由圣诞老人来扮演，穿插舞会。

“我们只有一个半小时，因此，我认为演一个童话剧是比较合适的，会员们分别扮演圣诞老人、王子、灰姑娘的姐姐，其中还穿插一个小型舞会，这样的安排，应该能让刚吃完饭的人放松一下。我认为周丽那个骑马射礼物的方案对场地要求比较严格，我们需要去租一个马场。但马场距离市区比较远，圣诞节，相信大家都不喜欢出远门，所以，我觉得这个创意有欠缺。”

周丽点了点头，表示赞同嫦娥的说法。

“焚书，你的创意很奇特，但是，我们去请高端魔术师的费用和时间是个问题，我承认你那个创意非常好，可是，现在这种变化，让我们只能忍痛割爱了。”嫦娥看看焚书，眼睛里满是温柔。这种眼神，只有焚书能读懂，那也是一种鼓励。

“好吧，那么采用你那个灰姑娘的创意吧。把周丽那个射击获得礼物的创意加进去，不用骑马了，在场子里布置几个靶子，插入一个飞镖射靶。魔术也不用请高端魔术师了，我就会变。”焚书仔细想了想，提出的建议很快得到周丽的赞同。他声称会变魔术却让嫦娥和周丽充满了好奇心：“你真的会吗？”两人发出同样的疑问。

“当然会，你们看着啊！”焚书伸出左手的食指，然后找了块毛巾盖在上面，吹了口气，扯下毛巾，现在左手有中指和食指两个指头了，多了一个。

“好小子，耍我们。揍他。”嫦娥一声令下，周丽极力配合，三人在办公室追打起来，传来一片欢声笑语。

就这样，HEF 公司的活动方案经过商讨出炉了。焚书邀请唐曼全程参加 HEF 公司的圣诞活动。

盼望着，盼望着——小学生写作文总喜欢用这种句子开头——终于，平安夜到来了，对于 CLOVER 俱乐部的会员来说，是一场享受，而对于 HEF 公司和 BBT 公司来说，是一场考验。

在做足了准备工作之后，焚书带着唐曼在晚上七点五十分准时来到了国际剧院，随着俱乐部会员的进入，童话剧舞会马上就要开始了。

嫦娥走过来的时候，唐曼紧紧拉住焚书的手，因为今天的嫦娥圣洁得好像一个仙子，她化了淡妆，穿了一袭白色长裙，扮演灰姑娘。面对这份美丽，唐曼不由赞叹嫦娥的脱俗。

看到焚书身边的那个应该算是情敌的唐曼，嫦娥也不禁瞪大了眼睛。

唐曼穿了一条火红色的长裙，在肩膀处搭一条白色的狐尾，有一种空灵的感觉，衬得唐曼气质独特。

“焚书这小子，真是傻人有傻福。”嫦娥脑子里开起了小差。这时，吴刚跟李惠走了过来，一眼望去，不仅仅是焚书和唐曼，连嫦娥都感叹于吴刚惊人的创意和打扮。

吴刚穿了一身金色的衣服，上身是收腰的夹克，下身的裤子是直筒形状的，脚上也是一双金色皮鞋。他把原本的长发梳在后面，用一根金色的发带拢着，加上他那蓝色的眼睛以及立体化的面孔，俨然就是活脱脱的王子。

吴刚友好地冲嫦娥送上一个迷人的微笑，焚书不禁有些妒火中烧。

“吴总，您要上台演马戏吗？”焚书用身子挡在嫦娥面前，问道。

唐曼忍不住笑起来，焚书这话太损了，好好的一个吴刚，让他形容成了马戏团的小丑。

“来给嫦娥小姐捧捧场，怎么，不欢迎？”吴刚说话的时候看着嫦娥。

“欢迎，里面请。”这种情况下，嫦娥有些无所适从。

“李惠，你怎么不跟吴刚穿情侣装？”焚书看着穿了一身绿色衣服的李惠接着说，“你打扮得就跟吴刚的丫鬟差不多，这可不行，想成为正宫娘娘，心理上先要让自己进入角色才行。”焚书话中有话。

李惠脸一红，匆匆跟着吴刚走进去。焚书看到李惠跑过去，牵了吴刚的手，吴刚略微一犹豫，还是用自己那只大手包住了李惠的小手。

八点整，嫦娥登上了舞台。

“各位女士们，先生们，晚上好！在平安夜，祝福各位幸福安康，我们 HEF 公司受 CLOVER 俱乐部的委托，很荣幸地来举办这场活动。今天不同于普通的化装舞会，我们为了让大家玩得开心，特意举办了这场每个人都可以参与的现场互动式舞台剧演出，希望大家能够一起来完成这场演出。演出开始！”随着嫦娥的一番开场白，所有目光都集中在舞台上，而嫦娥站在舞台的一个角落，做寻找水晶鞋的样子。

“灰姑娘，快去洗衣服。”一个打扮成后妈样子的女人愉快地登场了，她的神态和语气都很到位，场子里响起一片掌声。这个人的登场也激发了大家浓厚的兴趣，于是，在场的人都踊跃地走向舞台。这场演出已经不仅仅是灰姑娘的故事了，里面包含了罗密欧与朱丽叶的悲情，包含了哈姆雷特的志气，包含了白雪公主的美丽，甚至还有恶搞的人扮演吃掉小红帽奶奶的大灰狼。

“焚书，我们也去演戏好不好？”唐曼靠在焚书身上，轻轻耳语。

“你演什么？演《绿野仙踪》的稻草人？”焚书拿着唐曼寻开心，唐曼做生气状，问：“在你心里，难道我从来都不曾是公主？”

焚书陷入了沉思，确实，唐曼这句问话敲中了焚书那根最敏感的神经，在焚书心里，唐曼确实没有被自己当公主呵护过，他心里的公主自然是嫦娥了。

人总是这样，太容易得到的总是不懂得珍惜，唐曼这样的姑娘在报社都有一群小伙子跟在屁股后面追，可是，焚书的心里却从不曾有珍贵的感觉。

“焚书，想什么呢？说谎你就要变成匹诺曹，鼻子长长。”唐曼的话打断了焚书的思路。

“唐曼，你去演个可爱的公主吧，在我心里，你从此刻开始，就成了真正的公主，我是你的奴仆。”说这话的时候，焚书心里有些酸酸的，因为焚书知道，今晚快乐的唐曼，在不久之后或许就要面临一个重大打击。

“想想唐曼真可怜，刚刚从暗恋小鱼的阴影中走出来，她最信任的人却要再次残酷地伤害她，我难道真的只为自己的自私来抛弃这个善良的姑娘吗？”焚书的内心在挣扎，说实话，此时焚书已经开始了思想上的动摇。

在众多人的眼神中，焚书捕捉到嫦娥，她正从舞台上走下来。音乐刚巧换了一曲舒缓的钢琴曲。

“焚书，一晚上太忙了，看样子大家玩得很尽兴。”嫦娥站在焚书面前。

“趁舞会时间还没到，我请你跳这个曲子，等一会儿，恐怕你我都不会有跳舞的机会了。”看到唐曼和李惠在舞台上跟其他几个人演戏正演得尽兴，焚书向嫦娥发出了邀请。

焚书的手搭在嫦娥的肩膀上，看着她柔情似水的眼睛，焚书刚刚的那份犹豫烟消云散了。

“老天爷安排这样的女人来到我身边，如果不能跟她过一辈子，岂不辜负老天爷的一番美意？”焚书给自己的冷血找了一个这样理由，同时轻轻抱着嫦娥，两人享受这难得的短暂的甜蜜。

舞会正式开始的时候，果然如同焚书所料，嫦娥成为众多男士“猎取”的目标。唐曼、李惠也被频繁邀请，焚书无聊极了，找个角落坐下来，默默等待时间一分一秒地过去。

这时，门忽然开了，从门外走进来一个人，他推着轮椅。焚书不由在心里惊讶了一下，仔细一看，那人正是宁采臣，坐在轮椅上的是聂小倩。

焚书这时想起，宁采臣也是CLOVER俱乐部的金牌会员。

宁采臣推着聂小倩来到舞台边缘，向DJ说了几句话，音乐忽然停止下来，在大家惊诧中，宁采臣拿过了话筒。

“不好意思，打搅各位了，来到这里，我只待十分钟，我的太太聂小倩女士，现在还没有完全康复，正坐在下面，为了满足她想在圣诞跟我跳一支舞的愿望，我把她带到了这里，希望大家为我们做个见证。”这番话说得深情款款，聂小倩第一个带头为自己老公的精彩发言鼓掌。

原来，这是宁采臣送给聂小倩的一份排遣寂寞的特别圣诞礼物。

所有的人员都被宁采臣感动了，当音乐响起的时候，宁采臣低下身子，配合轮椅上的聂小倩跳出特有的舞步。一曲终了，宁采臣的脸上已经满是汗水了。

“谢谢大家，我太太累了，我们要回去了，祝大家圣诞快乐！”宁采臣再次登台跟大家道别，然后推着聂小倩缓缓离去，两人一副亲密无间的样子，聂小倩感动得几次用衣服遮挡自己流泪的脸。

“真没想到世界上还有这样完美的男人。”场子里的女人们不时发出这样的称赞。大家都给这份伟大的爱情以热烈的掌声，为他们送行。

看着聂小倩快乐的眼泪，焚书默默低下头，曾经的女友得到了幸福。那个被自己叫做情敌的男人，竟然如此的伟大。相比起宁采臣，焚书第一次感到自己是如此渺小。

“怎么样，什么感觉？”嫦娥悄悄靠近焚书问。

“我会比宁采臣做得更好。”焚书轻轻拉了拉嫦娥的手，享受仿若偷情般的快乐。这时，吴刚走了过来。

“吴总，还有五分钟我们的活动就结束了，不知道接下来，你们那边怎么安排的？”焚书有些挑衅地问道。

吴刚没有回答焚书的问题，顺手拿起一只飞镖，向左侧一个靶子射去，正中靶心，服务员小姐送过来一个可爱的芭比娃娃的奖品。

吴刚把那玩具递到嫦娥面前，说道：“嫦总，当作圣诞礼物给你了，就算等一会儿弥补被我打败后的损失吧。”说完，吴刚狡猾地笑了笑，提前走了出去。

HEF公司的活动在五分钟之后结束了，从舞台上走下来的会员显然还意犹未尽，以至于有些人还留下来拍照。看到这一切，嫦娥的心里是快乐的，这至少说明大家的辛苦没有白费。

“唐曼，我们接下来要跟着BBT公司走了，看看他们搞什么活动。”这是嫦娥主动跟唐曼说的第一句话。

“你跟焚书这么棒，相信他们也高明不到哪里。”唐曼说完拍了拍焚书，然后歪头问道，“对吧，焚书大才子。”

焚书尴尬地看了一眼嫦娥，嫦娥的表情却很平静。

“去看看再说，BBT公司的吴刚不简单。”焚书岔开了话题，然后紧走几步，以避免三个人在一起。

吴刚选择的活动场所是个很奇怪的房间，墙是白色的，而且让大家不理解的是，这间房子包括房顶在内都被画满了斜线，里面有沙发、电视，还有咖啡等各种饮料。

“各位，在经过一场精彩的舞台演出活动之后，相信大家都累了，在接下来的时间里，我把大家请到这里来，休息一下。我们接下来举办一个小型的鸡尾酒会，大家不用客气，尽情享用吧。”吴刚说完这番话，竟然自顾自地拿起了一杯酒，冲嫦娥比画了个干杯的动作。

“天啊，这不会就是吴刚的终极创意吧？”今晚一直默默忙碌的周丽，好不容易等到了轻松的一刻，有些嘲弄地说道，“看来他还真修炼不到公孙止那个境界，也就田伯光的水平。”

“再等等，我觉得他可能会在酒会中间搞怪，比如安排偶像级明显出现之类的。”唐曼假装内行地说道。

“明星见面？尼古拉斯·凯奇会来吗？”周丽跟唐曼搭上了话。

“你也喜欢凯奇啊！我也喜欢凯奇，尤其是他演的《空中监狱》，简直太帅了。”

“对，对，我也喜欢那片子，还有《国家宝藏》也很好看，听说他的新片马上就会上映了。”

“你说的是那部《无声火》？”

“对呀，对呀，不如到时候咱们两个去看啊！”

“好啊，太好了，这是我电话。”

得，周丽跟唐曼在短暂的时间内，成了对方的红颜知己，焚书心里暗暗叫苦：自己整天跟周丽在一个办公室，一有点风吹草动，周丽跟唐曼通风报信一下，自己今后的日子可不好过。

焚书正开着小差，嫦娥轻声问他：“你注意到吴刚这个鸡尾酒会有什么不同没有？”

“酒会没什么不同，他选的这个地点有些莫名其妙，我搞不懂这家伙究竟想干什么，也许真像唐曼说的，可能中途会来个大明星。”焚书赶紧收回思路，回答嫦娥的问题。

“这种酒会很随意，明星不会在这种场合出现的。”嫦娥分析道，但又是一副莫名其妙的样子。

看到气氛有些紧张，焚书决心调和一下气氛。

“我倒希望吴刚真能在酒会进行到一半的时候安排节目。忽然间，屋子中央升起一巨大的舞台，舞台上冒着白蒙蒙的雾气。等到雾散了，才发现庐山真面目，原来舞台中央是……”说到这里，焚书故意卖了个关子。

“是什么？”周丽嘴快，紧跟着问，唐曼和嫦娥也在聚精会神地听着。

“是一绝色美女，身上穿得不能再少，中间竖根钢管。”焚书做出陶醉的样子，此时，嫦娥、周丽、唐曼同时吐出两个字：“去死！”

焚书吐吐舌头，及时制止了自己的意淫。

看到这四人这么开心，李惠也走了过来。

“李惠，我问你，你们还有其他节目没？除了这个鸡尾酒会。”焚书问道。

“没有了，这都是我们吴总安排的，我也提醒他很多次了，说这样太单薄了，可他只是笑，好像有什么玄机。”李惠回忆起吴刚的笑，也百思不得其解。

“依我看，吴刚黔驴技穷了，故作神秘，还有十分钟就结束了，到时候，看他怎么办。”焚书说着，用手摸了摸墙壁上一条黑色的斜线，发现手上被沾了许多颜料。

“原来这些斜线不是屋子装修时弄上去的，是不久前才画上去的，满屋子都是斜线，看着真别扭。”这样想着，焚书用手搔搔头。

时间一分一秒地过去了，终于等到十一点三十分，活动结束了。大家一走出屋子，却纷纷震惊了：这个世界竟然倾斜了四十五度，汽车、大楼、行人……一切都是斜着的！

“到底怎么回事？”大家纷纷询问。

“现在，请大家闭上眼睛休息五分钟。”这时，吴刚走到人群中说道。

于是，大家闭上了眼睛，五分钟之后，人们睁开眼睛发现世界恢复了正常。

“太神奇了，能解释一下原因吗？”CLOVER 俱乐部的 Leo 先生也好奇地问吴刚。

“刚刚这是我送给大家的圣诞魔幻礼物，让大家看到另外一个倾斜的世界，其实，大家都明白，从屋子里走出来，倾斜的是我们的感觉，这跟我选择的鸡尾酒会的房间有关，奥妙就在那间屋子里。”

吴刚的话引起大家极大的兴趣。

“我知道了，是那些斜线在作怪。”焚书忽然下意识地喊道。

“不错，有人已经猜到了，正是那些斜线。”吴刚继续解释，“在大家参加过演出之后，我选择的这个屋子叫做魔鬼训练屋，屋子的斜线能让大家不自觉地去适应，于是大家在屋子里，习惯了斜着身子做事情。当大家走出来之后，却发现，我们必须要正直身子做事情。所以，我其实是借助鸡尾酒会，让大家体验一回环境对人的影响。我想，这个游戏也告诉大家一个道理，我们需要学会适应，学会抵制，多做有意义的事情，虽然这个游戏简单，但是代表一种人生的态度。”

吴刚的话刚说完，大家就给予了热烈的掌声，这些掌声是真诚的，连嫦娥也不停地鼓掌，能在圣诞之夜，感受到一种道理，这样的圣诞节，一定会被大家所铭记。吴刚仅仅用了一个普通的游戏，就让大家感受到真正的圣诞快乐。

大道至简。焚书想起了这个词。他已经意识到，这次 HEF 公司输了，而且输得心服口服——自己跟吴刚之间的差距还不止一点点。

“如果评判结果出来之后，我们输了，嫦娥真的会离职吗？”想到这里，焚书忽然感觉一阵阵头疼。

第二十八章

离 职

冬天的第一场雪竟然在一个不经意的午后飘落下来，纷纷扬扬，仿若前世的精灵见到亲人般往树枝上、屋顶上、地面上、水面上聚集着，越积越多，这样的天气容易让人伤感。

嫦娥在办公室里收拾东西，辞职报告已经在一个小时前被批准了，尽管包括总裁皮特先生在内的所有高层都做了挽留，但是嫦娥依旧坚持自己当初的承诺：如果输给了 BBT 公司，自己引咎辞职。

踩在还未化的雪上“咯吱咯吱”的响声有时候让人心乱，焚书此刻正是深刻的体会了这种感觉。他随便找了个理由外出，为了理理自己的思路。

嫦娥真的要离开了。这种离开除了少了从此每天见面的那份甜蜜，更重要的是给了自己太大的压力，焚书清醒地知道，嫦娥坚持辞职的另一个主要原因是空出一个位置，让自己强大之后，才有资格跟优秀的她在一起，这样的一种牺牲，不是一般女人可以做到。自己跟唐曼之间的事情，更应该速战速决。

当焚书回到办公室时，大家正在跟嫦娥道别。周丽的眼睛里已经含满了泪水。人是有感情的，有时候你会从讨厌一个人逐渐到发现这个人还不错，最后当你习惯了跟这个人在一起的时候，如果他要离开，你心里一定是空空的，周丽跟嫦娥的关系就是这样的。

“嫦总，记得常来，你教会我很多。”此时周丽的话是真诚的。她走上去跟嫦娥拥抱，眼泪如断线的珠子滴落下来，嫦娥的眼睛里也顿时热泪盈眶，此情此景，温馨又残酷。

焚书默默地看着其他人走过去跟嫦娥握手，最终，轮到自己，他却呆呆地站在嫦娥面前，不知道该如何举动。

“焚书，好好努力，我相信你会成为一个好的创意人。”说完这话，嫦娥主动伸出手，那种架势是很明显的官方告别式握手。焚书抓住那只手的时候，却从心底感受到那手上传来的另一种温柔。

看着嫦娥的背影慢慢走出大家的视线，一股沉默袭击了办公区，每个人仿佛都被传染了一般，情绪低落地默默回到自己的位子，不说话。

嫦娥的车子驶到自己住的小区门口时，却意外地发现一辆似曾相识的丰田凯美瑞停在了那里，仔细一看，车里的那人真的是吴刚。

看到嫦娥的车子停好后，吴刚从凯美瑞里走出来，他走到嫦娥车子前，敲敲车窗，顺便送上一个微笑。

“吴总，你怎么来了？”在这里遇到吴刚，很显然这不是巧合。

“我听说你辞职了，想安慰你一下，顺便表示抱歉。”吴刚的消息很灵通。

“我的辞职跟你没关系。”嫦娥看了看吴刚。

“走吧，一起聊聊，今晚我有一件很重要的事情想要告诉你。”吴刚说完，替嫦娥打开了车门。

“什么意思？”嫦娥不明白吴刚为什么要自己下车，以往两人都是各开自己的车子的。

“我想请你坐我的车，晚上我再送你回来。”吴刚露出个笑容。

“那多麻烦，我还是开自己的车比较好。”

“你觉得我很令人讨厌？”吴刚忽然问。

“当然不是了。”嫦娥赶紧解释。

“那就来吧！”

嫦娥知道自己此时没有别的选择，于是上了吴刚的车。

吴刚不时看看坐在副驾驶位子上的嫦娥，好像想说些什么，终于，吴刚轻声说了句：“对不起。”

嫦娥没有理解这句话的意思，不解地看着吴刚，吴刚半晌说了句：“我觉得刚才好像是把你绑架到我车上一样。”

“绑架？恐怕没那么容易，我上中学时候，学过散打。”为了调节气氛，嫦娥撒了个小小的谎，接着便笑了起来，吴刚看到嫦娥笑，也跟着笑了起来。

车子载着两人，缓缓行驶到了本市做牛排最著名的西餐厅。

“来份七成熟的牛排，多加点黑胡椒。”嫦娥点完主餐之后，吴刚惊异地睁大眼睛看着嫦娥。

“我脸上有东西？”嫦娥一边喝着果汁，一边问。

“没，不过，我听人说，爱吃胡椒的女人脾气不好。”吴刚偷偷看了嫦娥一眼，嫦娥脸色很平静，于是吴刚接着说，“可是你却很温柔，看来凭吃饭的口味判断一个人的性格是错误的。”

嫦娥的脸微微一红，更显得有些妩媚，吴刚歪着头看嫦娥，眼睛里一片圣洁，那表情好像在欣赏一件完美的艺术品。

“吴总，你找我什么事情？”嫦娥把话切入了主题。

“那个，我有个请求，在说正事之前……”吴刚卖了个小关子，嫦娥用沉默表示认同，吴刚接着便提出自己的请求。

“你别用吴总这个称呼叫我行吗？你就喊我吴刚好了，我不喜欢下班时间还被人用这总那总称呼。”嫦娥点了一下头，接着像想起什么一般，对吴刚说：“那以后你也直接叫我的名字就行。”

“我比你大，叫你小娥子算了。”吴刚开了一个玩笑，没想到嫦娥很喜欢这个称呼。

“嗯，这个称呼不错，显得我很青春，小娥子听起来跟樱桃小丸子一样。”嫦娥的话给了吴刚一些鼓励。

吴刚想开口说话的时候，牛排已经端上来了，嫦娥饶有兴趣地用刀叉配合着将一块牛排切下送进嘴里咀嚼着。

“味道真不错。”嫦娥称赞，说完，并不去理会吴刚，自顾自地用刀叉去切下另外一小块牛排。

“这个嫦娥聪明得很，也许她能猜到我想说什么，所以，一直顾左右而言他，不让我说话，要是这样，看来我会碰钉子，可是，如果这个钉子不碰，那么我还是不死心……所以即使会碰钉子也要上。”吴刚这样想着，决定把自己今天的目的，告诉嫦娥。

“小娥子，我刚刚在车上说对不起，还有第二层意思，向你表示道歉，因为BBT公司的原因，因为我的原因，你离开了HEF公司。”吴刚采用了迂回的战术，找了个能够以退为进的话题。

“嗯？这个没什么必要，我想你是有些误会了。”嫦娥立即作了反驳，随后她转了一下手里的杯子，忽然抬头对吴刚说，“我给你讲个笑话。”

吴刚有些意外，但还是表示出饶有兴趣的样子。

“有一个人，在田里看见远处有头牛没有角，于是问农夫牛为什么没有角。农夫回答，牛没有角的原因有很多种，比如牛跟别的牛打架，把角抵掉了；再比如牛的角上长了病，无奈锯掉了；还有的牛由于品种原因，天生就没有角。这个人听了之后，继续问农夫，远处田里那头牛没有角是什么原因？农夫笑笑说，那是一头驴。”

嫦娥这个笑话讲完，吴刚第一时间开怀大笑起来。

“知道了没？我离开HEF公司跟你没有任何关系，就是这次我赢了，我也会考虑离开的。”嫦娥此时忽然想到了焚书：不知道焚书现在在干什么。

“能告诉我原因吗？真正的原因。”吴刚把身子前倾了一下，似乎很想得到答案。

嫦娥用沉默对吴刚的问题表示了拒绝。吴刚终于决定把藏在心底很久的话告诉嫦娥。

“小娥子，我喜欢你。”说完之后，吴刚停顿了一下。显然，嫦娥对吴刚的话并没有感觉意外，沉静地看着吴刚，仿佛刚刚那句表白吴刚是对别人说的。

“我现在不想去了解你到底为什么要离开HEF公司了，因为你离开HEF公司之后，会有更多的时间或者更好的机会。你的离开也让我甩掉了一个顾忌，原先跟你接触，我总是担心被你误会为无间道，刺探情报。所以有很多次，我不敢去靠近你。现在你离开了，我可以不再有所忌惮地表示对你的欣赏和喜欢了，我希望你能给我个机会，让我呵护你，我很想跟你有更多的机会听音乐会，谈论创意和电吉他。”吴刚这番话是真诚的。

“吴刚，谢谢你，我能感觉到你的真诚，凭你的条件，你能喜欢我，我很荣幸，但是真的对不起。”嫦娥此时有些小小的虚荣和得意，但是，她知道必须给吴刚明确的答复，这样才不会造成拖泥带水的麻烦，想起上次焚书好大的醋意，嫦娥心里微微得意。

“吴刚，你知道吗？生活上有一种男女，别人都觉得很般配，但是就是不会触电，也许上辈子我们是兄妹，从刚才听到你叫我那句小娥子的时候，我就感觉到跟你有一种很亲昵的感觉，但这种感觉却不是爱！你委屈点，认了我这妹妹吧。”嫦娥很聪明地用这话表明了自己对吴刚的态度，也给了吴刚台阶下。

吴刚是何等聪明的人，怎能不知道嫦娥话里的含义，轻轻叹口气，立即露出一个微笑：“小娥子，以后不听哥哥话，是要接受惩罚的。比如，我现在命令你，今天不准再跟我 AA 制了，上几次都被你气死了。”说完，吴刚起身去买单。

夜空中有几颗稀疏的星星。吴刚把嫦娥送回家之后，凯美瑞速度极快地离开了。嫦娥甩了甩脑袋。

“焚书，希望你不会辜负我。”睡觉之前，看着存在手机里焚书的照片，嫦娥轻轻说。

第二十九章

重修旧好

嫦娥离开 HEF 公司之后，创意总监的职位空缺着，因为年底是人才流动的淡季，加上圣诞节之后，也没什么特别需要灵感创意的工作，春节是中国的传统节日，各个商家的促销活动几成定式，所以焚书和周丽两个人这段时间相对轻松。

这一天，周丽走到焚书跟前，神秘地说道:“你跟我去个地方，见个人好不好？”

“见谁？”焚书心里嘀咕着，肯定不是唐曼也不会是嫦娥，自己跟唐曼住在一起这事周丽知道，嫦娥走了之后一直是单线跟自己联络。

“男的女的？”焚书问。

“走吧，去了你就知道了。”周丽拉起焚书，找了个借口出了门。

焚书用大踏板载着周丽，周丽左右指挥着，最后来到了一家装饰得非常有藏族风格的店门前，牌匾上写着“圣域火疗”。

“进去吧。”周丽抢先走进去。服务员走上来询问的时候，周丽轻声说了句:108 房间。

焚书跟着周丽来到 108 房间，发现房间里有个人正坐在沙发上。

“大川？”焚书惊奇地叫了起来。自从王雅自杀之后，焚书几乎把大川忘记了，没想到今天周丽带着自己来见的人是大川。

“周丽，对不起，我跟这个人已经绝交了。”焚书转身往外走。

“焚书，站住！”周丽说话忽然严厉起来，焚书从没见过周丽这样严肃过，只得转过身子，望着周丽。

“焚书，有句老话，知错能改善莫大焉，你难道连一个机会也不给大川？别忘了我们做同事的时候，大川也曾帮助过你。想想你做阑尾炎手术的时候，是谁守在你身边照顾你？是大川！”

周丽这话是实话，焚书当年在办公室急性阑尾炎发作，是大川在第一时间把他送到了医院；又是大川，背着焚书走过了长长的医院走廊。为了陪焚书，大川甚至旷了一天工（不提交书面请假申请，在 HEF 公司被视作旷工）。

周丽的话让焚书冷静下来。此时大川开口说话了：“焚书，对于王雅那件事情，我知道自己做得很过分，我一直在自责，现在我每个月都会给王雅家里寄些钱去，用以洗刷自己的错误。这几个月，我很留恋咱们在一起的日子，尽管我现在生意做得不错，挣了一些钱，可是能谈得来的朋友越来越少。所以，我让周丽把你约出来，希望咱们能够像从前那样，还做好朋友。”大川说完把手伸过来。

焚书听完大川刚刚那话，已经暗自原谅了大川。大川每个月都会寄些钱给王雅家里，仅凭这一点就比自己做得好，因为自己没有再关心过王雅的家庭，没有理由再在大川面前扮演神圣的角色，于是焚书用力握住了大川的手，两人的友谊失而复得了。

当服务小妹走进来，焚书才想起今天来的这个地方叫做圣域火疗，于是好奇心开始害死猫了。

“为什么选这里跟我见面？”焚书问周丽，周丽指指大川说：“还是让大川来说吧。”

“圣域就是天山、喜马拉雅山、青海湖等地，火疗是一种保健方法，用火在人的各个部位烧，可以驱除寒气，适合治疗风湿之类的病。这个圣域火疗馆的老板是我的客户，我开始是帮他设计一些宣传资料，后来，他想把整个宣传推广都交给我来做。这方面，我认为焚书的创意比我更强，周丽比我更细心，所以，我想咱们过去的战友继续组成一个团队，把这个单子拿下来。不知道你们有没有兴趣？电视片下周一开始制作，我们要进入藏区著名的旅游胜地拍素材，如果你们愿意，提前给 HEF 公司请假，咱们一起去藏区旅游。”大川说得眉飞色舞。

“去藏区？”焚书有些兴奋地叫了起来，“我的年假还没休，正好还有一周多时间，我愿意去。周丽，你年假不也没休吗？”

“是啊，咱们一起请假，反正最近也没什么任务，去藏区可是我一直以来的心愿。”周丽也兴奋得满面发红。

“那好，就这样定了。”

“还有一个人要去，这个人你们认识，她刚刚辞职，正好散散心去。”大川插话进来。

“是谁啊！别卖关子了。”周丽抢白了大川一句。

“李惠！”大川的答案让樊书心头一震：凭借直觉，李惠的辞职一定与吴刚有关。想到吴刚，樊书很自然地想起了嫦娥，已经好几天没见面了，是该见见嫦娥了，刚刚想要跟大川告别，李惠却出现在了大家面前。

李惠今天的打扮跟以往有所不同，原先的半长发不见了，取而代之的是一头干练的短发。

李惠跟大家打过招呼之后，沉默地坐在角落。

“李惠，听说你辞职了？”樊书走到李惠旁边问道。

“怎么回事？我们公司嫦娥也辞职了。”樊书继续说。

“出去说吧！”李惠说完，站起身往门外走去。

“你们两个干什么去？樊书、李惠，我还没给你们介绍这家店老板认识呢，一会儿回来啊！”大川在后面喊。

找了间僻静的屋子，把门关好之后，李惠轻轻叹口气。

“吴刚去跟嫦娥摊牌了，不过回来后心情很不好，我试图安慰他，可吴刚挺烦躁。前段时间还告诉我也许过不了多久，他就回国外的家去。”想起吴刚，李惠眉宇间显现出些许无奈。

“那你为什么辞职？”樊书追问。

“整天面对着一个自己喜欢却对自己没有任何感觉的人，不但尴尬而且会让自己很自卑的。再说，我学的是设计，不在创意公司上班也没什么大影响，心疲倦了，想换个港湾。”李惠话里充满了诗意。

“这话说得好，懂得示弱是一种解脱，不如你换大川吧，他对你一直很有感觉。”樊书半开玩笑地说。

“哈哈，还是免了吧，我跟大川之间可能就像嫦娥跟吴刚、吴刚跟我，通俗说就是不来电。”李惠再次提到嫦娥，樊书忽然感觉倍加想念嫦娥。

“李惠，你去给大川说，下周我一定会跟他去藏区，听说你也去，一起散散心挺好的，我先走了，回见。”说完，焚书一个人离开了。

“你在哪里？我想见你了。”拨通嫦娥电话之后，焚书急切地说。

“我在做义工呢，现在在一个社区，我正帮着人家修电脑。”嫦娥听起来心情很愉快。

“你什么时候结束啊？我有事给你说。”焚书继续追问。

“晚上六点吧，你去以前经常去的那家川菜馆等我。”嫦娥说完把电话挂了。

“唐曼，晚上小鱼找我有点事情，我可能要晚点回家。”

“小鱼，今晚我有点事，我跟唐曼说跟你在一起，记得别穿帮啊。”

排除了后顾之忧，焚书提前来到了那家叫“蜀霸堂”的川菜馆。

“蜀霸堂”是比较有特色的，之所以叫蜀霸是因为这里的单间取的名字是：刘备、诸葛亮、关羽、赵云、张飞、马超之类的蜀国大人物。单间之外的其他桌子则用了其他三国人物的名字来命名，比如曹操、孙权、张辽、鲁肃之类。

焚书选了叫“曹操”的那张桌子坐下来，静等嫦娥的出现。

嫦娥还是比约定时间晚了一刻钟。

“哎呀，对不起，我今天太忙了，光给人家安装系统都累得我手软了。”嫦娥脸上洋溢着笑容。

“你把工作的重担甩给我们，自己去当义工，真不愧是做创意的，一般人还真适应不了你。”焚书善意地抢白嫦娥。

“我觉得做义工很有意义，我也不缺钱，等你完全属于我之后，我们再来计划一下未来。”嫦娥这番话让焚书听了很温暖。

“你能不能告诉我，除了那次有可能发生的空难增加了咱俩人的感情，我还有什么，能让你这么在乎我？我听说你拒绝了吴刚。”焚书脸色严肃地问。

“怎么说呢？”嫦娥一边思索，一边发现旁边那张桌子写的名字是“蔡文姬”。

“我们换张桌子。”嫦娥说完，就起身换到了那张“蔡文姬”桌子上。

“知道蔡文姬吗？”嫦娥给焚书出了个考题。

“当然知道了，蔡文姬是个大才女，只可惜，让人最感兴趣的是她的婚姻，她曾经嫁给过三个男人。”

“可你知道蔡文姬最喜欢的是哪个男人吗？”嫦娥继续问。

“应该是最后一个吧，好像是曹操的一个手下，叫董祀，他们两个最后很恩爱。”焚书答。

“依我看，未必，我觉得蔡文姬最喜欢的应该不是她的丈夫们，而是曹操。”嫦娥这句话让焚书差点把茶喷在她脸上。

“你可真够八卦的！”焚书笑着说。

“这不是八卦，这是我的美好愿景，蔡文姬这样的女人，定是要嫁给英雄的。野史记载，她非常倾慕曹操，在很小的时候就对曹操一见钟情。”嫦娥说这话的时候，一本正经。

“那跟刚才我的问题有什么关系？”焚书不知道这女人脑子里想些什么。

“听着，焚书，除了那次准空难，其实，我第一次见你就觉得你身上有种东西很吸引我，但我不知道那是什么，这就好像曹操吸引蔡文姬，而我是蔡文姬。”嫦娥说完，脸红了。

“我明白了，你是说有些事情是命运的安排，安排我们相互吸引。”焚书费了好一番脑筋，才搞明白这个根本就不用猜测的问题。

“是的，吴刚处处都好，可是我就是对他没感觉，可是焚书你不一样，跟你在一起，除了踏实，还有种让我的心怦怦跳的感觉，很奇妙，无可代替。”嫦娥这话让焚书备感自豪。

“下周我要去藏区，大川那边有个拍摄任务，要我跟周丽一起去，你去不去？”焚书忽然觉得这件事情应该告诉嫦娥，如果嫦娥也能一起去藏区，那该多浪漫。

“我很想去，可是，如果我去了，我怕咱们两人关系彻底暴露了，这样，唐曼那边你就不好处理了。”嫦娥的话又把焚书的想法拉回了现实。

“还有，周丽跟唐曼的关系这么好，我去了稍微有点风吹草动，唐曼这边就翻了天了，我不希望你激怒唐曼。这件事情，毕竟是我们做得不对，千说万说，我不该在你已经拥有唐曼的时候，勾引你。”用了勾引这个词，嫦娥又是一阵脸色发红。

“那好，我答应你，以后一定陪你去一次。我过完春节就跟唐曼摊牌。”焚书好像下定决心般，长出了一口气。

第三十章

身在圣域

外资企业有个好处，如果员工休年假，一般都会痛快地批示同意，就连焚书跟周丽一起休假这种事情，竟然也破天荒地批准了，大概跟确实没有什么任务有很大关系。

焚书、大川一行踏上青海的土地的时候，已经是深夜了。

当焚书告诉唐曼自己要去藏区的时候，唐曼竟然通情达理地答应了，而且唐曼将衣服、药品等必备物品为焚书准备齐全，焚书的心里很不是滋味。

为了节省费用，他们选择了深夜的航班。

第二天中午，大家来到了青海湖。

说实话，选择这个季节来藏区旅游是违反常规的，因为藏区在九月份之后便处处冰雪，很显然不利于旅游，但是，违反常规，也往往有意想不到的收获。

冬季的青海湖，湖面上一片片冰漂过，满眼看去一片萧飒的美，更显得青海湖的纯净，纯净得足可以净化人的心灵。远远望去，湛蓝色的湖面带给人们一种心旷神怡。

在有些清冷的气候和环境下，大川却给大家带来了很多的快乐，他不停地对李惠献殷勤，还不时跟周丽斗嘴，让大家感受冬日寒冷的一丝温暖。

“大川，你真过分，我身上的行李也很沉重呢，你却不照顾我。”周丽总忘不了适时打击大川。

“这里这么冷，你穿那么少，让你自己背着行李是让你热热身嘛。你要真冻僵了，我可不会给你做人工呼吸，到时候便宜焚书了。”大川立即进行还击，捎带着挤兑焚书。

“大川啊，有李惠这美女陪着，你口才还真特别好，要不我跟周丽明天就回去，让你弄个专场表演秀？”焚书的嘴从来是不吃亏的。看着大川露出窘迫的样子，众人哈哈大笑起来。

青海湖旅程结束之后，大家进入了西藏，首选当然是拉萨了。

晚上，焚书躺在床上，手机响起来，看看号码是唐曼的。

“焚书，你现在住哪里了？明天怎么安排啊？”唐曼第一句话问。

“我现在已经到达了拉萨，住在圣雪酒店了，明天上午九点出发去布达拉宫，然后再去大昭寺。”焚书边想边回答。

“好玩吗？”唐曼调皮地问。

“可好玩了！周丽、大川都在，还有李惠，只可惜你来不了。”焚书语气里有些遗憾。

“嗯，那你早点休息吧。”唐曼一反常态，没有缠着焚书在电话里亲亲自己，让焚书颇感意外。

忽然想起来，又有两天没给嫦娥打电话了。

“你好吗？焚书，我想你了。”嫦娥电话中急切的声音，让焚书好一阵感动。

“我想你，很想你，我明天上午去布达拉宫，下午去大昭寺，差不多再有两天就回去了。”听着千里之外的声音，焚书想象着嫦娥的样子。

“你要多保重，我等你回来。”嫦娥声音中有无尽的缠绵。

“嫦娥，你是我心中的女神。”焚书忽然肉麻起来。

“那你是谁？”嫦娥问。

“我是你的守护者。”想到这里，焚书忽然有了一个灵感。

“你半小时后打开邮箱，我送给你一篇文章，我现在就去写。”说完焚书挂断电话，打开电脑，开始在电脑上敲起字来：

我喜欢半夜里坐在阳台上。不为别的，因为阳台上的风很大，很大。我幻想我是风筝，在天上自由地飞，牵绊的绳索早已断掉，我可以尽情地跳舞。

我走进了开满鲜花的地方，门口的牌匾上写着天使花园。我不知道天使的面孔是怎样的美丽，反正在我心里是那么的神圣不可侵犯。

我身上的伤口撕裂般开始疼痛，有过那么多次经历，我想男人的伤口也算一种成熟的标志吧，想到这里，伤痛减轻了不少。

她喜欢抚摸我的伤口，每次当她看到我的伤口时，我可以看到她滴下的眼泪是一种伤心欲绝。可是，谁能知道，看到她伤心，我又何尝不是肝胆欲裂呢？

我们是不可能在一起的两个人，但是，我们的心却时常靠得那么近，以至于我在每个白天会担心她是否因压力过大而无心进食，“这样会垮的”，我经常这样提醒她。而她总是倔强地我行我素，全然不理会我的劝告。一个倔强的女人。

她喜欢海，经常对我说喜欢那种海的包容。她说，我就像海，没有浩瀚宇宙的那种帅气，但是掩盖不了依旧是有味道的男人的事实。我想，她爱上的应该是海洋的气质吧。

我喜欢用眼神来安慰她，因为只有眼神才是最具有灵性的语言。我喜欢看她躺着的时候，眼睛一眨一眨地看着大家的那种神态，从她眼睛里，我可以读出属于我的那份特别的温暖。

每次她受伤的时候，我很想靠近她，很想抚摸一下她的脸颊，因为我认为那样可以减轻她的疼痛，不知道什么时候，我才能让我的这个心愿实现。

她在清早的时候，向每一个人微笑，远远地看着，我忽然很心动。我想，此刻她已经成了我的阳光，成了我的习惯。

我每天都在煎熬自己，到底要不要再为这样一段没有结果的爱付出我的精力。我知道自己很傻，可是，在爱情面前，我却无法做一个睿智的君子。

我想，大约在某年某月的某天，我会悄悄地对你说：我爱你。那一天，没有战争，只有和平。我不用再穿着我的天马圣衣去扫荡黑暗，而你也将永远走下雅典娜的神坛。

燃烧吧，我的爱！燃烧吧，我的小宇宙！

文章写完后，焚书在邮件的题目上写下：我是你的圣斗士，我愿为你去战斗，把这篇文章 E-mail 到嫦娥的邮箱。千里之外的嫦娥，看完之后，把它放进了收藏夹。

拉萨的阳光在清晨就开始刺眼了。当焚书刚刚洗漱完毕，酒店的门却被人用力敲得砰砰作响。

“谁啊？”焚书大声问。

“我是周丽，焚书快开门，你看谁来了。”周丽用高八度的声音大声喊。

“谁能来？这里人生地不熟的，这个周丽真是越来越会骗人了，叫我快开门也不用这样啊。”焚书一边抱怨着，一边打开了门，而看了一眼门外，焚书不禁也惊叫起来。

“太不可思议了，唐曼，我的神啊！你怎么来了？”门外跟周丽站在一起的正是唐曼。

“不请我们进去坐坐？”唐曼在焚书鼻子上刮了一下，说。

“对，对，快进来。”焚书这才反应过来。

唐曼进门后，做了个奇怪的举动：她在焚书的床上跟枕头上细细检查了一番。

“你找什么？”周丽眨着眼睛问道。

“我看看焚书是不是趁我不在，跟别的女人逍遥快活呢，所以看看有没有长头发什么的，结果没发现长头发，看来我家焚书还是比较乖的。”

“那可不一定，说不定焚书喜欢秃头女人了。”

这两个女人好像商量好了一样，一边斗嘴一边打击焚书。

“哎，女人跟女人之间也有一见钟情，这唐曼跟周丽自从在平安夜认识之后，那感情真是一日千里地俱增。”焚书心里想着，忽然开口问道：“唐曼，你还没告诉我，你怎么有时间来到拉萨，要知道，昨天晚上你还在千里之外呢！”

“很简单，我想你了。正好赶上周末，我就买了机票来跟你见面啊！这机票不用你报销，你放心。”唐曼说完，冲周丽做个鬼脸说，“其实我也是想周丽了，这么好的机会，咱们一起玩儿，多花几个钱算什么啊！年轻时不玩儿，等到以后可能就没时间了，拉萨这可是圣地呢，错过了多可惜。”唐曼这番理由博得了周丽的欣赏。

“焚书，你真好运气，唐曼这么好的姑娘陪着你，让大川他们看见还不羡慕死。”周丽说完，好像想起什么事情似的，搓了搓手说，“对了，刚想起来，我这人挺不知趣的，你们这对儿小鸳鸯刚见面，我还在这里当电灯泡，多没眼色，不打搅了。”

周丽说完话，开门走出去，重重地把门关死了。

屋子里只剩下焚书跟唐曼了。

“你想我了吗？”唐曼再次充满柔情地问道。

“想了。”

“有多想？”唐曼问着，用唇碰碰焚书的唇，同时伸手环住了焚书。

焚书轻轻吻一下唐曼，然后把头闪开了。

“今天大家要去旅游，别弄得太累了，疲劳了容易感冒，在高原上，最可怕的病就是感冒，所以，咱们先保命好不好？”这话有一些敷衍的成分，焚书确实不想在刚刚枕着对嫦娥的一夜思念之后，立即跟另外一个女人有肌肤之亲。

“那好吧！”唐曼轻轻站起来，走到镜子旁边，梳理了一下自己的头发。

一行人在早上十点多的时候，来到了布达拉宫。

“布达拉宫是历世达赖喇嘛的冬宫，也是过去西藏统治者政教合一的统治中心，从五世达赖喇嘛起，重大的宗教、政治仪式均在此举行，同时这里又是供奉历世达赖喇嘛灵塔的地方。”

导游小姐一边讲解，一边引领着一行人在布达拉宫游走，每个人都仿佛被什么东西所控制了，大家沉默着，仿佛感受到来自天籁的一种纯净。

唐曼轻轻拉住焚书的手，焚书一脸严肃，站在一座画像前一言不发。那座画像画的是文成公主和松赞干布。

“唐曼，你说文成公主幸福吗？”焚书忽然转头问。

“应该是幸福的，虽然背井离乡，离开亲人，但是她终究成为了一个宗教所信仰的神灵，而且相信松赞干布也很疼她。”唐曼边思考边说。

“有时候委屈也能成就美满。”唐曼忽然说出这句很富有哲理的话，让焚书默默跟着重复了几次。

“这显然是唐曼无意中触及了自己跟唐曼的真实关系。相对于嫦娥，自己跟唐曼在一起是有些委屈的，但是唐曼的性格、长相以及工作等实在是无可挑剔，如果做个比喻，自己是文成公主，那么唐曼可以算作松赞干布了。最终文成公主是幸福的，而嫦娥和自己的未来，会不会更幸福呢？”焚书出神地这样想着，周丽过来拉住唐曼的手，让唐曼陪她去“解放”一下，唐曼显然也有“解放”需求，于是两人一路打闹着奔赴了“解放区”。李惠悄悄靠近焚书身边。

“焚书，我觉得你有心事。”李惠一句话就看透了焚书的心思。

“我没有什么心事，就是这几天有点累罢了。”焚书不想被李惠看穿自己。

“那就好，可能是我多心，我总觉得你有心事，因为你跟唐曼在一起的时候，我感觉你不自然，也不快乐，但愿是我多心了。”李惠话里有话地说。

焚书没有作声，但是狐疑地看着李惠。

“焚书，你有没有做过今年很流行的九型人格测试？”李惠忽然转移了话题。

“海伦·帕尔墨那个？”

李惠点点头。

“做过。”焚书如实回答。

“那你一定是四号性格，悲情浪漫者。”李惠猜测着，然后笑笑。

焚书脸红了，但是仍然惊讶地问：“李惠，你什么时候这么了解我的？咱们接触不多啊！”

“有时候，了解一个人并不需要跟他多熟悉，我通过你看唐曼的眼神就知道，其实你并没有对唐曼全情投入。唐曼已经足够好了，四号性格最显著的特点是总是觉得得不到的才是最好的，因此，我很容易猜透你。不过，相信你也知道，你这种性格的缺陷弥补方法是珍惜眼前。作为朋友，我希望你能少一些烦恼。”焚书相信李惠这番话是真心的，因为从第一次跟李惠相亲到后续李惠进入 BBT 公司再到李惠跟自己分享喜欢吴刚的心事，焚书跟李惠之间是那么的默契，而这种默契最终的原因是两个人之间没有利益关系。

这个世界是个利益社会，而当触及到个人利益的时候，人就会紧张，就会想尽办法去维护自己的利益，而两个没有利益牵扯的人，感受不到来自对方的威胁，因此容易默契，焚书和李惠就是处于这种状态的两个个体。

“谢谢你。”在李惠离开之前，焚书轻声说。

从“解放区”回来的唐曼重新回到焚书身旁时，手舞足蹈地对焚书说：“刚刚周丽告诉我现在你们总监走了之后，老板挺欣赏你的，她还羡慕我好眼光呢，说你是只绩优股，以后能一飞冲天。”

“拉倒吧，这年头说绩优股等于骂人呢，你没听说问君能有几多愁，恰似满仓中石油吗？中石油那样的绩优股从四十八到八块八了，这个周丽，变着法挤兑我。”开了几句玩笑，焚书调节了一下自己的心情。

布达拉宫耗费了大家一上午的时间，而下一站的目标是：大昭寺。

“在藏族人民的心里，有先有大昭寺后有拉萨城的说法，因为大昭寺是松赞干布为纪念文成公主而修建的，是西藏重大佛事活动的中心。五世达赖喇嘛建立政权后，政府的机构便设于寺内，主要集中在庭院上方的两层楼周围。许多重大的政治、宗教活动都在这里进行。”在车上说这话的是大川。

一行人不免有些惊讶地看着大川。

“大川，你怎么忽然变得博学起来了。之前只听说你对西藏文化感兴趣，没想到这么有研究啊！”李惠笑眯眯地看着大川问。

“这个嘛，俗话说了，入乡随俗，自从进入藏区，我的心灵已经被净化了，所以，昨天晚上我忽然大开大悟了，我肯定前世就与大昭寺有缘，所以，我就无师自通了，你们有嫉妒的权利。”大川正得意洋洋地胡扯，却发现大家一阵哄笑。

原来，周丽悄悄绕到大川身后，从他屁股下面拿出一本书，上面赫然写着：拉萨景观介绍与传说。很显然，大川是看了书之后现学现卖的。

“大川，你说无师自通，那这本书一定不是你的喽，归本小姐了。”周丽说完把书就要往自己包里塞。

“给我，快给我，这书是我在昨天才买的，花了五十多呢！”大川扑上来抢书。

“接着。”周丽把书扔给了李惠，大川转向李惠，却不敢扑过去。人总有一种习惯，在自己喜欢的人，尤其是异性面前，喜欢表现自己优雅的一面。

李惠翻开书，轻轻读起了一个传说：

相传建大昭寺时，几次均遭水淹。文成公主解释说，整个青藏高原是个仰卧的罗刹女（如果有机会去西藏博物馆，推荐你一定要看一幅非常古老的唐卡，画的就是文成公主推算的吐蕃的地形）。这个魔女呈人形，头朝东、腿朝西仰卧，大昭寺所在的湖泊原来正好是罗刹女的心脏，湖水乃其血液。所以文成公主说大昭寺必须填湖建寺，首先把魔女的心脏给镇住。然后文成公主还同时推荐另外在边远地区建十二个小寺院，镇住魔女的四肢和各个关节，因此共建了十三座寺院。

按照文成公主所选的位置，建寺首先要填湖。当时主要的运输工具是依靠山羊背装着沙和土的袋子，就这样把这个湖泊给填平了，给大昭寺奠定了基础。其实今天的拉萨这两个字就是从大昭寺演变而来的。最早拉萨不叫LASA，古文书上都是RASA，RA是山羊，SA是土地，意思是山羊建的地方。后来因为修建了这样神圣的佛殿，里面供奉了佛祖的像，有佛经、佛塔，还有四面八方的信徒来这里朝圣，大家都认为这个地方是佛地，所以又改称拉萨——LA在藏语里是佛的意思，SA是地。

李惠富有诗意的清澈声音，让车上倾听朗读的人如痴如醉，人们有些迫不及待地想要立即一睹大昭寺的芳容了，这个愿望在一个小时之后顺利实现了。

进入大殿之后，首先就看到一排排酥油灯。

"酥油灯是要长明的，因此需要不断地添加酥油，如果各位游客有兴趣，可以为酥油灯加一些酥油，在添加酥油之后，可以对着酥油灯许愿，相信你的美好愿望就会实现。"导游竭尽所能地引导着大家。

焚书抓起酥油壶，正要往一盏酥油灯里添酥油，唐曼的手搭了上来，很显然，唐曼是要跟焚书一起完成这个庄严的举动。焚书却在这一刻心乱如麻，看着唐曼虔诚地在酥油灯前闭着眼睛许愿，焚书再一次心乱如麻。

进入大殿的左右两侧各有一座佛像，在右边那座叫做"未来佛"的佛像前，大川跟李惠却发生一段另人啼笑皆非的对话。

"李惠，这佛叫未来佛，看到他你有没有想法？"

"有想法，我希望未来佛能让我未来有个好归宿。"

"当我和你同时出现在未来佛前，你猜佛会怎么想？"

"佛会想，李惠啊，未来要慎重，你旁边这个人就是个很好的警示啊！"

"佛啊，请给我个天使吧。"大川跪在佛前乞求。

“佛啊，就给大川个天使吧，即使脸先落地也无所谓。”

“李惠，难道我们之间真的没有任何希望？”大川终于把窗户纸捅开了。

李惠的心像被针扎了一下，刺痛起来，这话如此的熟悉，自己对吴刚也这样说过。

“大川，给我点时间，我现在不能给你任何的答案。”当人们无法解决一件事情的时候，最好的方法是把责任推给时间。此刻，同样的想法也出现在焚书身上了。

唐曼拉着焚书走到画满了壁画的一间隐秘的小殿里。在这里，一位工作人员讲解了一个让两人震撼的故事，焚书再次感受到了来自唐曼爱情的压力。

壁画上画了一个男人坐在一堆火的前面，面前有个女人，手里捧着一块血淋淋的肉。

“这是一个非常凄美的爱情故事，来这里听到故事的人，几乎都会流泪。”工作人员先打了一针预防针。

“相传在很古老的时候，有一对藏族男女，他们是恋人，一起去山上砍柴，由于大雪封山，并且发生了雪崩，他们迷路了。男青年为了替女人挡住滚下的石头，被石头击中了胸口，只能躺在一棵树下休息，女的点了一堆火，就去寻找吃的东西。

“一天过去了，她没有找到任何食物；第二天过去了，还是没有找到任何食物；四天过去了，如果再不吃东西，他们就会饿死。终于，女的拿回来一块肉，烤给了男的吃，男人问这是什么肉，女的说这是野麋的肉，当男的让她也吃的时候，女人说，我已经吃过了。男人发现女人的腿受伤了，包扎了一块衣服上的布条，就问是怎么回事。女人告诉他，自己不小心摔伤了。就这样，女人每天都会找到一小块野麋肉给男的吃，男的渐渐可以走路了，而女人却越来越虚弱，直到死去。男人背着女人的尸体下山的时候，女人腿上的布条脱落了，露出的是一截白骨，男人恍然大悟，为了让自己活下来，女人给他吃的是自己的肉。男人疯狂了，他背着恋人的身体跳下了山崖，殉情了。”

这个故事讲完之后，唐曼早已泪流满面。

“太让人心碎了，焚书，我的焚书，如果我们遇到那种情形，我也会做到的。”唐曼哭泣中把头埋在焚书的肩膀上。焚书相信此刻唐曼的真情，这份真情带给自己的却是从没有过的压力。

晚间，下榻于一座四星级的酒店。女人是感性的动物，吃饭的时候，唐曼把听来的故事给周丽讲了一遍，两人又是一阵唏嘘。

焚书和唐曼房间内的灯光昏暗下来的时候，浴室内响起“哗啦啦”的水声，那是唐曼在洗澡，而此时焚书躺在床上翻看着手机。

手机里没有任何的短信，尽管焚书希望可以收到嫦娥的短信，但是这一点上嫦娥很谨慎，从来没有给焚书发过一条有关感情的短信。

“老公，能不能拿条毛巾给我？”唐曼在浴室里这句“老公”让焚书顿时惊讶了一下，以前唐曼从来没有这样称呼过自己。这称呼加上白天唐曼泪洒自己肩头的样子，让焚书心里一阵暖流流过，焚书不想去压抑这种感觉，而这种感觉带来的另外一个后果就是，焚书觉得热血沸腾，此时，无比想念唐曼的身体。于是，焚书一手拿着毛巾，一手用力推开浴室的门，急促地冲进去，享受属于年轻人的激情，也许可以叫做放荡。

第三十一章

尴尬的准女婿

从藏区回来之后，在唐曼的心里，她和焚书的关系又精进了一步，由于和周丽也比较熟悉，唐曼经常会在焚书下班之前就到焚书的办公室等待他下班。

这样一来，原本就没有多少时间和嫦娥联络的焚书更加显得捉襟见肘了，有时只能匆匆忙忙发个短信。

是女人就会敏感，嫦娥当然也不例外，多日来的委屈终于爆发了，嫦娥在某个下午，直奔焚书办公室而去。

“嫦总，欢迎你回来做客。”周丽边说边去倒水。

“我想你们了，所以回来看看。”嫦娥刻意在说想的时候眼睛一眨不眨地看着焚书。

焚书不知道怎么应对，只好打着哈哈，问了句：“还好吧，最近。”

这句问话激起了嫦娥的满腔愤慨，或者是让原本压抑的情感爆发了。

“不好，我一点都不好，我差点遇上骗子，那个骗子欠了我的债却迟迟不还，我又不能去法院起诉他。”嫦娥话里有话地说，然后仿佛下了最后通牒一般地说了句，“我也想好了，最后的期限是春节后，如果春节后欠我的还不还，再还我也不稀罕了。”

这话说得很含糊，周丽只是看到嫦娥心情不好，不太敢搭话。焚书显然听懂了什么意思，皱着眉头。

“周丽，我走了啊！春节期间我要去国外看看，提前给你们拜个年。”嫦娥临走之前，表明了自己的态度。

晚上，躺在床上，身边的唐曼已经睡熟了，焚书却在床上辗转反侧。

嫦娥终于也捺不住性子了，今天她话里的意思显然是逼迫焚书务必尽早跟唐曼分手。嫦娥去国外一定是希望他妥善处理好这件事，之后，自己再回国。

“唐曼，你醒醒，我有事情给你说。”冲动间，焚书想立即把唐曼叫起来，告诉唐曼，自己要跟她分手。

唐曼翻了个身，把手轻轻搭在焚书身上，转头又睡去，嘴角还带着微笑。

“唉！这事难办了。唐曼现在很显然已经把自己当成了一生的依靠，贸然谈分手，说不定唐曼也会做出极端的事情，如果再出现一个王雅，自己这辈子一定永远不会快乐。”焚书越想越烦，现在终于体会到人们所说的“桃花劫”是什么滋味了。

嫦娥在临走之前，发了一条短信给焚书：亲爱的，我等你的好消息。

年关越来越近了，对于中国人来说，春节过年是一件大事，在外面劳碌的人们，习惯回家过年，唐曼当然也不例外，可今年跟往年不同的是，唐曼的母亲给了唐曼一个艰巨的任务：把未来的女婿带回家一起过年。

这事情也不能怪唐曼，在唐曼的家乡，跟唐曼差不多大甚至比唐曼略小的许多的女人，都已经在家里看孩子了。唐曼显然成了他们家乡一个热门话题：这么大的姑娘还没出嫁。因此，每到过年，唐曼的妈妈都要承受很大的压力。

跟焚书和周丽不同的是，唐曼从小只有妈妈，是单亲家庭成长起来的孩子。唐曼的亲生父亲是从事研究工作的，在一次事故中，不幸遇难，那年唐曼只有两岁。唐曼的妈妈为了唐曼，这二十几年来，一直过着单身的日子，当爹又当妈的，让唐曼在自己的庇护之下茁壮成长。自小跟妈妈那份特殊的亲昵，让唐曼感觉妈妈比自己的生命还重要，妈妈的话一定要听。

“焚书，我想让你今年陪我回家过年，我妈妈要见见你。”刚刚过完小年，唐曼就提出了这个要求。

“这个太快了吧，明年去吧！”焚书心里“咯噔”一下：如果自己真的跟着唐曼回了家，那这事情以后可就更难办了。

“不行，今年一定要陪我去！我妈妈的话我从来没有违背过。”唐曼这次的态度却跟以往大不相同，说话的语气很生硬。

"唐曼，你不能把你的意志强加在我的身上。"焚书也有些恼火了。

"我怎么强加了？我的要求过分吗？我们在一起已经一年时间了，我对你不好吗？"唐曼认真起来。

"你对我很好。"焚书如实回答。

"那是为什么？我把自己全都交给你了，你陪我回家是早晚的事情，我只不过把这个时间提前了而已。"唐曼的话让焚书哑口无言。

焚书家里的座机适时地响起来，低头一看来电显示，是小鱼打来的。

"哥们儿就是哥们儿！还是小鱼够意思！"焚书想着，小鱼这个时间打电话给自己，一定有需要自己帮忙的事情，那么借着小鱼的电话，自己就可以把唐曼那个话题转移掉，想到这里，焚书按下了免提，故意让唐曼也听到电话的内容。

"焚书啊！活着吗？"小鱼一如既往地贫嘴。

"还有一口气，就等着替你老人家分忧呢，有什么事尽管说。"焚书不想跟小鱼浪费时间，直奔主题。

"不愧是哥们儿，这么了解我，我那奥拓麻烦你给我照料半个月。"小鱼这个要求让焚书有些奇怪，依照小鱼的习惯，那奥拓可是他的第二生命，只要出门就开着，莫非小鱼买了新车？

"哥们儿，你是不是发了？换了奥迪了，连你小老婆都不要了？"焚书抢白小鱼，唐曼在旁边瞪了瞪眼睛。

"什么奥迪啊！是大老婆发威了，所以小老婆只能往后排了，张诗函要我陪她回家过年，她家离咱们这里太远了，飞机也要三个钟头呢，我要开着奥拓去，估计到她家这车也废了，所以，你帮我照顾照顾，车你随便用，别忘了加油就行。"小鱼这话让焚书心里暗暗叫苦：这次小鱼不但没让自己解脱，反而让自己被唐曼套得更紧了。

"怎么样？你看，小鱼都陪张诗函回家了，老公，你就答应我吧！"说完，唐曼用力地抱住焚书，低眉顺眼地乞求着。

"好吧！"实在想不出怎么拒绝，焚书只能心里暗自叫苦了。

回到家里，焚书把自己要陪唐曼回家的事情给家里作了一个通报，家里顿时一片欢天喜地，焚书妈妈刻意包了饺子："终于有个姑娘能拴住你了，等你们回来，带她回家来，我看看我儿媳妇是不是又漂亮又大方。”焚书妈简直乐得合不拢嘴，一个劲嘱咐，“多买点东西去人家，可别寒酸了，这可是大事。”

“妈，求求你，别唠叨了，我可没当什么大事，也就陪她回家看看，这年头都有租男朋友回家的。”焚书说这话，一方面算是反驳妈妈，一方面也宽慰一下自己：只是陪唐曼回趟家，没什么特别意义。

唐曼的家在海滨一个小镇，小镇宁静又安详，处处有海风的味道。

开着小鱼留下的奥拓车，用了半天的时间就到了，一进门唐曼就和妈妈抱在一起，焚书把车里的东西拿出来之后，唐曼把焚书介绍给了自己的妈妈。

“妈，这是焚书，是我男朋友。”

“焚书，这是我妈妈！”唐曼说话的时候，还和妈妈拉着手。

“阿姨，您好。”焚书问好的时候，得以仔细打量一下唐曼的妈妈。

唐曼的妈妈皮肤很白，身材瘦，五官比唐曼还要精致，可以看出来，年轻时应该是不多见的美人，想到唐曼妈妈这样漂亮的人，一定会有众多追求者，但为了唐曼，她竟然守寡二十多年，焚书心里涌起一份敬意。

与此同时，唐曼的妈妈也用眼睛细细“扫描”着焚书，扫描的结果让自己满意，自己一直希望唐曼可以找一个比较斯文的对象，而眼前的小伙子斯文之外还有一股英气或者说是桀骜。

“焚书，囡囡这丫头有时候挺任性的，你多担待一些，阿姨希望你们两个人能好好过日子，囡囡也不小了，找个她自己喜欢的我就放心了。”很显然，唐曼的小名叫囡囡。

“妈，你别老说我缺点，我对他可好了。”唐曼撒娇地对自己的妈妈说。

“是吗，这样我就放心了。”说完，唐曼的妈妈看了一眼焚书，心里却有点隐隐的担心，因为她发现焚书的眼神始终没有敢正视自己的眼神。

海滨的夜是迷人的，而在冬天海滨的夜，清冷得让人感觉孤独。

焚书和唐曼身子靠在一起，依偎在海边，面前有一堆篝火，映着两人脸色发红。

“焚书，你喜欢我妈妈吗？”唐曼问道。

“喜欢，我很佩服她。”焚书没有犹豫，他知道这是自己的真心话。

“这我就放心了，我最担心你对我妈妈的态度，因为我妈从小一直把我当成她的宝贝，现在你要跟她分享我，多半她心里会难受，但是说不出来。她在我小时候是有名的护驹子，只要我受一点委屈，她都会替我出头，在我小时候，有一次，因为演节目，学校老师让我们准备白裙子，我没有白裙子，只有红裙子，我早上担心被老师骂，不肯去上学。妈妈牵着我的手，把我送到学校，她说服老师，让我站在最前面的中间，当领舞，就这样，我成了当天最瞩目的明星。”

焚书默默地在沙滩上抓起一把沙子，一用力，沙子却从手中溜走了，只剩下手心的一小撮。

“有时候，抓得越紧，得到的越少。”焚书说这话的时候叹了口气。

“唐曼的母亲如此在意唐曼，而唐曼却躲不过最终自己提出分手的结局，除了对唐曼打击之外，唐曼妈妈更会崩溃。”想到这里，焚书开始怀疑自己跟唐曼分手的意义。

回到了唐曼家里，唐曼妈妈给焚书单独准备了一个房间，被窝里暖暖的，原来是早就打开了电褥子。唐曼显然是要跟着妈妈一起睡，母女两人当然要说些悄悄话了，在不同的两个房间内，焚书和唐曼的母亲各怀着一桩心事。

“囡囡，焚书对你好吗？”唐曼妈妈跟女儿说起了悄悄话。

“挺好的，我们很少吵架。”唐曼想了想说。

“那么，你说的好是指什么？”唐曼妈妈追问道。

“他干什么都是一副满不在乎的样子，我干什么事情他基本都不过问。”

唐曼的妈妈心里隐约有些说不清的东西，想了半晌，最后问：“你确定焚书在乎你？”

这个问题唐曼却真的不好回答，直到现在，焚书究竟是怎样一种人唐曼不是很清楚，在唐曼心里，焚书好似一口深井，究竟有多深，却无从测量。正是这神秘感让唐曼对焚书着迷。

“妈，你别担心了，焚书这不都陪我回来了嘛！”唐曼说完替母亲塞了塞被子，之后两人面对面地睡去。

“这次陪唐曼回来之后，唐曼心里一定已经把我当成了女婿。唐曼也一定对我有了更深的依赖，在这样的情况下，我该如何找机会跟唐曼分手呢？早知道，打死也不应该跟着唐曼回来，看来这事情只有回去之后再解决了，最好是能找个理由，让唐曼主动提出分手才好。但那会不会太卑鄙呢？”焚书仿佛热锅里的咸鱼，不停地翻着身子。

临睡觉之前，焚书终于下了决心，不管怎样，尽早离开唐曼的家，之后再想法子。

清晨的阳光好像没睡醒一样，只是一缕缕地照耀着地面，海滨的人习惯早起，唐曼的妈妈准备了具有海洋特色的早餐：螃蟹酱、大馒头和海鲜粥。

焚书已经在吃第三个馒头了，唐曼轻轻掩嘴笑着说：“你饿死鬼投胎啊，跑我们家吃饭来了。”

“这螃蟹酱有种特别的味道，让人吃着上瘾，如果能把这螃蟹酱放进咱们那里的超市，肯定能大卖。”焚书说完，又大大咬下一口馒头。

“要我看，咱们可以开个小餐馆，到时候让我妈妈当主厨，说不定真能挣钱，然后再发展连锁，收加盟费，我们店的名字就叫书曼，有你的名字有我的名字。”唐曼兴奋地说。

“阿姨去了肯定当老板，哪能当主厨啊！”焚书为唐曼妈妈的角色抱不平，之后焚书发现个奇怪现象：唐曼的妈妈连半个馒头也没吃下，而且碗里的海鲜粥只喝了不到三分之一。

“阿姨，您吃饭啊！馒头和粥还有很多，我也吃饱了，您可别为了省给我吃而缩衣紧食，现在已经不是六十年代了。”焚书开了个善意的玩笑，劝唐曼的妈妈多吃点。

“焚书，我这半年来饭量一直就很小，你快吃吧。”唐曼妈妈说完，脸上有了一丝笑意，在她消瘦的脸上，眼角间的那几道深深的皱纹像针一样，刺痛了焚书。

焚书的手机响了起来，电话是大川打来的，这是焚书阴谋的第一步，在昨晚睡觉前，焚书特意给大川发了一条短信，要大川找个请自己帮忙的理由，帮助自己尽快借机离开唐曼家。

“大川啊！你说什么，你遇到急事了？什么？你三舅去世了？需要我去帮忙？那好，你等着，我今天上午就回去。”焚书故意大声地把电话的内容喊出来，让唐曼和她妈妈都能听到。

焚书挂断电话，唐曼一句话不说，嘟着嘴。

“阿姨，真不好意思，我要回去了，有个朋友大过年的家里遇上了丧事，帮忙的人少，我要回去给他帮帮忙，一会儿就走。”焚书用了个孙子兵法里的围魏救赵。

“那你去吧，让囡囡陪我两天。”唐曼妈妈说完，起身收拾东西去了厨房，老人家刻意给焚书和唐曼留了单独相处的时间。

“死大川，真讨厌！”唐曼咒骂着大川。

“唐曼，这种事情没办法，谁让我交友不慎呢，我先回去了，你好好陪陪你妈妈，什么时候回去提前给我打个电话，我把小鱼的奥拓给你留下，咱犯不着为了大川这个死胖子，又搭人又搭车又搭油钱的，我坐长途车回去。”焚书说完，把车钥匙交给了唐曼，转身要离开。

唐曼紧紧从背后抱住焚书。

“你路上小心，我过两天就回去。”唐曼边说，眼泪流了下来。

焚书从心里默默叹口气，转过身子从口袋里拿出面巾纸，轻轻擦掉唐曼的泪。

焚书出门之后很久，唐曼依旧在门口张望，唐曼的妈妈看到这一切，点点头又摇摇头。

从唐曼家回来，焚书第一时间给大川打电话，问道：“你三舅真的去世了？”

“哈哈，我妈妈姊妹三个，我根本就没舅舅，纯粹是为帮你忙而已。”大川在电话里笑得很开心。

“那好，你可别穿帮了，唐曼这丫头鬼得很。”焚书一边叮嘱大川，一边又怨恨自己是个卑鄙的小人。这一切，都是为了嫦娥。

第三十二章

摊 牌

年初四的傍晚，焚书接到了嫦娥的越洋电话，嫦娥告诉焚书，自己现在正在德国的巴特基辛根市。

“这个城市是个著名的艺术和疗养城市，以温泉著名，当年的铁血宰相卑斯麦、茜茜公主都曾是这里的常客，我现在面前正有一对情侣在温泉里嬉戏呢，忽然之间，我就很想你了。”嫦娥在电话里声音无尽地缠绵，而这声音把焚书曾经怀疑的跟唐曼分手的意义彻底打消了。

“你为什么跑到德国去了？之前没听说你有去德国旅游的打算啊！”焚书此时很乐意跟嫦娥多聊一会儿天。

“我的小傻瓜，我当然不会白白的跑到德国来，我这次是跟最大的足疗企业——世纪优子的老板一起来的，因为他们计划要在德国开一家店，他们的商业计划书是我写的，所以，我这次协助他们来融资呢。你以为我来度假吗？我是想多赚些钱，咱们奔向新生活嘛！”嫦娥的声音里面有一些撒娇的意味，焚书心里却涌起了一股莫名的自卑感。

“进展怎么样？”焚书没话找话地问道。

嫦娥用相当自信的声音说：“应该没有太大问题，对方看过计划书之后，开玩笑地说我的计划书是他们见过的所有计划书里面，最有吸引力的。”

焚书没有作声，许久好似鼓起勇气般地说道：“你知道吗？跟你在一起我觉得自己好逊，可是，我却很想告诉你，我会上进的，总有一天，我会让你对我刮目相看的。

电话那头的嫦娥忽然沉默了，然后轻轻挂断了电话，五分钟之后，嫦娥发过来一条手机短信：焚书，我相信你的实力。

“这样一个充满魔力的女人，如果不轰轰烈烈爱她一次，真的将有愧于世间走这一遭。”这样想着，焚书顷刻之间下了决心，他看着手机上的短信一字一句地说：“我会在正月十五之前把唐曼的问题处理好，我等你回来和我一起看花灯。”

唐曼的短信在初五如期而至：我明天回去。

而为了寻找一个分手理由，让唐曼彻底死心，焚书冲昏了头脑，选择了一个非常有戏剧性的方式。

焚书找到了李惠。

“李惠，我想请你给我帮个忙。”

“只要我能做到，我会尽量帮你。”

“我想让你帮我演一场戏，但这可能要让你受些委屈。”

“什么？”

于是焚书低头对李惠耳语了一番，李惠皱起了眉头。

“李惠，帮我这一次。”焚书带着乞求。

“我担心你这样做对唐曼打击太大，也会让我很难堪。”李惠仍在犹豫。

“李惠，我一直把你当知己，你也不希望今后唐曼更痛苦，与其我直接去打击她，还不如通过这场戏，让她死心呢！”在焚书的坚持下，李惠终于点点头。

唐曼开着小奥拓，伴随着一路愉快的心情，来到了焚书的家楼下，想到立即就可以跟焚书见面，唐曼一路小跑地上了楼。

“焚书，开门，我回来了。”唐曼兴奋地砸着门。屋子里似乎有些声音，但没听到焚书的答话。

“难道大过年有小偷光顾？”这样想着，唐曼掏出了钥匙，进入屋子后，唐曼看到了让自己震惊的一幕。

焚书头发凌乱衣服不整地从里屋走出来，神色慌张。

“唐曼，怎么不早，不早打个电话回，回来。”一向说话利索的焚书竟然有些结巴，不用说，这是因为紧张所造成的。

唐曼呆呆地站立了几秒钟，仿佛顿悟般冲进卧室，卧室里有个女人也正神色慌张地看着自己，那女人是李惠，李惠同样头发乱蓬蓬的。

唐曼顷刻间发威了。

“焚书，这是怎么回事？你告诉我，这是怎么回事！”唐曼的声音已经暴怒了。

李惠悄悄地开门走了出去，这场戏里，她很委屈地扮演了一个不光彩的角色。

“对不起，唐曼，我不想解释，你看到的是事实。”焚书恢复了以往的那份平静。

“你告诉我，为什么你要这样，你几天前刚陪我回家见了我妈妈，可你独自在家的时候，你竟然和李惠搞在一起，你以前不是告诉我，你跟李惠只是普通朋友吗？普通到让她上了我们的床？”唐曼此时已经是声嘶力竭了，她把卧室里床上的被子、褥子以及梳妆台上所有的东西都打落在地上。

“焚书，你的良心让狗吃了吗？”唐曼声音已经嘶哑了，加上无比伤心的声调，听起来格外的刺激人的神经，那是一种心死的声音，让人听了绝望。

焚书的心也在抽搐，看着唐曼从几天前的快乐丫头到现在这副泼辣的样子，焚书知道，自己做得过分了，唐曼用一片真心对待自己，自己却自私地想尽办法，来折磨她的心灵，说句不好听的，唐曼说的一点没错，自己的良心确实已经不复存在了。

人最不能战胜的是自己的私欲，焚书横下心，咬咬牙，就让自己卑鄙到底了，事情已经到了这种地步，绝对不能半途而废。

“唐曼，我对不起你，我们分手吧，我现在回我妈那里，你冷静一下。”焚书说完，好似逃命般的奔出了屋子。

焚书并没有回到父母家里，焚书知道，此时回去妈妈一定会追问自己去唐曼家的事情，如果焚书告诉家里自己把唐曼伤成这样子，妈妈一定会把自己骂死。

焚书漫无目的地在街上游荡，想到唐曼的伤心，想到自己这份卑鄙，焚书心头也涌起一股悲伤，在公园里一株松树下面，想起自己跟唐曼曾经在这棵树上刻下各自的名字，焚书终于忍不住地大声哭出声来：唐曼，我对不起你！唐曼，对不起。焚书用指甲掐着那棵树，仿佛要把手指嵌入树里面。坚硬的树干已经折断了焚书的指甲，血一点点渗出来，焚书奢望疼痛的感觉可以减轻自己的罪恶。

漫无目的地在公园里游荡了一夜，焚书走过了几处曾经和唐曼一起游荡过的地方。

“如果你不要我，哪天我会变成那个疯婆子。”这是唐曼说过的。

“等到你老得走不动的时候，你旁边一定有个白头发老太太，那就是我。”这也是唐曼说过的。

“我能想到最浪漫的事，是跟你在棺材里慢慢摇。”这还是唐曼说过的。

想到这里，焚书的眼泪大滴大滴地淌下来，没想到，在失去唐曼之后，自己竟是如此地怀念，此时的焚书，急切地要寻找一种安慰，于是他拨了嫦娥的电话，此时在焚书心里，什么国际长途费，什么国际漫游费的，都让他见鬼去吧，钱是什么？钱是王八蛋，在自己伤心的时候，如果花钱能让自己快乐，那么钱就是自己的奴隶。

嫦娥的电话一直“嘟嘟”地响着，也许此时正是德国的深夜，也许此时是德国的下午茶时间，也许此时是德国的早餐时间，焚书没有心思去计算究竟是什么时间，所以，焚书一遍一遍地拨打着那个在他现在看来，完全有资格当自己心灵辅导师的号码。

终于，嫦娥的声音传来。声音中传来慵懒的语调。

“焚书，我这是深夜四点钟，什么事这么急，明天再说行吧，我好累。”

焚书却有一股无名火涌上来，原本需要安慰，可此时他对于嫦娥的态度非常不满意：“你累，我比你更累，今天我的神经都要崩溃了，你知道吗？我提出分手后，唐曼都要疯了，你知道我承受多大压力吗？你知道这一切我都是为了你吗？你在德国泡温泉的时候，你知道我正绞尽脑汁地思考怎么去给你一个美好的未来吗？”说到这里，焚书忽然感觉自己很委屈，做一个男人真的太累了。

电话那头的嫦娥顷刻间睡意全无了，她能体会焚书的伤痛。

“对不起，亲爱的，我尽快飞回去。陪你，你为我受的委屈，我一定记在心里，以后好好爱你。”嫦娥这番话像一剂良药，很快地，焚书暴躁的情绪被平复下来。

“刚刚对不起，我今天心情实在太坏了。”焚书轻声问，“什么时候回来？”

“两天后我就回去，明天这边还有个很高端的艺术节，我不想错过。”嫦娥这个回答让焚书叹口气，但是焚书没有其他的办法，在焚书的概念中，希望嫦娥立即出现在自己眼前，一秒钟都不想等待，这很显然只能是幻想。

经过一夜的折腾，焚书已经很疲惫了，但是，家里焚书暂时不想回去，因为焚书知道，再次见到唐曼，自己不知道该如何面对，可是，焚书又实在担心唐曼的安全，害怕唐曼做出傻事。

“小鱼，你帮我给唐曼打个电话，看看唐曼没什么事吧？顺便问问她在哪里。”无奈中，焚书只能求救于小鱼了。

远在千里之外的小鱼在十分钟后告诉焚书，唐曼的电话一直没有人接听。

“她手机里是什么声音？”焚书急促地问。

“无人接听的提示，焚书，你是不是把唐曼惹毛了？这丫头表面上看着没心没肺的，其实很敏感，你可要小心。”小鱼这话让焚书心里“咯噔”一下，焚书顾不得太多，赶忙往家里赶去。

一走进屋子，焚书就紧张起来了。

唐曼已经离开了，她的衣服、化妆品也都消失了，小鱼的奥拓钥匙被留在了桌子上，让焚书感觉奇怪的是桌子上的电脑是打开的，在WORD文档页面上，有一行行的字。当焚书凑近仔细看了那些字之后，心里却一阵阵的发毛，因为唐曼竟然在那个文档里写下了一篇令人毛骨悚然的小说，名字叫《你是我的最爱》：

路过市集的时候，一个叫焚书的青年，不禁驻足观看，自从宋朝皇帝被囚禁之后，好久没有看到如此热闹的场面，熙熙攘攘的人群，好似自己不安定的心，沸腾着，期待升腾。

一路走下去，不知不觉已到傍晚，看日落的时候，涌上一分凄凉，少年之心，还未曾遇见心中的红颜，所以，有足够的理由，为赋新词强说愁。

放慢脚步，踏着越来越浓的夜色前行，却隐隐约约看到前方一个纤细的人影，忽然跌倒。

紧走几步，赶上前去，未曾接触到人，却先有一股幽香，麻醉了整个身体，当然也麻醉了心，竟然是一妙龄女子。

细看，肤白欺雪，眉眼之间虽然流露出一股幽怨。那眼神流转的神情，却似灵狐初现，惹人怜爱。

焚书走上前，探问：“小姐身居何处？”女子望了焚书一眼，却又晕过去。

救人要紧，于是，焚书顾不得那些繁文缛节，将女子抱在怀里。从行囊里拿出随身所带几味中药，合着水喂进轮廓完美的口中。

就在那一刻，焚书体内的温暖很快地升高，比这更高的是心脏跳动的频率。从来没有这样过，从来没有这样过，难道真的便是这样简单动了心？焚书不知道答案，每个青苹果在成熟以前，都是青涩的。

静静抱着，一夜无眠，君子有所为有所不为，自负的焚书不需要靠强占来赢得美人心。

女子渐渐苏醒，虽然神情憔悴，但气色转好。

“谢谢！”从焚书怀里挣脱，女子深深一个大礼。

“大恩不言谢，小女子无以为报，只有天天祈祷为公子祈福。”话虽然说得真诚却转身欲走。

“姑娘能否赐教芳名？要到何处去？”焚书急切地问，同时内心波澜壮阔。

“小女子名叫糖果，却是一苦命人，逃婚到此，如今只有四海为家了。”

焚书走过去，捉住糖果的手：“小生焚书，一介书生，虽没有家财万贯，但是家里再添双筷子还是可以负担的，若不嫌弃，糖果姑娘愿不愿跟我回乡下？”

糖果疑虑间却第一次打量面前的少年：身形削瘦，眉清目秀，有几分飘逸的感觉，更重要的是，眼睛里充满了稚气。

焚书见糖果在犹豫，抢上一步，说：“姑娘是否担心焚书目的不纯？焚书对天起誓，如果对姑娘强行粗鲁，当天诛地灭。”

“好吧，我跟你走。”糖果轻叹一口气，不管如何，先离开是非之地。

这年的初春，乍暖还寒。

洞房花烛，两人身上的红色绸缎衣服映红了脸，也映红了这半年来相敬如宾、互生情愫的结果。

龙凤蜡烛终于熄灭了，数次的缠绵，身体接近了，灵魂更接近了，糖果的笑容绽放在春夏秋冬四个季节。

焚书每日清早出门，到附近的山谷刻苦读书，日落时分，带几捆干柴到附近集市上卖，换些碎银。而糖果在家织布、绣红，间或琴棋书画一番，让焚书倾慕不已。有才华的男子，有才华的女子，似乎顺利成章地幸福。

一日，外面下着细雨，焚书面色苍白地回到家中，却没有带来碎银。糖果顾不得细问缘由，只当是天气恶劣，亲手煮了姜汤端到相公的面前。

娶这样的女人当妻子，自然少不了又一番温存。窗外的雨越来越大，似乎在给温柔乡里的春梦伴奏。

然而，就在半夜时分，焚书起身外出出恭的片刻，却忘记把大门上锁，门外闯进一彪形汉子，细看是大户张员外家公子，来人将糖果压在身下，许久，面目中透露着邪恶的满足。

糖果大声地呼救，这片刻是那么长，然而焚书却好似消失一般。

焚书回到屋里，糖果呆呆地躺在床上，眼角的泪晶莹，好似结成了冰。

“我要去告他，然后我就死。”糖果咆哮着。

焚书搂过心爱的妻，不停地忏悔自己太疲惫，竟然在茅厕睡着了，让妻子遭受如此重创。

“我不会嫌弃你的，我们一定要相伴终老。”焚书的安慰让糖果的心平静了不少。

“糖果，我们不要报官了，我们惹不起张大户，他家有人做官，官官相护，我们先忍忍吧，我答应你，今年一定考取功名，入朝为官，到时候，我一定为你的耻辱讨回公道。”焚书的眼睛里似乎在喷火。糖果紧紧抱着自己的相公，不停地紧缩颤抖的身子。

焚书读书更刻苦了，足不出户。糖果加倍辛苦地劳作，有梦想的人一定就有希望。在秋天的季节，焚书带着两个人的梦想入京。

糖果每夜相思难眠。

终于，京城那边传来焚书高中的消息。兴奋的糖果无比喜悦，急急地收拾着屋子。她想在焚书回家之前，打理好一切，这样，为自己讨回公道的时间，就会越来越短。

爱情总是伴随着残酷，不该出现的东西却总在不该出现的时间出现，焚书下雨那天穿的那件旧衫里，掉落了一纸契约。

契约上写了焚书输给张大户公子纹银三百两，而免除条件是糖果的身体。兑现日期竟然就是那个该死的雨夜。

梦想破碎了，爱情破碎了，家也破碎了，难道爱一个人的方式，就是让她破碎？这就是自己相公的抉择！糖果默默把那张纸撕得粉碎，比纸更碎的是自己的灵魂。

焚书进门了。糖果笑着迎上来，手里端着一碗鸡汤。

“恭喜相公高中，相公一路劳累，东西我都收拾好了，快喝碗汤补补身子。”

汤很鲜美，因为今天的汤里比以往多加了一份材料：鹤顶红。

糖果慢慢关上房门，把焚书的胳膊、大腿、眼睛、鼻子、肺、肝、胃，最后是心扔进锅里，等到开锅的时候，加入焚书刚刚品尝过的鹤顶红。

肉熟了，一口口吃下去。等到眼睛模糊、毒性发作的时候，糖果喃喃自语：我们终于永远在一起了，你是我的最爱。

看了这小说，焚书身上阵阵发冷，他知道唐曼是做文字工作的，从事这个职业的人往往在最痛苦的时候，用文字排解自己的情绪。很显然，唐曼小说中的“糖果”自然就是她自己了，小说写出的那份刻骨铭心的爱以及同归于尽的结局，让焚书彻底明白自己在唐曼心中的分量，以及自己对唐曼伤得多深。

“必须马上找到唐曼，也许唐曼会走极端。”焚书的心里开始“扑通”乱跳，他甚至觉得自己的脚都在发软。

硬生生地支撑着疲惫的身子，打起精神，焚书赶往唐曼以前住过的报社宿舍，失望地发现那里是铁将军把门，接着焚书又去了周围几个招待所，也没有发现唐曼的影子。

“还有哪里没有寻找过？对了，她跟周丽是好朋友，或许会在周丽那里。”打完周丽的电话，似乎最后一丝希望也破灭了。

“唐曼，求求你，千万不要出意外，观音娘娘，我愿意折损十年的寿命来换取唐曼的平平安安。”焚书无力地瘫坐在地上，痛苦地撕扯着自己的头发。

找了个洗手间，用冰冷的水使劲洗了几把脸，强制自己冷静下来思索了很久，焚书最终决心硬着头皮给唐曼家里打个电话，或许那是最后一根救命稻草了。

“阿姨，唐曼刚刚给您打电话没有？”焚书尽量压抑住自己的情绪。电话那头唐曼妈妈的话让焚书的心彻底坠入深渊。

“焚书啊，囡囡昨天就回去了，一直没给我打电话，怎么你没见到她吗？”唐妈妈的话里立即带出了焦急的情绪。

“我见到她了，阿姨您别急，我们闹了点小误会，我这就去给她赔不是去。”焚书前言不搭后语地解释着，不等唐曼妈妈继续发话，仓促地把电话扣死了。

接下来的寻找更是艰难，焚书几乎跑遍了城市的每个角落，也没有见到唐曼，一天已经过去了。

无奈之中，焚书走进了派出所报案，这是没有办法的办法了。

派出所的工作人员是个四十出头的女人，在询问了详细情况之后，一边做记录，一边狠命地教育焚书：你们这些年轻人，一点分寸都没有，拿着命不知道珍惜，也不为老人想想，简直是混蛋。

“对，我确实是个混蛋，是个不可饶恕的混蛋。”从派出所走出来，焚书呆呆地重复着这句话，悔恨、无奈、痛苦、麻木，已经不仅仅是这些滋味交织在心头了，如果时间能够倒流，焚书愿意付出任何代价。

唐曼究竟在哪里呢？谁也想不到，此时的唐曼竟然会和李惠在一起。

原来，当李惠走后，越想越觉得这件事情很荒唐。

李惠本身是个很有正义感的女生，虽然她知道焚书喜欢的是嫦娥，但是在藏区见到唐曼之后，她还是被唐曼那份痴情感动了。

在焚书的再三请求下，她帮着焚书来演了那场戏，并且扮演了一个不光彩的角色，从焚书家里逃离的时候，她看到唐曼眼神中对自己的愤怒以及绝望，忽然之间就明白了在这件事件上，自己做的是如此的不妥，所以，性格倔强的她决心再次返回焚书的家里，把事实的真相告诉唐曼。

“即使唐曼真的跟焚书分手，那也要让唐曼明明白白知道，真正导致分手的原因。”这样想着的时候，李惠在两个小时后返回了焚书的家。此时正是焚书在公园里的时间。

听到敲门声，唐曼以为焚书回来了，开门后却看到门外站着的那个竟然是李惠。

“我不是你想象中的那种女人。”在唐曼开口说话前，李惠先进行了一番澄清，“我决心告诉你事实的真相，如果你想知道，就跟我走。”

李惠这番话让已经冷静下来的唐曼陷入了思考：李惠跟焚书之间从没有表露出恋爱的痕迹或者苗头，而焚书也很少提到李惠或潜意识地显现出跟李惠心中有鬼的情况，那么，很可能李惠是在帮焚书隐瞒什么。

“李惠，我们都是女人，我希望了解真实的焚书，反正焚书家里我不能再住下去了，等我收拾好东西，我们找个地方谈谈。”在唐曼对李惠消除了敌意之后，李惠还帮唐曼收拾了东西，两个人拿着唐曼的“家当”来到了李惠租住的地方。

“焚书真正喜欢的人是嫦娥。”李惠这句话并没让唐曼意外。

随后，李惠把焚书跟嫦娥之间曾经共同经历了准空难的事情，以及焚书告诉过自己的面对唐曼的那份愧疚跟无奈统统告诉了唐曼。

听着这一切，唐曼的眼泪不住地流，没想到整天陪在自己身边那个焚书，心里真正的爱人不是自己。

“焚书有他的苦衷，他几次对你想和盘托出，可是他又害怕会伤你，所以事情一直拖下来，其实，你应该可以感觉出来，焚书这样的人，一方面他矛盾，另一方面，他不想放弃自己轰轰烈烈的那份爱情。嫦娥为了焚书，放弃了总监的工作，拒绝了各方面比焚书出色很多的吴刚，这份牺牲，我认为如果不是真正的爱情，很难做到。”李惠说完这番话，看着唐曼，一言不发。

“我只能怪自己命苦了。”唐曼抽泣了一声。

“其实，天涯何处无芳草，这话也适用于女人，该放手的时候，就放弃吧，比如我和吴刚，我爱他，但是我知道最终没有结果，那就干脆给他自由的权利。”李惠这话，好像总结般地把唐曼劝慰宽心了。此时，小鱼的电话不停地打进来。

“这准是焚书让小鱼打的，我就是不接，急死他。”唐曼的小性子要起来。

“唐曼，说实话，错过你，也许是焚书没这个福分，也许是本来这就不是属于你的缘分，其实，不管黄鹤归返还是人去楼空，我们曾经和自己喜欢的人在一起过，也算无悔了。”李惠此时甩甩头，把吴刚的影子努力地从脑子里甩掉。

“今天失去了焚书，交到你这样一个好朋友，我也知足了。”唐曼望着李惠说，两人对望许久，忽然各自笑了。

“看来你没事了，我觉得焚书找你也要找疯了，不如打个电话约他出来，你告诉他，你已经知道了他跟嫦娥的故事，你决定成全他们，这样显得咱们女人多洒脱。”

"我还要告诉他，是本小姐甩他焚书，我不要他了，才把他处理给那个嫦娥了，哼！"唐曼撅起了嘴。此时的时间是焚书去派出所报唐曼失踪案之后一个小时。

焚书额头上渗出豆大的汗珠，穿在里面的衣服不知道是由于紧张还是跑路太多，已经湿透了。

手机忽然响起来，低头一看，是唐曼打来的，焚书紧张得手有些发抖。

"唐曼，你在哪里？你别做傻事，只要你好好的，我什么都答应你。"抓起电话，焚书大声喊。

电话那头沉默了片刻，唐曼心里一阵温暖，自己爱的这个人尽管有许多的缺点，但是，无疑，他是善良的。

"我现在跟李惠在一起，她把什么都告诉我了，我决定和你进行个最后的了断，成全你跟嫦娥，你去我们经常去的那家古缘咖啡找我。"唐曼说完把电话挂掉了。

天哪！幸福来得太突然了，焚书此时才真正体会到什么叫人间冰火两重天，他人在路上，心早就已经迫不及待地在古缘咖啡馆了，于是他猛踩着油门，恨不得让奥拓飞起来。

第三十三章

悬念大结局

唐曼并没有直接走进古缘咖啡里面等待焚书，因为她知道，从这次见面之后，自己以后跟曾经深爱的这个人就会疏远，她很想多看焚书两眼。

唐曼站在古缘咖啡馆的门口，一辆失控的货车驶过，人群中有人慌乱地喊“快躲开”，在唐曼后退几步站定后却看见那货车直直地撞向了一辆刚刚调头过来的奥拓，那辆奥拓是那么熟悉。

大货车经过碰撞停在了路边的台阶上，那辆奥拓在路面上翻滚了一个骨碌，几秒钟后停下来，唐曼惊叫着，冲向了奥拓，人群拥向那辆奥拓，把车里的焚书托下来。焚书一动不动，浑身是血。

嫦娥刚刚走出机场，电话便急促响起来。

“你好，我是嫦娥！”

“焚书出事了，快去中心医院。”电话那头有个声音哭喊着，嫦娥的心一阵地抽搐。

等到嫦娥急匆匆来到医院的时候，手术室的门紧闭着，门上方的电子屏幕上“手术中”几个鲜红的大字刺得人心痛。

唐曼、李惠、周丽的手握在一起，焚书的父母焦急地在走廊里来回走动，每个人的眼睛里都含着泪水。

“情况怎么样？”嫦娥走过去声音颤抖着问。

“在焚书被推进手术室之前，医生说他生命迹象几乎消失，手术成功机率几乎为零。”周丽哭着说。

“他已经进去了三个小时，还有一个小时手术结束，之后才能知道结果，希望焚书好运。”李惠表现得很镇定。

“不会的，他不会有事的，我还没给他一个完美交待呢。”唐曼嘶哑着声音，转头看着嫦娥，轻叹一口气说道，“焚书还没兑现属于你们的幸福呢！”

嫦娥再也控制不住情绪，眼泪肆意地流淌着，她在心里默默地祈祷：“老天爷，求求你，让焚书渡过这个劫难吧，我只要他活着。”

时间一秒秒地过去了，这一个钟头的等待对于等候在手术室外的人来讲，比过了一辈子的时间还长，以至于每过去一分钟，心就被煎熬一次。

终于，手术室上方“手术中”三个字灭了，医生疲惫地走出来，脸色很严峻，嫦娥再也不想等待了，她已经做好了不管焚书究竟是幸还是不幸的心理准备，不顾脚上的鞋已经跑掉，径直向医生狂奔过去……

数年后。

巴黎卢浮宫内举办了一场全球广告创意精英获奖作品展示，有一幅被来自三十个国家的挑剔的国际评委团一致评定为“特别创意奖”的作品受到了观众的青睐：整个画面以灰和白的球形作为底色，灰色代表了地球，白色代表了月球，一个从地球伸出的粗壮的男人手指与一个从月球伸出的纤纤女人手指共同搭建出一座尖尖的屋顶。

这幅作品跟其他作品的区别在于，它完全跟其他作者的纯商业广告创意不同，它的创意选择了公益广告主题，创意说明只写了“献给全球经济复苏”八个字。

更让大家感到好奇的是，这幅作品没有署名，人们只知道作者是中国人，在作品名称处用大大的中文隶书写着两个字——设计。

图书在版编目（CIP）数据

恋爱大设计 / 刘林著. -- 上海：上海文化出版社，2017.8
（职场浮世绘）
ISBN 978-7-5535-0824-5
Ⅰ.①恋…　Ⅱ.①刘…　Ⅲ.①长篇小说－中国－当代
Ⅳ.①I247.5

中国版本图书馆 CIP 数据核字（2017）第 170710 号

发 行 人：冯　杰
出 版 人：姜逸青

策　　划：走　走
责任编辑：赵光敏
文字编辑：王文娟
装帧设计：介太书衣　叶珺　方明

书　　名：恋爱大设计
作　　者：刘林
出　　版：上海世纪出版集团 上海文化出版社
地　　址：上海市绍兴路 7 号　200020
发　　行：上海世纪出版股份有限公司发行中心
上海福建中路 193 号　200001　www.ewen.co
印　　刷：上海天地海设计印刷有限公司
开　　本：700 × 1000　1/16
印　　张：14.25
印　　次：2017 年 8 月第一版 2017 年 8 月第一次印刷
国际书号：ISBN 978-7-5535-0824-5/I.263
定　　价：35.00 元

告读者　如发现本书有质量问题请与印刷厂质量科联系
T：021-64366274